scripto

Terence Blacker

GARÇON ou FILLE

Traduit de l'anglais
par Stéphane Carn

Gallimard

A Marion Lloyd

Titre original:
Boy 2 Girl
Édition originale publiée par
Macmillan Children's Books, Londres, 2004
© Terence Blacker, 2004, pour le texte
© Éditions Gallimard Jeunesse, 2005, pour la traduction française

1

Matthew Burton

Je voudrais que vous la gardiez en tête, cette image de Sam Lopez le jour où il m'est apparu pour la première fois. Souvenez-vous-en bien, surtout lorsque vous découvrirez d'autres facettes de lui, des portraits plus flatteurs de sa personne – en coqueluche des filles de sa classe, par exemple.

Mais celle-ci, gardez-la bien dans un coin de votre mémoire, parce que c'est le vrai, l'authentique Sam Lopez, tel qu'en lui-même.

Il était planté sur notre paillasson, son vieux sac de toile kaki sur l'épaule. Il flottait dans une veste trop grande de trois tailles, le bas de son jean râpé traînant par terre. Son visage n'était qu'une tache blafarde, derrière le rideau de ses cheveux filasse qui lui balayaient les épaules.

– Bonjour, Matthew !

Ça, c'était la voix de ma mère. Elle affichait un petit sourire forcé, celui qui m'est si familier et qui signifie : *Pas de panique, tout va très très bien se passer !*

– Je te présente Sam, ton fameux cousin !

Comme je bafouillais quelques mots de bienvenue, le « fameux cousin » m'est passé sous le nez, en me frôlant d'assez près pour que je remarque a) qu'il m'arrivait à peine à l'épaule, et b) que sa dernière douche ne datait pas d'hier.

– Si tu veux bien me donner ta veste, Sam…, a dit mon père qui se tenait derrière moi dans le couloir.

Mais le nouveau venu a superbement ignoré la proposition pour filer droit dans la cuisine, où nous l'avons tous suivi. Il a commencé à inspecter les lieux, le nez froncé comme certains rongeurs indésirables.

– Voilà donc ma nouvelle maison, a-t-il déclaré de sa voix, à la fois rauque et bizarrement haut perchée.

Je me suis rappelé qu'un jour où ma mère me parlait de ma tante Galaxy, la mère de Sam, elle avait dit de ce dernier que c'était « un accident ». A l'époque, ce terme m'avait paru impénétrable, mais à présent que j'avais « l'accident » en question devant les yeux, dans notre propre cuisine, l'idée commençait à se préciser.

C'était donc ça, un « accident » : une catastrophe imminente, en chair et en os, camouflée sous une forme à peu près humaine.

Mrs. Burton

Jamais je n'avais été aussi heureuse et aussi soulagée de retrouver la maison. En voyant Matthew s'efforcer de faire bonne figure pour accueillir son cousin, en apercevant le sourire encourageant de mon cher David, qui s'était posté derrière lui dans le couloir, c'est à peine si j'ai pu me retenir de fondre en larmes.

Ce voyage n'avait pas été une partie de plaisir : l'enterrement, le rendez-vous avec l'avocat, la traversée de l'Atlantique en compagnie de ce gamin morose... Les relations avec mon neveu Sam promettaient d'être houleuses, mais j'étais enfin revenue. A nous trois – à nous quatre ! – nous allions nous en sortir.

Matthew

Huit jours plus tôt, la vie était belle. C'était le début des vacances. Le dernier trimestre m'avait laissé sur les genoux, et je n'étais pas mécontent d'avoir devant moi une longue suite de grasses matinées, d'après-midi entre copains et de soirées télé.

Et puis la nouvelle est arrivée d'Amérique : Galaxy, la sœur cadette de ma mère, avait été grièvement blessée dans un accident de voiture. Son état s'aggravait d'heure en heure. Le soir, elle est tombée dans le coma, et le lendemain elle était morte. Maman a pris l'avion pour aller à son enterrement.

Je sais bien que la disparition de ma tante aurait dû me bouleverser, mais je ne l'avais jamais rencontrée. Je ne la connaissais qu'à travers ce que m'en avaient raconté mes parents, qui n'en parlaient qu'à de rares occasions, et toujours de façon très évasive, avec un petit sourire en coin. Ma tante ne s'était jamais véritablement matérialisée dans ma vie. Tout ce que j'en savais, c'est que c'était une personne assez bizarre.

Mrs. Burton

À l'âge de dix-huit ans, ma sœur Gail s'était fait rebaptiser Galaxy, lors d'une cérémonie des plus païennes, au festival de rock de Glastonbury. Elle avait toujours mis un point d'honneur à affirmer ses différences vis-à-vis de la famille, et à les cultiver.

Deux ans plus tard, elle est partie pour les vacances aux États-Unis avec trois ou quatre de ses copains, des chevelus qui sont revenus quelques mois plus tard, mais sans elle. Elle s'était mise en ménage avec Tod Strange, le guitariste de 666, un groupe de Heavy Metal peu recommandable.

Par la suite, nous sommes restés sans nouvelles de Galaxy jusqu'à l'époque de mon mariage. J'étais déjà enceinte de Matthew lorsque j'ai reçu une carte postale. Elle nous annonçait sa rupture avec Tod. Elle vivait à présent avec un certain Tony Lopez, propriétaire d'une boîte de nuit – et, tiens, surprise... elle attendait un bébé !

Nous avons donc fondé nos familles à peu près au même moment, ma sœur et moi : nous, dans notre maisonnette de la banlieue londonienne, et elle – la « tante Galaxy », puisque tel était désormais son titre – quelque part sur la côte californienne, dans un camping-car. De temps à autre, elle nous envoyait une carte postale, des photos de son petit Sam, quelques nouvelles.

Au bout de quatre ou cinq ans, elle nous a annoncé que Tony avait quitté le domicile conjugal, « pour voyager, le temps de se ressourcer un peu », selon ses propres termes. Et nous avons appris que le père du petit Sam était en prison.

Nous nous efforcions de maintenir le contact, au fil des années, mais de toute évidence nous ne vivions pas sur la même planète : Galaxy se baladait en Californie, parmi une faune à peine fréquentable, tandis que nous vivions ici, à Londres, menant une existence tranquille mais active. Nous avions de moins en moins de choses à nous dire...

Et voilà qu'est tombée cette terrible nouvelle.

J'ai été surprise d'être bouleversée à ce point. Dans notre enfance, nous n'avions jamais été particulièrement proches, ma sœur et moi. Et par la suite, j'en étais venue à considérer cette jeune adulte étrange et irréfléchie, avec qui j'avais si peu de choses en commun, comme une étrangère qui serait née, par la plus grande des coïncidences, dans la même famille que moi.

Mais je sens à présent à quel point elle me manque, elle et ses extravagances. Quand j'ai pris l'avion pour assister à ses funérailles, ce n'était pas à la groupie entourée de sa cour d'individus louches que je pensais, mais à ma sœur Gail, cette petite fille sensible qui n'était jamais parvenue à se mettre en phase avec le monde, et qui restait convaincue que c'était la faute du monde, non la sienne. Bien qu'épaulée par ma propre famille, je me sens seule, à présent qu'elle n'est plus là.

A San Diego, où elle avait vécu ces dernières années, j'ai été contactée par un certain maître Jeb Durkowitz, qui s'est présenté comme l'avocat de ma sœur, et m'a informée de sa situation. C'était loin d'être simple. Sam, qui avait tout juste treize ans, se retrouvait seul au monde. Dans une lettre adressée à maître Durkowitz, Galaxy avait clairement exprimé le souhait de confier Sam à la famille Burton, au cas où il lui arriverait malheur.

Ma pauvre chère Gail. A croire que, même morte, elle s'ingéniait à semer la pagaille...

Matthew

Mon cousin empeste la vieille crasse, mais c'est visiblement le dernier de ses soucis, comme si de sentir le fauve ça n'était pour lui qu'un moyen de manifester son indifférence au reste du monde.

Les yeux brillants comme deux boutons noirs, il s'est juché sur un des tabourets de la cuisine pour passer en revue sa nouvelle famille.

– Voilà donc Mr. et Mrs. David Burton, dans leur petit intérieur et en compagnie de leur fils unique, mon cousin Matthew... !

La note de mépris et d'insolence qui avait résonné dans son accent américain m'a immédiatement fait dresser l'oreille. Ça dépassait largement ce que tolère la politesse, surtout de la part d'un garçon de son âge.

J'ai glissé un coup d'œil inquiet vers mes parents, m'attendant à une réplique cinglante de leur part mais, loin de réagir, ils ont tous deux affiché un sourire niais, comme si ce putois hirsute était le plus adorable bout de chou qu'il leur ait été donné de rencontrer.

Mon père a fini par se tourner vers moi.

– Et si tu sortais une bouteille de jus d'orange du frigo, pour Sam ?

– Le jus d'orange, ça craint ! a déclaré l'intéressé.

Mon père s'est fendu d'un sourire débonnaire.

– Je vois, a-t-il dit, compréhensif.

Et nous n'avons pas tardé à découvrir que pour Sam Lopez, tout était « craignos ».

Se balader dans Londres pour visiter les monuments : craignos ! Les bons petits plats mijotés par mon père : craignos ! Nos voisins, qui ont débarqué à quatre pour faire sa connaissance : complètement craignos ! Se coucher avant minuit, trop craignos, tout comme se lever avant midi. Quant à la télé britannique, c'était le summum du craignos, surtout quand il a appris que nous n'avions même pas le câble. « Cinq chaînes ? Pitié ! Dites-moi que c'est une blague ! »

Au bout de quarante-huit heures, son attitude commençait déjà à me porter sur les nerfs.

– Comment se fait-il que tout soit si craignos, dans ta vie ? lui ai-je demandé au dîner.

Il s'est tourné vers moi et a planté ses grands yeux sombres dans les miens. Je me suis mordu la langue. Ça n'était pas la meilleure chose à dire à un garçon qui venait de perdre sa mère.

– J'en sais rien, vieux, m'a-t-il répondu. Je me pose la question tous les matins.

Mr. Burton

La période s'annonçait difficile. Nous avons toujours été une famille très unie, fondée sur la concertation ; nous réglons tous nos problèmes ensemble. Mais le contact avec le jeune Sam s'est révélé difficile à établir. Il passait des heures entières enfermé dans sa chambre, à écouter de la musique le casque sur les oreilles, quand il n'était pas écroulé devant la télé, fixant l'écran d'un regard vide.

Quand il s'adressait à nous, c'était le plus souvent d'une voix stridente et hargneuse, qui détonnait terriblement dans l'atmosphère paisible de notre foyer et nous faisait grincer des dents, comme un crissement d'ongles sur un tableau noir.

Sur certains chapitres, il était d'une éloquence peu commune pour un garçon de son âge. Il ne brillait certes pas par l'étendue de sa culture, mais lorsqu'il s'agissait de déployer son vocabulaire de jurons, il pouvait faire preuve d'une admirable créativité.

A mes yeux, ses sautes d'humeur, ses crises de mutisme et ses gros mots n'étaient cependant pas spécialement dirigés contre nous. C'étaient des sortes d'appels au secours. Cet enfant souffrait, et il était de notre devoir, à nous, les Burton, de l'aider à franchir cette mauvaise passe.

Matthew

Deux ou trois trucs, à propos de mes parents. Pour une personne extérieure, Sam Lopez par exemple, ils pourraient apparaître comme un couple bizarre, sens dessus dessous. Depuis aussi longtemps que je m'en souvienne, c'est maman qui fait bouillir la marmite. Elle est cadre dans une agence d'interim, à un poste qui lui fournit tous les jours matière à crise de nerfs.

Mon père travaille à mi-temps et à domicile. Il est correcteur de documents pour un cabinet juridique ; mais sa vraie carrière, ce qu'il aime faire par-dessus tout, c'est s'occuper de la maison. Et son idée du ménage n'a rien à voir avec la théorie « vite fait, bien fait » qu'appliquent la plupart des hommes. Non, mon père met un point d'honneur à ce que tout reluise dans la maison. C'est le modèle idéal, authentique, breveté : l'homme d'intérieur.

Il peut passer tout l'après-midi à nous mijoter un bon petit plat. Il a fixé un jour spécial pour l'aspirateur. Il porte le tablier sans honte, et même avec une certaine fierté. De temps à autre, à le voir étendre la lessive dans le jardin, avec amour, en prenant tout son temps, les pinces à linge entre les dents, je me dis que c'est ça, sa vie. Pour lui, notre famille et notre maison passent bien avant son travail ou sa carrière.

Bref, j'ai une famille tout à fait normale, mais dans une version revue et corrigée par un scénariste dyslexique, avec papa dans le rôle de Blanche-Neige, et maman dans celui des sept nains !

Elena Griffith

De mon point de vue, ça n'était pas du tout parti pour être l'été de Sam Lopez. C'était plutôt l'été de l'espoir, de la passion secrète et des grands projets d'avenir. L'été de Mark Kramer.

Tout le monde connaît Mark, à Bradbury Hill School. Tous les garçons veulent lui ressembler. Ils se laissent pousser les cheveux comme lui et adoptent sa coiffure savamment négligée. Ils copient son style d'habillement, achètent les mêmes marques que lui. Certains vont même jusqu'à imiter (pitoyablement) son sourire ou cette façon qu'il a de traîner sur les mots, comme s'il parlait dans un demi-sommeil.

Et les filles ? Eh bien, elles rêvent toutes de sortir avec.

Je me suis sans doute monté la tête. Je n'étais qu'en cinquième et il était le roi des terminales. Mais le jour où il m'a adressé la parole, dans la queue de la cantine, la dernière semaine avant les vacances d'été, j'ai senti que ça cachait quelque chose. Il discutait avec un de ses copains, un certain Justin, du nouveau film de Cameron Diaz qu'il projetait d'aller voir. Or, il se trouvait que je l'avais déjà vu en avant-première – ma mère travaille dans le cinéma. J'ai donc lancé, tout naturellement, que le film n'était pas mal, et en fait il n'était pas mal du tout.

Mark m'a dévisagée de son regard posé, si aristocratique, comme s'il s'apercevait de mon existence, et m'a demandé comment il se faisait que je savais tout ça sur un film qui n'était pas encore sorti. J'ai alors expliqué que ma mère était directeur de casting, et qu'elle avait même rencontré Cameron Diaz une fois ou deux, dans des soirées privées (ce qui est la stricte vérité). Très sympa, cette vieille Cameron, ai-je précisé. Une grande fille toute simple, tout ce qu'il y a de normal...

– Des soirées privées, waouh !

Mark a éclaté de rire, ainsi que son copain. Il a déclaré qu'il irait voir le film le samedi suivant et j'ai répondu que ça ne m'ennuierait pas de le revoir.

– Super ! a-t-il dit.

J'ai dû lire trop de choses dans ce regard et dans ce « super ! », mais sur le moment, ça m'a paru limpide. Le courant était passé entre nous. Un courant magique, inaccessible au reste du monde, qui allait bien au-delà des mots ! J'avais rendez-vous avec Mark Kramer, et il m'en avait donné le lieu et l'heure, sans rien dévoiler de nos plans à Justin.

Ça, c'était un scoop, un sommet, un événement majeur ! D'habitude, je fais part de tous mes secrets à mes meilleures copines, Charley et Zia, mais là, c'était différent. Je courais le risque soit de les voir se payer ma tête, soit de les rendre jalouses. Et ça, c'était bien la dernière chose dont j'avais besoin !

Matthew

A ce stade des vacances, j'avais l'impression déprimante que rien de bon, de simple, ni même de normal ne pourrait plus m'arriver. Du temps où notre famille se composait juste de papa, maman et moi, les choses étaient claires et bien délimitées. Comme toute famille, on n'était pas toujours d'accord sur tout, tous les trois, et il y avait des jours où les portes claquaient. Mais nos relations reposaient sur la confiance mutuelle. Nous savions d'instinct quand nous taire, nous excuser ou engager la discussion. Bref, la base de toute relation parents-enfant.

A présent que nous devions faire avec ce quatrième, qui débordait de plus de rage et de souffrance que n'en accumuleraient jamais les trois autres réunis, c'était tout l'équilibre de la maisonnée qui basculait. J'entendais sans arrêt mon père et ma mère tenir des conciliabules. Ils affichaient en permanence un pseudo-sourire contraint. Toutes leurs pensées, toutes leurs paroles se réduisaient désormais à un seul sujet : mon cousin et la manière dont il s'acclimatait à sa nouvelle vie d'orphelin.

Quant à mes petits problèmes quotidiens, comparés à la tragédie qu'était la perte d'une mère, ils faisaient figure de broutilles.

Sam avait eu vite fait de découvrir que son statut d'orphelin lui donnait un sacré pouvoir. En présence de mes parents, il prenait des airs de héros tragique, mélancolique et silencieux. Mais dès qu'ils avaient le dos tourné, il lui venait des tas d'idées pour me rendre dingue.

Un après-midi, on regardait la télé quand il a aperçu, par la fenêtre, mon père qui lavait la voiture dans l'allée du jardin.

– Je pige vraiment pas ce qu'il a, ce type…, a-t-il fait entre ses dents, juste assez fort pour m'en faire profiter.

J'ai commis l'erreur de répliquer :

– C'est de mon père que tu parles, là ?

– Il passe ses journées à frotter, à récurer et à astiquer. C'est névrotique, ou quoi ?

Je me suis résolument plongé dans la contemplation de la télé, bien décidé à ne pas me laisser entraîner sur ce terrain-là.

Sam s'est tourné vers moi.

– T'y crois, toi, à la réincarnation ?

J'ai haussé les épaules.

– Parce que ton père, c'est sûr qu'il a dû être maître d'hôtel, dans une vie antérieure. Ou alors femme de ménage !

J'ai serré les dents pour ne pas riposter.

– Moi, mon père, le ménage, il savait même pas ce que c'était ! a enchaîné Sam. C'est un type si cool que, rien que si je t'en parlais, ça te ferait disjoncter les neurones. Ton cerveau n'est pas prêt à filtrer ça !

J'ai gardé les yeux vissés à la télé.

– Tu croirais pas, tout ce qu'on pouvait faire ensemble ! s'est esclaffé Sam, en secouant la tête. Ouaip ! Ça, c'est un père… un vrai !

Sans desserrer les dents, je suis sorti de la pièce et j'ai filé rejoindre le mien, de père. Je n'ai jamais été un grand fan de l'astiquage de voiture, mais je ne voyais pas d'autre moyen de clouer le bec à Sam.

– Là, je crois que ma patience a vraiment atteint ses limites, ai-je dit à papa.

– Dès la rentrée, il va se calmer, tu verras…

J'ai poussé un gémissement.

– Quand je pense qu'on va être dans la même classe ! Un vrai cauchemar.

Mon père m'a regardé par-dessus la voiture, l'éponge à la main, et a prononcé la formule, redoutée entre toutes, celle qui me filait des boutons chaque fois que je l'entendais :

– Il serait peut-être temps de lui présenter quelques-uns de tes amis…

Tyrone Sherman

On était dans le parc, à notre place habituelle, près de la cabane, et on attendait le fameux cousin de Matt. Son cousin d'Amérique.

Il était en retard, mais d'après Matt c'était normal. Il était toujours en retard.

– Peut-être qu'il n'existe pas ! a lancé Jake. Ça n'est peut-être qu'un cousin virtuel, que Matt s'est inventé.

– Tu parles ! ça serait trop beau ! a dit Matthew.

Les minutes s'écoulaient.

Jake s'amusait à shooter avec un ballon contre le mur de la cabane, tandis que Matthew et moi, on regardait le monde tourner autour de nous, comme d'hab. La cabane, c'est notre territoire. Ça n'est peut-être qu'un vulgaire abri, en bordure du terrain de jeu du parc, mais ça fait quelque chose comme cinq ans qu'on se retrouve là, tous les trois. Au début, on venait juste s'y réfugier quand il se mettait à pleuvoir pendant qu'on jouait sur les balançoires ou sur le toboggan. Mais maintenant, c'est notre Q.G. On s'assied sur les bancs et on discute. De temps à autre, les passants qui se rendent aux W.-C. publics aménagés au fond de la cabane nous regardent de travers, mais on s'en fiche. Ici, on est chez nous !

Du temps de l'école primaire, on avait pris pour rigoler le nom de Gang de la Cabane, les Sheds. Et le nom nous est resté.

– Tiens, regarde qui arrive ! a dit Matt.

J'ai suivi son regard. Et j'ai vu approcher un garçon minuscule, disparaissant sous une longue tignasse.

– C'est lui ? Dis donc, c'est un nain !

– Mais avec des tifs super costauds... a précisé Jake.

– Comme je vous ai dit, a grogné Matt. Un vrai hippie.

– Pour moi, il a plutôt l'air d'une fille.

Là, Matt s'est marré.

– Attends, t'as rien vu... !

Matthew

Il a mis le cap sur nous en roulant des mécaniques, son T-shirt, son jean et sa tignasse blonde flottant derrière lui comme les voiles d'un petit bateau sous une bonne brise. Arrivé devant la cabane, il a ralenti et s'est approché, les mains dans les poches.

– Salut, les mecs ! a-t-il dit, en se fendant d'un de ses rares sourires. Je suis Sam Lopez.

Tyrone et Jake ont marmonné une formule de bienvenue.

– C'est donc ça, votre fameuse cabane ?

Il a pris place sur le banc en promenant son regard aux alentours. Je m'attendais à ce qu'il nous balance une de ces remarques désobligeantes dont il a le copyright, mais il s'est contenté d'un claquement de langue approbateur :

– Pas mal !

– Nous, ça nous plaît, ai-je froidement réparti.

– Alors, quoi de neuf dans le coin ?

– Bof, a dit Tyrone. Pas grand-chose.

– Tu joues au foot ? a demandé Jake.

Sam a lorgné le ballon qu'il avait entre les pieds.

– Au *soccer*, tu veux dire. En Amérique, c'est un jeu de gonzesses.

– Ouais, parce que les Américains ont jamais su y jouer, a rétorqué Jake en envoyant un grand coup de pied dans le ballon qui a rebondi contre le mur.

– On pourrait, si on voulait.

Sam a allongé la main vers le portable de Tyrone et s'est mis à y jouer, comme si de rien n'était.

– Mais nous, on préfère le vrai foot !

Il lui a rendu son téléphone.

– Vas-y, maintenant, t'es au niveau suivant, a-t-il ajouté, toujours désinvolte.

Il s'est levé, s'est craché dans les mains et a intercepté la balle qui avait rebondi sur le mur. Il l'a gardée une seconde, puis l'a retournée. La balle est restée un instant collée à sa paume avant de tomber.

– Tiens, regarde !

Il est venu se planter sous le nez de Jake en faisant jouer ses épaules d'un mouvement fluide, totalement relâché.

– Ça, c'est du foot !

Il s'est accroupi en prenant entre ses mains un ballon invisible qu'il tenait à bout de bras.

– Deux ! Soixante-cinq ! a-t-il braillé, si fort que les mères assises autour du bac à sable ont tourné la tête vers nous.

Et soudain, Sam s'est mis à tournoyer, à zigzaguer et à virevolter sur l'asphalte du terrain, se frayant un chemin à coups d'épaule parmi des adversaires imaginaires. Il s'est retourné pour réceptionner une longue passe, a piqué un sprint sur quelques dizaines de mètres puis, arrivé près des portiques, a jeté son ballon en l'air, avec des cris de triomphe.

– *Touchdown* ! s'est-il égosillé. Un jeu pour nous !

Et il s'est mis à danser le long de la clôture métallique. La tête renversée en arrière, il tricotait des bras et des jambes, en secouant sa tignasse comme un gobelin hystérique.

On n'a pas pu s'empêcher d'éclater de rire.

– Complètement givré, a fait Jake.

– Il débarque de quelle planète, ce mec ? a demandé Tyrone.

Sam est venu s'écrouler sur le banc, à côté de nous, en soufflant comme un phoque.

– Voilà ce qui s'appelle du foot, a-t-il dit. Et avec un ballon, c'est encore mieux, évidemment !

Jake a secoué la tête.

– Vous êtes vraiment nazes, les Ricains !

– Patience, a répondu Sam en s'essuyant le nez d'un revers de manche. Ça ne fait que commencer !

Mrs. Cartwright

Pour être à la tête d'un établissement tel que le nôtre, il faut savoir composer avec les circonstances. Mais lorsque Mrs. Burton, la mère d'un de nos élèves de quatrième, m'a appelée pour m'informer de l'arrivée d'un jeune cousin fraîchement débarqué d'Amérique, je ne peux pas dire que la nouvelle m'ait spécialement enthousiasmée.

A Bradbury Hill, nos effectifs sont complets. Nous sommes ce que j'appellerais un établissement très demandé, et la perspective de voir cet élément étranger nous tomber du ciel en début d'année n'avait rien de bien engageant.

Mais Mrs. Burton est une femme de tête. Elle m'a expliqué que le jeune Sam était seul au monde et qu'il avait tout juste l'âge de son fils Matthew. Et elle a ajouté que les retombées publicitaires pourraient être très positives pour notre établissement.

Des *retombées publicitaires très positives*. En toute honnêteté, je dois reconnaître que l'argument a fait mouche.

Il se trouvait justement qu'il me restait une place en quatrième, dans une classe parfaite pour le dénommé Sam. Et même lorsque Mrs. Burton m'a confié que le nouvel élève n'avait aucun dossier scolaire à présenter, parce que sa mère – un cas désespéré, apparemment – lui avait fait changer d'école un nombre incalculable de fois, j'ai décidé d'ignorer les voyants rouges qui s'étaient mis à clignoter dans mon esprit.

Je ne peux donc m'en prendre qu'à moi-même. J'aurais vraiment mieux fait d'écouter ce qu'il est convenu d'appeler la voix de la prudence la plus élémentaire…

2.

Charley Johnson

Les Trois Garces ont toujours fait bloc. Dès l'école primaire, nous appliquions cette règle tacite : s'en prendre à l'une d'entre nous, c'était provoquer toute la bande, et ça coûtait très cher !

Elena Griffith, Zia Khan, et Charley Johnson. Nous sommes comme les trois figures d'une même entité conquérante. Séparément, chacune d'entre nous n'a rien de bien extraordinaire mais, réunies, rien ne peut nous arrêter.

Elena est mince et jolie, mais un brin trop affectée et trop branchée sur l'univers « people », pour être totalement normale.

Faisant partie d'une de ces grandes familles asiatiques qui ont fait fortune sur notre continent, Zia a eu amplement l'occasion d'apprendre que le silence et la discrétion sont au moins aussi efficaces pour arriver à ses fins que l'approche plus bruyante et plus extravertie que nous appliquons, Elena et moi. Charme, sensibilité, et de brillantes prédispositions pour la guitare... rien de surprenant à ce que Zia arrive en tête de la liste des chouchous de l'équipe enseignante. Mais aucun prof ne soupçonne ce qui se cache derrière cette façade modeste et inoffensive : la vraie Miss Khan, un prédateur dangereux, impassible et sournois.

Je me surprends parfois à lui envier ce charme discret. Mais il semblerait que je n'aie aucune disposition, physique ou mentale, pour ce genre de truc. D'un autre côté, je me suis toujours classée dans les trois premières, dans toutes les classes que j'ai fréquentées. Pas besoin de charme quand on est un cerveau !

Zia Khan

Cet été, Elena a enfreint notre règle d'or, celle qui concerne les garçons. Dès l'âge de neuf ans, nous avons décidé de tirer un trait sur les garçons. Ce n'était, au mieux, qu'une perte de temps. Nos ennemis personnels étaient un pathétique trio qui se faisait appeler (et je vous jure que je n'invente rien !) les Sheds, le Gang de la Cabane ! Ils ne cessaient de nous harceler et, pour leur rendre la monnaie de la pièce, nous ne laissions passer aucune occasion de les mettre dans le pétrin, ce qui n'était pas très difficile. Des garçons, ça n'est jamais que des garçons...

Lorsque Jake, Tyrone et Matt, les Cabanons, comme nous les surnommons entre nous, ont commencé à nous affubler de noms d'oiseaux, nous avons carrément adopté l'une de leurs injures préférées, et nous en avons fait le nom de notre propre bande : les Trois Garces.

Tout allait pour le mieux pour nous trois, jusqu'à ce qu'Elena décide de tomber amoureuse du Casanova de notre école, Mark Kramer.

Jake Smiley

Vous voulez la vérité ?

Au début, j'y faisais à peine attention. Matthew nous avait raconté des tas d'horreurs sur son cousin, ces derniers jours, et il faut reconnaître que l'Américain avait un drôle de look. Mais à le voir danser sa danse du scalp autour du terrain de jeu, je me suis dit que, même s'il était aussi pénible que le prétendait Matt, il avait au moins le mérite de mettre un peu d'ambiance.

Parce que les grandes vacances, ça peut vite devenir barbant. On se retrouve pour discuter ou essayer de nouveaux jeux vidéo, mais après… ? Cet été, on a partiellement résolu le problème en faisant la connaissance de Sam Lopez. Quelque chose, chez le cousin d'Amérique, faisait trembler notre petite bande sur ses bases. Avec lui, on parlait de sujets que nous n'aurions jamais abordés en temps normal.

Pourquoi ?

Parce que notre propre vie, aussi bouleversée, bizarre et tordue qu'elle puisse nous paraître, n'était rien à côté de ce qu'affichait Sam.

Tout en reprenant son souffle, après sa petite démonstration, il nous a décliné son palmarès de footballeur, dans l'une de ses ex-écoles.

– Parce que tu en as fréquenté beaucoup, d'écoles ? lui ai-je demandé.

Il a froncé les sourcils et s'est mis à compter sur ses doigts.

– Oh, une bonne douzaine, a-t-il dit avec un haussement d'épaules. Treize, peut-être. On s'est pas mal baladés, avec ma mère !

Tyrone a lâché un sifflement admiratif.

– Matthew nous a dit que ta mère, c'était un sacré numéro !

Sam a eu un petit hoquet – de surprise, ou de douleur ?

– Mais dans la bouche de Tyrone, c'est un compliment, hein ! s'est empressé de préciser Matthew.

Le cousin d'Amérique a souri et s'est mis à rigoler doucement.

– Exact, a-t-il dit. Un sacré numéro – ma mère, c'était exactement ça.

Et les langues se sont déliées. A croire que cet orphelin à la scolarité si chaotique nous donnait envie de nous épancher.

J'ai donc raconté la séparation de mes parents, l'an dernier. Je leur ai dit que je ne me sentais plus chez moi à la maison, coincé entre ma mère et ma sœur. Je ne vois plus mon père qu'une fois par semaine, et ça n'est jamais bien gai. Il m'emmène au cinéma ou au restaurant et on parle, de rien et de n'importe quoi, en évitant tout ce qui nous préoccupe vraiment. C'est comme si on était devenus deux étrangers l'un pour l'autre.

Tyrone, lui, nous a confié qu'il n'avait jamais connu son père parce qu'il était parti en voyage en Jamaïque pour les vacances, peu après sa naissance, et qu'il n'avait jamais refait surface. Il a parlé de son problème d'excès de poids – à l'école, on le surnomme Dumbo, et sa mère lui fait sans arrêt essayer de nouveaux régimes qui le fatiguent, sans pour autant le faire maigrir d'un gramme.

Et Matt y est allé de son petit couplet, lui aussi, comme quoi il était gêné de voir son père faire le ménage en tablier à carreaux, et qu'il détestait que sa mère téléphone à tout bout de champ à l'école pour se plaindre.

– Hé, les mecs ! Ça suffit, le bureau des pleurs !

Sam nous a fait un clin d'œil, et il y avait quelque chose de si désinvolte et de si adulte dans sa façon d'être, qu'on a tous éclaté de rire. Alors, il a dit :

– Qu'est-ce que vous faites, dans le coin, pour rigoler un peu ?

Elena

J'ai décidé de ne pas m'étendre sur cette histoire, avec Mark Kramer. De mon point de vue, ce qui s'est passé (ou ne s'est pas passé) entre lui et moi ne regarde personne. Point final ! Enfin… il va tout de même falloir que je vous le raconte dans les grandes lignes, si je veux que vous compreniez la suite. Mais juste les grandes lignes. Le samedi, je suis allée voir le film avec Cameron Diaz. Et Mark aussi, comme prévu. Quand je l'ai vu arriver dans le hall du cinéma, je suis venue vers lui, toute rougissante, sous mon maquillage qui m'avait pris deux bonnes heures. Et là, horreur ! j'ai découvert qu'il n'était pas seul. Il était avec Tasha, une fille de sa classe. Elle a glissé sa main sous son bras et, pendant ce qui m'a paru une éternité, on est restés là, à se regarder sans dire un mot.

C'est finalement Tasha qui a brisé le silence :

– Dis donc, t'as un problème, toi ? m'a-t-elle lancé.

J'ai immédiatement fait demi-tour et j'ai filé. J'ai poussé les grandes portes vitrées, pour me retrouver dans la nuit. Je l'aurais étranglée, cette Tasha ! Et moi, je me serais mis des baffes. Mais par-dessus tout, je détestais Mark Kramer. En fait, je détestais en bloc tous les garçons !

Finalement, à la réflexion, cette histoire n'est peut-être pas totalement dénuée de tout lien avec le reste...

Matthew

Les quelques jours qui ont suivi, pendant qu'on faisait faire à Sam une petite visite guidée de ce qu'il persistait à appeler « notre territoire », il nous a parlé de sa vie aux États-Unis. A l'entendre, on aurait pu croire qu'il passait toutes ses journées à se bagarrer avec des gangs de motards, et toutes ses nuits à traîner dans les coulisses des concerts de rock, avec sa bonne vieille maman.

Nous, on buvait ses paroles, en tâchant de ne pas avoir l'air trop impressionnés. Jusque-là, nous aimions à nous croire capables de nous défendre et même de répliquer, en cas de problème dans le parc, dans la rue ou dans la cour du collège. Nous étions assez coriaces pour que, de temps à autre, nos profs fassent part de leurs inquiétudes à nos parents, concernant notre « attitude négative ».

Mais dans le genre coriace, Sam était nettement passé dans la catégorie supérieure ! Même si ses histoires ne contenaient qu'une petite part de vérité, il était bien plus dur à cuire que nous n'avions jamais rêvé de l'être. Pour sa bande de San Diego, le vol à l'étalage n'était qu'un aimable passe-temps. Ils volaient des voitures. Ils sortaient armés de couteaux et s'offraient de vraies bagarres entre gangs, avec de vraies blessures, et tout ce qui s'ensuit, comme au cinéma! Ils étaient connus de la police. Plus nous en apprenions sur le monde inquiétant et déjanté où Sam avait vécu, plus nous nous sentions gênés vis-à-vis de lui. Car de deux choses l'une : ou bien c'était un dangereux délinquant juvénile ou bien un vrai mythomane et, dans les deux cas, une source d'ennuis potentiels. Or, tous autant qu'on était, les ennuis on en avait déjà notre dose.

Et le clash du Burger Bill's restait encore à venir...

Burger Bill

S'il ne tenait qu'à moi, mon établissement serait interdit à tous les mineurs entre douze et dix-huit ans. Ils ne nous rapportent que des emmerdements, surtout les garçons. Et particulièrement ces trois-là.

Matthew

On était au Burger Bill's, quand Jake a commencé à parler de son père. Mr. Smiley avait manqué plusieurs de ses rendez-vous avec Jake et ses visites allaient en s'espaçant de plus en plus. Jake craignait de perdre totalement le contact avec son père.

La nuit précédente, comme Mr. Smiley rentrait chez lui en voiture après un dîner d'affaires bien arrosé, la police l'avait intercepté pour lui faire passer un Alcootest, et il avait dû passer la nuit au poste.

J'ai remarqué que Sam s'était enfermé dans un silence buté pendant tout le récit de Jake, et que nos exclamations de sympathie avaient paru l'agacer. Le nez en l'air, il promenait son regard autour de lui en pianotant sur la table de Formica, comme s'il n'avait jamais rien entendu de plus « craignos » que les histoires de Jake et de son père.

– Comment ça se passe, ici, quand on conduit avec un coup dans le nez ? a-t-il soudain demandé. On se retrouve en taule ou quoi ?

– Mr. Smiley risque une suspension de permis, lui ai-je expliqué.

– Et mon père a besoin de sa voiture pour venir me voir, a ajouté Jake.

Sam a reniflé bruyamment.

– Excusez-moi, mais vous allez finir par me faire chialer !

On l'a tous regardé, estomaqués. Il s'était carré contre son dossier, les deux mains levées.

– Eh ! on va pas en faire un plat, si ? s'est-il exclamé. Le vieux de Jake se paye une nuit au poste et risque de devoir se passer de sa voiture pendant quelque temps. Tu parles d'une tragédie !

Jake s'est penché au-dessus de la table.

– Toi, me gonfle pas ! a-t-il dit. C'est pas une blague.

– Pourquoi ? Tu vois quelqu'un qui rigole, ici ?

Sam lui a ébouriffé les cheveux, en tirant dessus au passage, d'un geste délibérément hostile.

– Tu sais, Jake… je me demande si t'es pas en train de te la péter complètement, avec les histoires de ton père. Tu crois vraiment qu'on en a quelque chose à f… ?

– Doucement, Sam, a protesté Tyrone.

Mais il était lancé. Il avait planté ses yeux dans ceux de Jake.

– Tu sais, quand t'es le fils d'un mec qui a passé le plus clair de son temps au trou et qui y est encore... excuse-moi, mais moi, les aventures de ton paternel qui se fait coffrer pour conduite en état d'ivresse...!

– Ben dis donc! a dit Tyrone. Qu'est-ce qu'il faisait, ton père?

Sam a haussé les épaules.

– Il était dans les affaires. A ma naissance, il avait plusieurs boîtes de nuit. Et puis il a été impliqué dans deux ou trois coups tordus. Une nuit, il avait monté un plan, avec un collègue. Le collègue a été victime d'un petit... accident. Mon père s'est fait plus ou moins balancer et il a écopé pour eux deux. La routine, quoi...

Et voilà. Sam avait encore frappé! Il pouvait bien nous arriver toutes sortes de trucs terribles, totalement sciants, Sam s'arrangeait toujours pour nous enfoncer. Ses histoires étaient toujours plus dramatiques, plus énormes, plus effarantes que les nôtres.

– Alors, ça...

Courageusement, Tyrone essayait de trouver les mots pour se sortir d'une de ces situations scabreuses – lorsque vous découvrez, par exemple, que vous venez de passer une semaine en compagnie du fils d'un type qui est en prison pour meurtre.

– Alors ça... c'est... je veux dire, vraiment atroce!

– C'est la vie, mon pote.

Sam a aspiré à la paille une gorgée de sa boisson.

– Mon père, ça fait au moins cinq ans que je ne l'ai pas vu. De temps en temps, ma mère me racontait ses derniers démêlés avec les forces de l'ordre. Elle était la première à en rigoler. Elle appelait ça « la saga de Crash ».

– Crash ? a fait Tyrone.

– Ouais. C'est son surnom. Son vrai nom, c'est Tony. Mais vu ses antécédents personnels, on ne l'appelle plus que Crash. Crash Lopez.

Il avait prononcé ces derniers mots avec fierté. Nous en sommes restés un moment sans voix. Puis, après un long silence, Jake a repris part à la conversation :

– Crash…, a-t-il dit et, à sa mine crispée on voyait bien qu'il n'avait toujours pas digéré ce que Sam avait osé dire sur son père. Bizarre, comme nom, hein ?

Sam a affiché une expression de surprise tempérée d'une certaine lassitude.

– Bizarre ? Qu'est-ce que t'y trouves de si bizarre ? Jake a éclaté de rire.

– Et s'il avait des frères, ils s'appelleraient Bang et Boom, je suppose !

Sam a lâché un petit glapissement de rage et, sans nous laisser le temps de lever le petit doigt, il a bondi de son siège et s'est jeté en travers de la table, bousculant nos assiettes et nos gobelets, pour placer un direct du droit dans l'œil de Jake.

– Tu te fous pas de mon père ! hurlait-il. Le premier qui se fout de mon père, je l'explose !

Bill, le malabar ruisselant de sueur qui règne sur le snack en maître absolu, est sorti de derrière son comptoir. Il s'est précipité vers Sam et l'a attrapé par la peau du cou. Sourd à ses cris et à ses jurons *made in U.S.A.*, il l'a mi-soulevé, mi-traîné jusqu'à la porte, pour le jeter dehors comme un matou indésirable. Puis il a fermé la porte à double tour, et s'est avancé vers nous.

– C'est quoi, vos noms, à vous trois ? a-t-il demandé, en posant sur notre table ses deux poings gigantesques.

– On s'appelle Smith, a répondu Tyrone. Tous les trois !

Bill a laissé s'écouler quelques secondes, comme s'il hésitait à nous pulvériser sur place. Puis il s'est vivement dirigé vers la porte, qu'il a déverrouillée.

– Du balai ! a-t-il dit, avec le mouvement de tête approprié. Et que je ne vous revoie plus jamais chez moi, si vous ne voulez pas vous retrouver au poste aussi sec !

On a déguerpi sans demander notre reste. Jake avait la main plaquée sur l'œil. Une fois sur le trottoir, on a scruté les environs. Tout semblait désert. Aucune trace du fils de Crash Lopez à l'horizon.

Tyrone

J'étais mort de trouille et je suis prêt à parier ma tirelire que Matthew et Jake non plus n'en menaient pas large. C'était l'un de ces concours de circonstances où les choses s'emballent soudain, échappant à tout contrôle. Vous ne pouvez plus que vous sentir minus, paumé, réduit à l'impuissance.

On a eu vite fait de mettre une distance prudente entre nous et Burger Bill.

– Ça alors... j'y crois pas ! a dit Matt, dont la voix en tremblait encore. Dites-moi que je rêve !

Jake a reniflé et s'est essuyé le nez.

– Ça n'était qu'une plaisanterie…

J'ai secoué la tête.

– Il est vraiment trop, ce Sam, avec ses gangs et sa collection d'écoles ! Sa mère disparaît dans un accident de voiture, et maintenant voilà que son père serait le nouveau Jack l'Éventreur !

– Qu'il dit, a marmonné Jake.

– Ça, je suppose que ça n'est pas complètement de sa faute, a dit Matthew.

– C'est la nôtre, peut-être ! s'est mis à crier Jake, en colère. C'est pas parce que sa vie est un vrai bazar qu'il doit tout chambouler dans la nôtre, si ? J'ai assez de problèmes comme ça !

Sa voix résonnait encore sur les vitrines des boutiques et le béton des murs, lorsque du fond de notre désespoir, nous avons découvert que nous n'étions pas seuls.

Charley

Chance ou malchance ? Quoi qu'il en soit, il se trouve que nous aussi, nous étions dans le quartier ce soir-là. On était allées voir *Ratz*, un genre de dessin animé sur les rongeurs qui passait au ciné de la galerie marchande, et on avait eu envie de faire un saut au Burger Bill's, pour boire un Coca avant la séance.

Au sommet de l'escalator, on s'est retrouvées pratiquement nez à nez avec nos Cabanons préférés, qui n'avaient pas l'air en grande forme.

En les reconnaissant, nous avons souri. Enfin, pour être tout à fait honnête, disons qu'on est parties d'un grand éclat de rire. Désolée, mais il faudrait vraiment être taillée dans le roc pour ne pas s'écrouler à la vue de Konk, de Noreille et de Tank, mieux connus de leurs copains (s'ils en ont!) sous le nom de Jake, Matt et Tyrone.

A l'école primaire, Jake semblait tout à fait normalement constitué, mais l'an dernier il s'est mis à pousser en dépit du bon sens, un peu comme si les différentes parties de son corps, ses bras, ses jambes, ses oreilles, son nez et même ses cheveux avaient décidé de le fuir, en s'écartant de lui chacun dans sa propre direction. Celui qui devine quel est le vainqueur de cette course gagne son poids en cacahuètes! Le nez de Jake est un vrai monument. Zia lui a trouvé un surnom mortel: Konk, comme dans Koncorde!

Quant à Matt, il est à peu près normal, mais avec une allure vaguement sournoise. Il ne dit jamais grand-chose, mais il a perpétuellement l'air aux aguets, comme s'il nous espionnait, et qu'il avait toujours une oreille en train de traîner du côté des lignes adverses. Il pourra sans doute faire carrière dans le renseignement, plus tard, ce cher Noreille: écouter aux portes, ça le connaît!

Tyrone serait plutôt sympa, mais c'est un vrai mastodonte. Moi-même, je ne suis pas précisément fluette, mais à côté de ce Tank, je me sens presque transparente.

Un autre jour, nous aurions tout simplement passé notre chemin, mais ce soir-là, comme nous devions l'apprendre par la suite, Elena était d'une humeur massacrante.

– Hé! Regardez ce que le chat vient de déposer sur le paillasson! s'est-elle écriée, tandis que nous passions près d'eux et que tous trois regardaient délibérément ailleurs. Alors ça gaze, pour ce bon vieux Gang des Cabanes?

– Laisse tomber, Elena, a dit Tyrone. On cherche quelqu'un.

– Non ! Un copain à vous, peut-être ? a dit Zia, qui commençait à se piquer au jeu. Vous risquez de chercher longtemps !

C'est là que j'ai remarqué l'attitude bizarre de Jake, qui se cachait derrière les deux autres, la main sur l'œil droit.

– Mais vous vous êtes pris des coups, on dirait !

– Non, a marmonné Jake. Je me suis cogné dans une porte.

Elena s'est écroulée de rire.

– C'est le problème, avec les cabanes ! a-t-elle ricané. Y a toujours des tas de portes qui claquent, là-dedans !

Puis elle les a plantés là et a mis le cap sur le Burger Bill's, en nous entraînant dans son sillage.

Elena

Ça, je le reconnais, je n'aurais pas dû le faire. Mais j'étais vraiment hors de moi. Ce soir-là, il fallait que ça saigne !

Bill était occupé à nettoyer une table dévastée.

– Salut Bill, lui ai-je lancé. Vous avez eu une visite du Club des Petits Porcins gloutons, on dirait !

Bill a grommelé dans sa barbe quelque chose où il était question d'interdire l'entrée du snack aux moins de dix-huit ans. Comme il se redressait pour nous laisser passer, il a eu un mouvement de menton dans la direction où nous venions de croiser Konk et son gang.

– Cette bande de petits jean-foutre… ! a-t-il pesté.

Si seulement j'avais leurs noms, je vous jure que je leur ferais passer un sale quart d'heure !

– Leurs noms ? ai-je dit. Sur ce point, je crois que je vais pouvoir vous aider.

Agent Chivers

La main courante indique que ce soir-là, notre standard a reçu un appel émanant du propriétaire d'un snack du quartier, un Mr. William Patterson. Suite à quoi, le sergent de service m'a demandé de rendre une petite visite aux familles des trois garçons qui semblaient être à l'origine de l'incident. En fait, c'était la première fois que je devais régler seul ce genre de problème, sans l'assistance d'un collègue plus expérimenté. Pour autant que je m'en souvienne, c'était une mission relativement simple, de nature purement préventive, et tout s'est déroulé sans accroc. A part ça, je ne vois pas grand-chose à en dire.

Mrs. Burton

C'est à peu près vers cette date que notre vie a commencé à dégénérer en une sitcom délirante…

Un soir où je venais de rentrer du bureau, nous avons vu débarquer un jeune officier de police. Pas du tout le genre brigade antigang, heureusement ! Il avait la vingtaine à peine passée et flottait encore un peu dans son uniforme. Mais sa seule présence devant chez nous aurait amplement suffi à déclencher une foule de ragots dans le voisinage. Ce n'est pas tous les jours que l'on voit la police, à Somerton Gardens !

Il m'a dit qu'il désirait nous parler d'un regrettable incident qui s'était déroulé dans un établissement du quartier, et dont l'un des protagonistes semblait être un certain Matthew Burton.

3.

Matthew

Et ça nous est retombé dessus ! Incroyable, non ? Sam pique sa crise, et c'est à nous – Jake, Tyrone et moi – que la police vient sonner les cloches. Trop, c'est trop !

Après le départ du policier, après l'engueulade des parents, je suis monté au premier étage. Il était temps d'avoir une explication avec Sam Lopez.

Sa porte était fermée. Je suis entré sans frapper.

Il avait transformé la chambre d'ami comme il transformait à peu près tout. Ce qui était, une semaine plus tôt, une jolie pièce, propre et ensoleillée, était devenu une véritable tanière. Les rideaux restaient en permanence tirés. Le sol disparaissait sous des tas de vêtements froissés et de magazines de rock. Il flottait dans l'air des relents de vieilles chaussettes.

Je l'ai trouvé sur son lit, plongé dans un petit jeu vidéo qu'il avait apporté d'Amérique. Affalé sur le couvre-lit, le front plissé par la concentration, il avait l'air presque inoffensif. Rien à voir avec la furie qui avait dévasté notre table chez Bill.

– Un problème ? a-t-il murmuré, sans même lever les yeux de son écran miniature. Ma main au feu que j'ai entendu des éclats de voix dans la maison Burton...

– Ouais. Y a un policier qui est passé nous voir. A propos d'une bagarre au Burger Bill's.

Il s'est esclaffé :

– Et voilà ! Maintenant, les flics vous ont dans le collimateur, vous aussi.

– Tout juste, ouais. Grâce à toi !

– Il a insulté ma famille, ce crétin, a-t-il répliqué d'un ton las. Dans mon code personnel, c'est une offense capitale. Il peut s'estimer heureux de pouvoir encore marcher.

– Et dans mon code personnel à moi, on peut faire une blague sans se retrouver avec un œil au beurre noir !

– A chacun son point de vue ! a répliqué Sam. En voilà au moins un qui ne me charriera plus au sujet de mon père.

– Ça, tu ne crois pas si bien dire... ! ai-je rétorqué, avec un sourire glacial. Parce que tu n'auras plus beaucoup l'occasion de le voir.

– Hein ?

Un petit pli soucieux s'était formé au-dessus de ses sourcils sombres.

– On peut savoir pourquoi ?

– Tu n'as qu'à te trouver une autre bande, Sam. Tu nous as attiré assez d'ennuis comme ça !

Il a posé son jeu vidéo.

– Allez, quoi, Matthew... c'est des choses qui arrivent, ce genre de truc. J'essaie même plus de compter les beignes que je me suis prises dans ma propre bande. C'est une question de territoire...

– Peut-être. Mais comme tu le dis si bien, à chacun son point de vue.

– Et quand on sera en classe ensemble, au collège ?

– Ça grouille de monde, à Bradbury Hill. Je suis sûr que tu te feras des tas de copains.

Son regard s'est fixé droit devant lui. Sur une étagère, au bout de son lit, il y avait trois cadres contenant des photos. Un portrait de lui avec sa mère, devant un genre de tipi ; une photo publicitaire du groupe 666, avec Galaxy agenouillée au pied d'un guitariste chevelu ; à l'écart, dans un cadre plus petit, une photo de ma tante avec un nouveau-né dans les bras et, près d'eux, arborant un large sourire de circonstance, un petit brun râblé : le fameux Crash, probablement.

– Mais j'ai vraiment pas envie de rester tout seul.

Il avait prononcé ces mots très bas, comme pour lui-même.

– Ça, fallait y penser avant de mettre ton poing dans l'œil de Jake.

– J'ai pas envie de rester tout seul, Matthew, a-t-il répété, avec une note de désespoir dans la voix.

Il s'est retourné et a fixé sur moi le regard de ses yeux sombres. Pour la première fois, j'ai perçu en lui quelque chose qu'il avait réussi à me cacher jusque-là. Il avait peur. Il était complètement paumé. Il avait tout perdu, tout ce qui constituait sa vie, les gens qui comptaient pour lui. Chaque fois qu'il avait réussi à prendre pied quelque part et à s'y sentir chez lui, quelque chose avait foiré, basculé, capoté, et il s'était retrouvé sur le sable, aux prises avec sa solitude. Sous sa façade revêche, Sam n'était qu'un pauvre gosse terrifié.

– Tu ne pourrais pas leur dire, à Jake et à Tyrone... je suis vraiment désolé de ce qui s'est passé... Dis-leur que je suis prêt à tout, pour réparer.

– A tout ? Style ?

Il s'est assis sur son lit.

– Aux States, dans les gangs, les nouveaux membres doivent passer des tests d'initiation pour prouver qu'ils sont dignes d'être admis. (Sa voix avait retrouvé des inflexions plus assurées, plus conformes à l'ancien Sam.) Pour mon initiation, je pourrais piquer des trucs pour vous, par exemple. Ou faire démarrer une bagnole sans les clés, et vous emmener faire un tour. Non, je sais je vais remettre la main sur les enfoirés qui vous ont balancés aux flics, et ils vont comprendre leur douleur.

– J'en parlerai à Jake et à Tyrone, lui ai-je promis. Mais je ne donne pas cher de tes chances.

– Merci, Matt.

– D'ailleurs, entre nous, quelque chose me dit que les enfoirés qui nous ont balancés ne sont pas des mecs...

Zia

Ce qu'a fait Elena chez Burger Bill a jeté comme une ombre sur nos vacances. Sur le moment, on a dû faire une drôle de tête, Charley et moi, en l'entendant donner à Bill les noms de Jake et de ses copains, car presque aussitôt elle a fondu en larmes.

Et ça, c'est un signe qui ne trompe pas : elle nous cachait quelque chose.

Derrière son comptoir, Bill avait décroché son téléphone et mettait sa menace à exécution. Il était en
train de dénoncer les Sheds à la police. Charley s'est
lancée dans un grand sermon, expliquant à Elena
qu'elle était allée beaucoup trop loin. Cafter quelqu'un
à l'école c'est une chose, mais le balancer à la police
c'en est une autre.

Et là, tout est sorti : le grand désastre Mark Kramer !

Sauf que nous, mille excuses, mais on ne mourait
pas d'envie de la plaindre. Elle se couvre de ridicule
en se jetant au cou d'un frimeur de seconde zone et
ne trouve rien de mieux que de passer ses nerfs sur
ces trois pauvres zozos qui n'y sont strictement pour
rien, en les mettant dans les pattes des flics !

Je lui ai dit que je la trouvais minable.

– Pire que ça, a dit Charley. Pitoyable !

Et la soirée s'est terminée là. Elena nous a lancé
deux ou trois injures bien senties, avant de mettre les
voiles.

On n'a jamais réussi à aller voir *Ratz* !

Matthew

Pourquoi ? *Pourquoi ?* Avant même qu'elles nous
aient mouchardés à la police, je me posais régulièrement cette question : quelle était la vraie raison de la
guerre qui nous opposait à Charley Johnson, Elena
Griffith et Zia Khan ?

Nous les connaissions depuis le C.P. Et je vous jure
que toutes les trois, elles étaient parfaitement normales, et même sympas, jusqu'au cours moyen ou
élémentaire. Je me souviens d'avoir joué au foot avec
elles dans la cour de l'école !

Alors, que s'est-il passé ? Pourquoi se sont-elles métamorphosées vers l'âge de dix ans, comme si elles avaient soudain appartenu à une autre espèce, une espèce particulièrement hostile à toute forme de vie civilisée ?

C'était un pur mystère. Il n'y avait qu'un truc de sûr : dès que les Trois Garces se pointaient à l'horizon, les ennuis n'étaient pas loin et, en cas de problème, ce n'était jamais elles qui payaient les pots cassés. C'était toujours nous ! Après notre passage au collège, ça n'a fait qu'empirer. Un peu comme si notre présence dans leur classe, à Bradbury Hill, leur rappelait des choses qu'elles auraient préféré oublier. Elles se donnaient des allures d'adultes, de grandes dames, mais dès qu'elles jetaient un coup d'œil vers nous, elles se souvenaient brusquement qu'elles n'étaient que des gamines !

Au début, elles feignaient de ne pas nous voir, ou alors elles nous regardaient passer en gloussant et en disant des messes basses. Elles ont fait courir le bruit dans toute la classe qu'à l'école primaire on nous appelait « les Taches ». Faux : tout le monde voulait faire partie de notre bande ! Elles ont raconté que Tyrone avait cassé les ressorts du trampoline installé sous le préau. Faux : il ne s'en approchait jamais à moins de dix mètres ! Elles ont prétendu que j'étais à l'origine d'une épidémie de poux, deux ans auparavant. Faux, au moins à 99 % : pratiquement toute l'école a eu des poux, pendant tout un trimestre ! Elles ont décidé que le nez de Jake était le plus gros canular de toute l'Histoire et l'ont affublé d'un surnom désobligeant.

Mais c'est pendant les cours de Steve Forrester que les Trois Garces donnent leur pleine mesure : sous l'aile de Steve, elles savent qu'elles peuvent sévir, en toute impunité.

Bref, de mon point de vue, c'est elles qui nous ont déclaré la guerre. Pas nous !

Steve Forrester

On aurait tort de m'accuser de partialité à l'encontre des garçons de cette classe. Il se trouve simplement que les trois énergumènes en question s'influencent les uns les autres de façon très négative, bien qu'individuellement leur contribution aux activités scolaires reste à peu près acceptable. Réuni, ce trio est un véritable nid à problèmes. Je considère tout simplement qu'il est de mon devoir d'éradiquer le mal à sa source, avant qu'il ne prenne de l'ampleur.

Matthew

Sur le plan pratique, nos problèmes avec les forces de l'ordre ont eu diverses conséquences. La mère de Tyrone, architecte d'intérieur de son état, est une femme énergique. Elle l'a privé de sortie pendant une semaine. Même quand tout semble aller pour le mieux, elle a tendance à harceler son fils, comme s'il était pour elle une sorte de châtiment personnel ; et ce n'est certainement pas de trouver un policier sur le paillasson qui aurait pu la mettre dans de meilleures dispositions. Chez les Sherman, l'ambiance était assez tendue, cet été-là. Mrs. Sherman se demandait parfois à haute voix pourquoi elle n'avait pas eu une fille gentille, calme, douce et sans problèmes, au lieu d'un garnement tel que Tyrone. Et c'était vraiment le bouquet, quand on pense que les Trois Garces étaient à l'origine de tout !

Pour Mrs. Smiley, c'était une raison de plus d'accabler de reproches le père de Jake, le roi de la démission paternelle. Elle poursuivait Jake en lui déclinant la liste de tous les méfaits commis par son père, disant que ça n'avait rien de surprenant que son fils soit lui aussi devenu enragé. A en croire Jake, presque chaque soir, elle noyait sa colère et son chagrin dans le gin.

Et les miens, de parents ? Ils ont assez mal pris la chose. Ils nous ont surveillés de près, Sam et moi, plusieurs jours d'affilée, et ne nous ont laissés reprendre le cours normal de nos activités qu'au bout d'un certain temps. Nous avions prévu de partir camper une semaine ou deux, mais le voyage de maman aux États-Unis avait absorbé tout notre budget vacances, ce qui fait qu'une semaine après leur mésaventure, les Sheds se sont retrouvés confrontés, par la force des choses, au train-train de leurs vacances banlieusardes.

Pour nous, plus question de copiner avec Sam. J'avais rapporté aux autres notre conversation et je leur avais transmis sa proposition de faire un truc assez impressionnant pour rentrer en grâce. Mais Jake n'avait toujours pas oublié le coquard qu'il s'était pris au Burger Bill's, quant à Tyrone, les représailles de sa mère l'avaient rendu fou de rage.

Et j'aurais dû être le plus furieux des trois ! Pour moi, c'était comme si mon cousin avait tout saccagé dans ma vie, ma famille et mes amis, ne laissant derrière lui qu'un monstrueux capharnaüm où il ne me restait plus qu'à faire le ménage. Jake et Tyrone pouvaient toujours bannir Sam Lopez de notre bande, mais moi, la perspective de devoir le supporter pendant de longues années me pendait au cou, comme la corde d'un condamné...

De façon plus ou moins tacite, nous avons donc convenu de tolérer sa présence pendant les quelques semaines de vacances qui nous restaient. Mais dès la rentrée des classes, on le laisserait se débrouiller tout seul.

Sam a subodoré ce qui le menaçait et, à notre grande surprise, il a pris la chose plutôt mal. Il a d'abord tenté de nous convaincre qu'un peu de bagarre ne faisait pas de mal. Selon lui, il n'y avait rien de plus efficace pour renforcer les liens entre les membres d'un gang.

Puis, au fil des jours, il a remis sur le tapis l'idée du fameux test qui lui permettrait de prouver qu'il était digne de faire partie des Sheds.

Au début, nous nous contentions de faire la sourde oreille. Puis on a eu une idée. Il voulait passer un test, eh bien, il allait être servi ! Après ça, il y avait des chances pour qu'il nous fiche la paix !

Suffisait de lui donner un truc impossible à faire.

Tyrone

L'idée est venue de Matt, mais j'ai apporté ma pierre.

Un soir, on discutait au téléphone. Matthew me disait que le seul moyen de forcer Sam à nous lâcher les baskets une bonne fois pour toutes, c'était de lui donner une épreuve qui démontrerait, sans l'ombre d'un doute, qu'il n'avait pas les capacités nécessaires pour devenir un Shed.

– C'est ça, ouais ! ai-je répondu, morose. Il ne lui restera plus qu'à former une bande rivale à l'école, et on va se retrouver coincés entre les Trois Garces et le gang de Sam !

– L'idéal, ça serait qu'ils soient tous les quatre dans la même bande ! a dit Matt en plaisantant. Pourquoi pas, il a déjà le look, avec sa frimousse et sa tignasse blonde !

– Sans compter qu'il a la taille réglementaire ! me suis-je esclaffé.

On a continué à parler de choses et d'autres, puis on a raccroché. Cinq minutes plus tard, Matt m'a rappelé, la voix vibrante d'excitation :

– Tu sais quoi, Tyrone ? Je crois que j'ai une idée…

4.

Matthew

On s'est tous retrouvés chez Tyrone.

On a pris place dans les fauteuils du salon, Tyrone, Jake et moi, tels trois juges s'apprêtant à rendre leur verdict. Sam, remonté comme un ressort, arpentait la pièce en nous bombardant de vannes toutes moins drôles les unes que les autres. Depuis que je lui avais annoncé que nous avions trouvé un moyen de le réintégrer dans la bande, il était devenu littéralement intenable.

– OK, les mecs. Allez-y, accouchez !

Et il s'est lancé dans une grande danse du scalp autour de la pièce, sous l'œil inquiet de Tyrone. Le salon de sa mère est plutôt du genre nickel : une place pour chaque chose et pas un atome de poussière. Chez eux, même les vases et les bibelots ont l'air d'être au garde-à-vous.

– Qu'est-ce que vous voulez ? Que je saute sur un train du haut d'un pont ? Que je vous fasse un graff géant au sommet d'un gratte-ciel, genre : « Les Sheds sont les chefs ! »

– Oh, rien d'aussi casse-gueule, ai-je froidement répondu.

Ça l'a stoppé net.

– Rien d'aussi casse-gueule ? tu rigoles, là ? Filez-moi un truc vraiment dur, les mecs !

– Disons que c'est un peu moins physique que ce que t'imagines, a dit Jake, dont l'œil au beurre noir avait mûri, ces derniers jours, en un joli dégradé allant du rose vif à l'aubergine.

– Ça, ça reste à voir !

Tyrone affichait un large sourire.

– Parce que c'est quand même assez physique, en un sens, pour ne pas dire *très* physique !

– Hey ! s'est écrié Sam. Arrêtez vos conneries, et accouchez : qu'est-ce que je dois faire ?

Jake a sorti un grand sac plastique dont il a lentement déversé le contenu sur le tapis. Un tas de vêtements.

Un uniforme de collégien.

De *collégienne*, plus précisément.

– C'est quoi, ça ? a fait Sam, en poussant la jupe bordeaux du bout du pied.

– C'était l'uniforme de ma sœur, a répondu Jake.

– Et alors ?

– Et alors, à partir de maintenant, c'est le tien.

– Quoi ? Qu'est-ce que... ?

Sam s'est accroupi et a déplié les affaires. Une veste et une jupe d'uniforme, avec leurs accessoires, chemisier et chaussettes blanches, qu'il a étalés sur le tapis, comme un petit corps.

– C'est de l'humour anglais ?

Je me suis assis au bord de mon fauteuil, pour bien lui mettre les points sur les i :

– Non, c'est ton test d'entrée, si tu tiens à avoir ta place parmi nous. Pendant une semaine – cinq jours ouvrables – tu vas devoir compter sur tes talents d'acteur. Tous les matins, en allant au collège, tu iras te changer à la cabane, et tu passeras ces fringues. A l'école, tu seras toujours Sam, fraîchement débarqué des States, mais avec une petite différence...

– Ce sera Sam, comme Samantha.

Le cousin d'Amérique a bondi sur ses pieds.

– Vous voulez que je me travelote ? Je savais que vous n'étiez pas nets, a-t-il dit dans un souffle, mais alors là, les mecs... vous vous surpassez !

– A toi de voir, a tranché Tyrone. C'est pas sorcier : tu te fais passer pour une fille pendant cinq jours, et t'as ta place dans le groupe.

– Minute... je suis Sam Lopez !

Il s'est mis à rigoler, comme si tout ça n'était qu'une aimable plaisanterie.

– Excusez-moi, mais Sam Lopez ne se déguise pas en gonzesse. Ça, pas question ! Pas une minute, pas une seconde !

– Comme tu voudras, a répliqué Jake, en se penchant pour tout remballer. Viens pas dire que tu n'as pas eu ta chance. On avait cru comprendre que le grand Sam Lopez était capable de faire n'importe quoi. On a dû se gourer.

– Attendez, les mecs... Déconnez pas, quoi ! Vous feriez ça, vous ?

– Personnellement, non, ai-je répondu, avec un sourire. Mais moi, je n'ai pas à le faire.

Sam s'est plongé dans ses réflexions, puis il a grommelé :

– Allez vous faire voir, bande de nazes ! et nous a planté là.

On l'a entendu grimper les escaliers quatre à quatre, et la porte des toilettes a claqué.

On s'est regardés, plutôt embarrassés par le tour que prenaient les événements.

– Bof, qu'est-ce que ça coûtait d'essayer... ? a fini par dire Jake.

– Ouais, a grogné Tyrone. Encore une de tes idées de génie, Matt !

– En toute honnêteté, j'y ai jamais vraiment cru, a renchéri Jake. Qui accepterait de se déguiser en fille... ?

– D'accord, d'accord ! J'ai dû me tromper quelque part.

– J'espère qu'il n'est pas en train de tout saccager dans les toilettes, a gémi Tyrone. Je n'ai pas fini d'entendre ma mère !

Il n'avait pas refermé la bouche que la tête de Sam est apparue dans l'entrebâillement de la porte.

– Filez-moi ce sac ! a-t-il lancé, avec un geste hargneux.

Jake a attrapé le sac et le lui a tendu.

– J'ai rien promis, hein ! a grommelé Sam.

– Non, bien sûr, a répondu Jake.

– Je réfléchis, c'est tout !

– Bien sûr, bien sûr... Ah, tiens ! j'oubliais...

Plongeant la main dans sa poche, Jake en a sorti un gros élastique multicolore.

– Ma sœur se mettait ça dans les cheveux.

Sam a pris l'objet entre le pouce et l'index d'un air à la fois ébahi et dégoûté et, l'espace d'une seconde, j'ai bien cru que Jake allait se prendre une beigne dans l'autre œil, histoire d'égaliser le score.

– Ça sert à retenir les cheveux... pour pas qu'ils tombent dans ta figure...

– Ça va, je suis au courant, crâne d'œuf! a ricané Sam.

Puis à ma grande surprise, il a éclaté de rire :

– Vous devez avoir de sacrés problèmes, les mecs !

La porte s'est refermée sur lui.

Nous avons poireauté en chœur. Au bout de deux ou trois minutes, il y a eu des pas dans l'escalier et la porte s'est rouverte. On aurait entendu une mouche décoller.

– Alors ? a fini par dire Sam.

– Oh... la... vaaaache ! a soufflé Jake, cloué à son fauteuil.

– Terrifiant ! a murmuré Tyrone.

– Waouh ! ai-je fait.

Sam restait planté devant nous, les mains sur les hanches, les cheveux sagement tirés en queue de cheval.

– Ben quoi, qu'est-ce qu'il y a ?

Ce qu'il y avait... L'accent gouailleur de Sam le Dur, jailli de la gorge de cette nouvelle venue – de cette *fille* – avait vraiment de quoi nous laisser sans voix.

C'est Jake qui a craqué le premier, en s'écroulant de rire.

– Trop fendard ! a-t-il dit, dans un hoquet.

Tyrone s'était plongé le visage dans les mains et lorgnait à travers ses doigts écartés, comme s'il avait besoin d'y regarder à deux fois.

– Incroyable... !

– On peut savoir de quoi vous parlez, là, les mecs ? a râlé Sam.

Pour une obscure raison, je me suis cru obligé de piquer un énorme fard.

– Excuse-moi, vieux, ai-je fait, en me mordant la joue pour garder mon sérieux. Mais ça crève les yeux : t'es canon !

Il marchait sur moi avec un regard noir, lorsqu'il a aperçu son reflet dans le miroir de la cheminée et s'est retourné pour mieux s'examiner.

– Eh ouais ! a-t-il décrété, l'air sombre. Plus gonzesse que nature !

Tyrone

Et tout à coup, ça n'avait plus rien d'une blague. Sam était si convaincant en fille que ce qui n'était encore, dix secondes plus tôt, qu'une idée loufoque, s'est tout à coup matérialisé. Soudain, notre projet tenait parfaitement la route. Sam s'est affalé sur le canapé en se curant le nez d'un pouce particulièrement agressif, comme pour se rassurer : même affublé d'une jupe plissée et d'une queue de cheval, il restait ce bon vieux Sam.

– C'est quoi, le contrat, au juste… à part me couvrir de ridicule, je veux dire ?

– Pas question de te couvrir de ridicule ! a rectifié Matthew. Au contraire. L'objectif, c'est de rendre aux Trois Garces la monnaie de leur pièce, tout en court-circuitant leurs petits secrets débiles.

– Non ? Sans blague, les mecs… ! Tout ça pour prendre votre revanche sur ces trois pétasses !

– C'est pas des pétasses, ai-je objecté. C'est pas parce qu'on ne peut pas les blairer qu'il faut sortir l'artillerie sexiste.

– Hey! Qui c'est qui porte la jupe, ici? s'est récrié Sam, en se redressant. A partir de maintenant, je suis seul juge de ce qui est sexiste ou pas. Vu?

Assis sur son canapé, les doigts entortillés dans sa queue de cheval, il semblait bizarrement à l'aise, comme s'il pouvait enfin se détendre, maintenant qu'il avait retrouvé sa place au premier plan, sous les projecteurs. Comme si, sous ce déguisement, il était enfin redevenu lui-même.

– Ça risque d'être coton! Dans un nouveau bahut, en plus…

– T'inquiète. On sera là, ai-je fait.

Il s'est absorbé un instant dans ses réflexions.

– Ouais. Vous me couvrirez, d'accord? C'est quand même mes débuts absolus, en fille.

– Normal, a dit Jake. Chez les Sheds, on est tous dans le même bateau!

Sam a glissé la jambe sur l'accoudoir du canapé.

– OK, les mecs, j'en suis!

En se grattant la cuisse, il nous a laissés apercevoir, de façon fugace mais ô combien alarmante, un bout de caleçon bleu.

– Et on ne lorgne pas sous mes jupes!

Mrs. Burton

C'est à peu près à cette époque que j'ai noté un net changement chez Sam. Il m'a paru moins grinçant, moins sur la défensive. Ses commentaires déplacés se faisaient plus rares. Il acceptait désormais de travailler avec Matthew. J'étais enchantée. Je respirais plus librement, en espérant que nous étions sortis d'affaire…

Matthew

La vie est devenue nettement plus facile, après ce fameux après-midi. Nous avions convenu tous les quatre qu'à la rentrée il y aurait une nouvelle élève en quatrième à Bradbury Hill : une certaine Samantha Lopez.

Mais nous avions encore un mois de vacances devant nous. Jake est parti faire du camping en France avec sa mère et sa sœur. Tyrone et Sam se sont découvert une passion commune pour les jeux vidéo. Sam m'a demandé de l'emmener voir un match de ce qu'il persistait à appeler du *soccer*, puis son verdict est tombé : c'était un sport de « gonzesses ».

Il serait excessif de prétendre que mon cher cousin était devenu agréable à fréquenter. Ce talent naturel qu'il avait pour nous taper sur les nerfs aurait résisté à tout, mais l'idée qu'il devrait bientôt sacrifier sa précieuse virilité sur l'autel de ce que j'appelais l'Opération Samantha l'avait un peu calmé. Il semblait nettement moins tenaillé par le besoin de nous prouver sans cesse qu'il était plus cool, plus futé et plus branché que tout le monde. Il ne pouvait toujours pas s'empêcher de balancer une remarque acide ou de faire le malin de temps à autre, mais nous avions appris à en rire et, le plus souvent, il finissait lui-même par rigoler avec nous.

On sentait toujours planer sur lui l'ombre de sa mère. Il lui arrivait de s'abîmer dans une sorte de contemplation morose, les yeux dans le vide, lorsque quelque chose venait lui rappeler son passé. Mais nous avions réussi, lui, mes parents et moi, à atteindre un niveau de communication qui aurait relevé de l'impensable quelques semaines plus tôt. Maman avait pris l'habitude de parler de sa sœur dans le cours de nos conversations, comme si ma défunte tante n'était plus un monstre innommable ni un sujet tabou et, à ma grande surprise, ses efforts furent couronnés de succès. Les effets positifs de ces changements sur l'atmosphère de la maison ne tardèrent pas à se faire sentir.

La dernière semaine des vacances, Sam me parut nettement plus calme. Il passait de plus en plus de temps dans sa chambre. Après notre fameuse réunion, il avait gardé le sac contenant l'uniforme de Chrissie Smiley. Je l'imaginais, derrière sa porte, essayant son costume et se préparant mentalement à faire ses premiers pas dans son personnage de fille, comme un acteur le soir d'une première, ce qui, en un sens, était le cas.

J'aurais aimé pouvoir en discuter avec lui et le rassurer, en lui rappelant que, même si c'était lui qui porterait la jupe, nous serions tous solidaires. Mais depuis le jour où le plan avait été mis au point, il n'y avait plus refait la moindre allusion.

C'était comme s'il avait décidé, à un moment ou un autre, que l'Opération Samantha serait son chef-d'œuvre, à lui seul. Son *one-man show*.

Mr. Burton

Je m'étais dit que ce serait une bonne idée d'emmener les garçons dîner dehors la veille de la rentrée, et la veille du jour où Sam ferait ses débuts à Bradbury Hill. J'avais choisi la trattoria *La Torre*, un petit italien du quartier, qui propose une bonne carte avec un service agréable. Nous nous y retrouvons parfois, Mary et moi, pour célébrer certains événements...

Ces derniers jours, j'avais remarqué que Sam avait fait preuve d'une discrétion inhabituelle, mais j'avais mis ça sur le compte de la proximité de la rentrée. Matthew aussi était assez silencieux.

L'ambiance était donc plutôt chargée. A table, les manières de Sam laissaient quelque peu à désirer. Il avait commencé par déclarer que le restaurant était, je cite, « complètement bidon » et que Luigi, le patron, n'était « pas plus italien que lui ». Puis il a repoussé avec une grimace son cocktail de jus de fruits en s'exclamant, haut et fort que c'était « une boisson de fiotte ».

Le reste du clan Burton affichait un sourire imperturbable, comme si ce genre de provocation n'avait rien que de très ordinaire et que nous étions capables d'en encaisser bien plus, sans sourciller.

Matthew

Ce soir-là, Sam a pulvérisé tous les records. Je peux imaginer qu'il commençait à baliser, en voyant arriver le jour fatidique où il devrait se transformer en fille, mais était-il vraiment obligé de faire de nous le point de mire de tout le resto ? Quant à la façon dont il a englouti ses spaghettis, c'était vraiment un sommet du genre.

Mr. Burton

J'étais fermement décidé à ignorer le numéro de Sam – le repas des fauves à la ménagerie n'en aurait donné qu'un pâle aperçu.

Juste avant le dessert, Mary m'a fait un signe de tête. M'éclaircissant la gorge, j'ai levé mon verre.

– Portons un toast au premier jour de Sam à Bradbury Hill et à Matthew pour son entrée en quatrième !

– Manquait plus que ça... a marmonné Sam, tandis que Matthew s'absorbait dans la contemplation de ses pâtes, comme si son assiette avait contenu le secret des origines de l'univers.

– Je tenais à vous féliciter tous les deux pour votre conduite de ces dernières semaines. La situation que nous avons dû affronter n'était pas des plus faciles, et je trouve que vous vous en êtes très bien sortis. N'est-ce pas, Mary ?

– Mais certainement, a-t-elle répliqué.

Sans lever le nez, Sam a émis un bruit mi-succion mi-grognement, et j'ai vu le front de mon épouse se creuser d'un petit pli presque imperceptible, mais de très mauvais augure. Mary est une femme formidable, mais elle peut démarrer au quart de tour.

– Tu ne trouves rien à dire, Sam ? a-t-elle demandé avec lassitude.

Sam a levé le nez de son assiette, le visage barbouillé de viande et de sauce tomate.

– Nnh-nnh, a-t-il fait.

– Bien. Demain, je vous emmène tous les deux en voiture, ai-je dit. Pour le premier jour de classe...

Pour une obscure raison, cette dernière remarque a paru les plonger tous deux dans la consternation. Ils en sont restés pétrifiés, la fourchette à la main, et m'ont lorgné avec des yeux ronds.

– Ça va aller, papa, a dit Matthew. L'école n'est qu'à dix minutes à pied.

– Mais il me semble que ça s'impose, vu les circonstances, a insisté Mary.

– Non, a répliqué Matthew, avec une fermeté surprenante. Tu sais comment c'est, au collège ! Vaut mieux qu'on y aille tout seuls, Sam et moi, dès le premier jour.

– Peut-être devrions-nous laisser Sam en décider lui-même ? ai-je répliqué.

Tous les regards se sont tournés vers l'intéressé qui s'était replongé (au propre, comme au figuré !) dans ses spaghettis.

– Sam ? a dit Mary.

Il a lentement levé les yeux sans cesser de mastiquer, (et sans refermer la bouche, évidemment). Sa bouchée terminée, il s'est essuyé d'un revers de main puis, notant la présence de quelques miettes de viande sur ses doigts, il a froncé les sourcils et les a fait disparaître d'un coup de langue.

– A pied, a-t-il tranché.

Jake

Ce soir-là, Matthew m'a envoyé un SMS ainsi énoncé : « OFFICIEL. DEMAIN JOUR J. OPÉRATION SAMANTHA. »

5.

Matthew

C'était le jour J. Ce matin, Sam a revêtu l'uniforme flambant neuf que lui avait acheté ma mère, et nous sommes partis avec quelques minutes d'avance sur l'horaire habituel. Nous avons agité la main vers mes parents qui nous regardaient depuis la porte, comme deux collégiens tout ce qu'il y a de normal et non comme deux dangereux mercenaires, partant pour une mission punitive particulièrement risquée.

Juste avant le coin de la rue, on s'est retournés pour leur faire un dernier signe puis, une fois hors de vue, on a pris nos jambes à notre cou en direction du parc.

Tyrone nous attendait déjà devant la cabane et Jake était en retard, comme d'hab. Nous avons échangé de brefs signes de tête et, sans un mot, Sam a sorti de son cartable tout neuf – cadeau de mon père pour la rentrée – le sac plastique qui contenait son nouvel uniforme.

– L'heure de la métamorphose a sonné, a-t-il déclaré, sans emphase inutile, avant de disparaître dans les toilettes des hommes au fond de la cabane.

Quelques minutes plus tard, on a vu débarquer Jake, la chemise s'échappant du pantalon et les cheveux en pétard.

– Panne d'oreiller... nous a-t-il seulement expliqué. Et Sam ?

Du menton, Tyrone lui a indiqué la porte verrouillée.

– Il se change...

J'ai consulté ma montre. Nous avions huit minutes pour parcourir les dix minutes de trajet qui nous séparaient de Bradbury Hill.

– Je crois qu'il va être temps d'y aller... ai-je dit d'un ton qui se voulait détendu.

– Ça va, hein ! a râlé Sam. Je peux quand même me recoiffer un peu, non ?

Jake a poussé un soupir :

– Ah, les femmes !

La porte s'est ouverte et on a vu émerger Sam, occupé à fourrer son uniforme de garçon dans le sac plastique.

– C'est parti !

Jake s'est planté en face de lui.

– Dernière vérif ! a dit Jake.

On s'est mis en demi-cercle autour de lui pour inspecter ce Sam nouvelle version. Pour tout dire, ma première impression était décevante. Quand il avait fait ses premiers pas en jupe, dans le salon de Tyrone, il m'en avait vraiment mis plein la vue. Mais là, à peine coiffé et avec sa jupe de guingois, il avait plutôt l'allure d'un garçon grossièrement travesti. Mais le pire, c'était cette chemise d'uniforme qui bouffait bêtement sur sa poitrine creuse.

– Tu ne pourrais pas planquer ça ? ai-je dit, en tirant sur la chemise. Et si tu glissais le surplus de tissu sous ta ceinture, dans ton dos ?

– Elle est beaucoup trop grande, a dit Sam. Elle était comment, ta sœur, à treize ans, Jake ?

– Ben, euh... plutôt avancée pour son âge, a-t-il répondu.

– Super... a ronchonné Sam, en tâchant de dissimuler le tissu sous la ceinture de sa jupe. Ça m'aurait étonné de toi que t'aies une sœur avec des nibards de taille normale !

– J'ai une idée, a dit Tyrone. Demain, je t'amène une paire de chaussettes. Comme ça tu pourras te les mettre...

J'ai vu une dangereuse étincelle briller dans le regard de Sam.

– Je vais te dire, moi, où tu pourras te les mettre !

Il a levé un doigt menaçant mais a paru hésiter. Son regard a délaissé Tyrone pour se poser sur quelque chose qui se trouvait derrière nous.

Une petite vieille, tenant en laisse un chien minuscule, s'était arrêtée dans l'allée et nous lorgnait de l'air gourmand de quelqu'un qui brûle de se mêler de ce qui ne le regarde pas.

Miss Wheeler-Carrington

J'ai souvenir d'une époque où ce parc était un lieu paisible et accueillant. Sans papiers gras, sans chiens errants, sans cris et sans gros mots. Un vrai plaisir !

Certains vous diront qu'il ne faut pas se formaliser des manières déplorables de la jeunesse actuelle, ni des horreurs qu'on entend dans la bouche des adolescents. Mais je crains pour ma part d'être restée très vieille école, sur ce chapitre.

Ce matin, quand j'ai vu cette pauvre petite, manifestement morte de peur et pâle de colère, cernée par ces trois garnements, mon sang n'a fait qu'un tour.

Pas question de faire comme si je n'avais rien vu. Moi, je ne suis pas comme ça !

Jake

La vieille chouette restait là, avec son clebs ridicule, à nous regarder d'un air suspicieux, comme si on avait été une bande de dangereux malfaiteurs.

– Vous avez besoin d'aide, mon poussin ? a-t-elle crié.

On s'est regardés sans comprendre.

– Euh… excusez-moi ? a dit Matthew.

– Ce n'est pas à vous que je m'adresse, galopin ! a-t-elle aboyé.

Se dévissant le cou dans le style échassier, elle zyeutait par-dessus nos épaules, en direction de Sam.

– Est-ce que ces garçons vous importunent, ma pauvre chérie ?

Sam a mis une seconde à percuter, puis il a fait un grand sourire.

– Non, m'dame ! a-t-il dit.

– Eh bien, j'aime mieux ça ! a dit la vieille, avec un regard noir dans notre direction.

Le problème, c'est que Sam, toujours égal à lui-même, n'a pas résisté à l'envie d'en remettre une petite couche :

– Vous bilez pas, m'dame ! lui a-t-il crié. Je leur mets leur branlée quand je veux, à ces pauvres cloches !

La brave dame s'est retournée, effarée, avant de poursuivre son chemin, en traînant son toutou au bout de sa laisse.

Matthew

Sam ouvrait la marche, les mains dans les poches, la jupe fouettant l'air à chaque pas comme personne ne verra jamais une fille le faire.

Nous, on suivait, la tête basse, en ruminant la même idée. Comme ni Jake ni Tyrone ne se décidaient, j'ai pris sur moi d'en parler à Miss Samantha :

– A propos, Sam… lui ai-je dit, style « tiens, ça vient juste de me traverser l'esprit », et si tu essayais de te mettre un peu dans la peau du personnage ? Ça serait peut-être pas mal…

Pour toute réponse, il s'est mis à siffloter entre ses dents – autre truc hautement improbable de la part d'une fille.

Je suis revenu à la charge :

– Tu vois, par exemple, on ne peut pas dire que tu te sois comporté comme une fille normale, tout à l'heure, quand tu as répondu à cette dame, dans le parc.

Il a éclaté de rire en shootant dans une boîte de conserve qui traînait sur le trottoir.

– Ben tiens ! Parce que tu crois que je suis une fille normale, eh, patate !

– Le problème, c'est que si tu ne marches pas dans la combine, on va tous plonger, a dit Tyrone. Pas la peine de faire l'effort de t'habiller en fille si tu continues à rouler les mécaniques, pire que jamais.

– C'était votre idée, les mecs. Trop tard pour venir pleurnicher !

– On ne pleurniche pas ! ai-je protesté. Mais si tu veux que le plan marche, il va vraiment falloir que tu te conduises d'une manière un peu plus – j'ai hésité sur le choix du terme – eh bien, disons... plus féminine.

Il a stoppé net et s'est retourné vers nous en mastiquant ostensiblement son chewing-gum.

– Le contrat, c'était de porter la jupe, et c'est ce que je fais, non ? Il n'a jamais été question de faire la chochotte !

Sans nous laisser le temps de répliquer, il s'était remis en marche.

– C'est comme ça, les filles modernes, nous a-t-il lancé par-dessus son épaule. Faut vous y faire, les gars !

Il a envoyé un coup de poing devant lui comme pour mettre en fuite des ennemis invisibles.

– Si ça vous convient pas, c'est votre problème !

Charley

En ce jour de rentrée, sur le chemin du collège, nous avions pris une grande décision. Non, à la réflexion, elle n'était pas si grande que ça, cette décision. Simple détail, sans plus...

– J'ai bien réfléchi, a dit Zia, sans préambule. Je commence à en avoir ras-le-bol de nos histoires avec les Sheds.

– Tu parles d'un scoop ! a répliqué Elena. On en a toutes ras-le-bol de nos histoires avec les Sheds.

– Oui, mais je veux dire que, personnellement, j'arrête. C'est ma bonne résolution de l'année. On leur en a assez fait voir à ces pauvres types.

– Ah, tu trouves ? a dit Elena.

En fait, j'étais juste en train de me dire la même chose. Je n'étais pas très fière de l'affaire du Burger Bill's, et encore moins de l'intervention de la police.

– Moi, je te suis, Zia ! Il paraît que ce pauvre vieux Tyrone a passé une semaine enfermé dans sa chambre.

– Ça lui apprendra, a grommelé Elena.

– Allez, réfléchis… a dit Zia. La guerre des Trois Garces contre les Sheds, tu ne trouves pas que c'est complètement débile ?

Elena nous a regardées.

– OK, a-t-elle dit. Suffit de faire comme s'ils n'existaient pas. On les laisse croupir dans leur misérable crétinerie.

– On pourrait quand même aller s'excuser, a dit Zia, débordant de patience. Histoire de tirer un trait, de passer l'éponge…

– Moi, je suis pour, ai-je dit.

– Pas question ! a déclaré Elena, avec un hochement de tête définitif.

Avec Zia, on a échangé un regard, sans mot dire. En fait, Elena n'est pas aussi coriace qu'elle voudrait le faire croire.

Il ne s'était pas écoulé trente secondes qu'elle a eu un haussement d'épaules morose.

– Après tout, pourquoi pas ? Il commence à être temps de tourner la page, non ?

Et elle est partie devant nous en pressant le pas, avec l'air de quelqu'un qui vient de résoudre un sacré problème sans l'aide de personne.

Matthew

On est arrivés avec deux minutes de retard, comme prévu. La cour était déjà pratiquement vide. On a couru jusqu'au grand hall, et on a poussé la porte. Tout le monde était là. On n'attendait plus que l'arrivée de Mrs. Cartwright, notre principale, à la tête de l'équipe enseignante. Comme nous remontions tous quatre l'allée centrale pour nous glisser vers des places restées libres au premier rang, j'ai détecté quelques remous de curiosité dans l'assistance. Jetant un coup d'œil vers Sam, je l'ai vu s'avancer d'un pas majestueux, en balançant des sourires à droite et à gauche comme s'il se prenait pour le cousin de la reine d'Angleterre. Pas l'ombre d'un doute ! Loin de raser les murs, il pavoisait dans ses fringues de fille, savourant le plaisir d'être le point de mire de toute la salle.

Elena

J'ai reconnu Matthew qui descendait l'allée centrale dans le grand hall. J'étais sur le point d'ouvrir la bouche pour ironiser sur leur sens de la ponctualité, lorsque je me suis souvenue que les trois pauvres taches précédemment connues sous le terme générique de Sheds étaient à présent nos amis, et j'ai tenu ma langue.

Et puis j'ai aperçu cette blonde qui ouvrait la

marche de leur groupe. Cool de chez cool ! Et là, je n'ai plus pensé qu'à une seule chose : qui ça pouvait bien être ?

Zia

Si je l'ai remarquée ? On ne voyait qu'elle ! Elle a descendu l'allée du grand hall comme si elle traversait son propre salon.

Charley

Elle mâchait un chewing-gum, c'est la première chose qui m'a sauté aux yeux. Bradbury Hill, question discipline, ce n'est pas le bagne, mais ici le chewing-gum est une substance illicite. Tous les profs lui livrent une guerre sans merci. Et voilà que débarque cette inconnue, mastiquant en public, le jour de la rentrée, comme si de rien n'était.

Ça, pour être gonflé... !

Gary Laird

Je ne l'ai même pas vue. A cette heure-là, je devais encore pioncer.

Mark Kramer

Un vrai canon. Tous les mecs l'ont regardée, et tous avec la même idée derrière la tête. Ça alors ! D'où elle débarquait, cette poupée ?

Matthew

On s'est installés. A mes côtés, Sam s'est écroulé sur son siège avec la féminité d'un boxeur entre deux rounds.

Les profs ont fait leur entrée et ont pris place sur de grandes chaises, au fond de l'estrade, en attendant l'arrivée de Mrs. Cartwright, alias la Grande Charretière ou sœur Sourire, pour les intimes.

La première fois qu'on voit notre principale, ce qu'on remarque ce n'est pas tant sa chevelure d'un noir aile de corbeau peu naturel, sa carrure robuste ou son pas alerte et plein d'entrain, mais cet énorme sourire de sainte en extase qui lui court d'une oreille à l'autre. A l'école des profs, quelqu'un a dû lui dire qu'avec les élèves la meilleure stratégie était de garder le sourire, quoi qu'il arrive. Du matin au soir, notre Grande Charretière affiche donc l'air niais et béat de quelqu'un qui piaffe à l'idée de vous annoncer une nouvelle formidable.

Le résultat, quand elle est confrontée à ce qu'elle appelle une « conduite inadaptée », a quelque chose d'étrangement effrayant, parce que plus vous êtes mal et plus son sourire s'élargit. Comme pour renforcer sa réputation de psychotique du sourire, elle se laisse aller, de temps à autre, à craquer devant toute l'école lorsqu'elle se sent dépassée par une poussée d'«inadaptation» particulièrement carabinée. Il paraît même que les jours où le stress de la vie scolaire dépasse ce qu'elle peut supporter, elle s'enferme dans le placard de son bureau et hurle deux ou trois minutes, à gorge déployée, avant d'émerger, fraîche comme une rose et le sourire encore plus épanoui que d'habitude.

Notre sœur Sourire s'est donc lancée dans son grand discours de rentrée. Après un laïus de circonstance sur les vacances et le spectacle que nous devions monter pour la fin du trimestre, elle nous a présenté deux nouveaux professeurs : une femme de moins de trente ans et un quinquagénaire d'allure vaguement porcine, qui allaient enseigner en sixième. Puis elle a enchaîné sur un truc que nous n'avions pas prévu...

– Il y a quelqu'un d'autre dont j'aimerais vous parler ce matin. Un nouveau venu, inscrit en quatrième.

Aïe !

Tyrone a étouffé un petit grognement.

– Il nous arrive d'un collège de la côte Ouest des États-Unis. Je suis sûre que vous allez lui réserver un bon accueil et que vous ferez tous un effort spécial pour qu'il se sente ici chez lui... !

J'ai eu un mal de chien à déglutir. Ma bouche s'était soudain tapissée de carton.

– Sam Lopez !

Mrs. Cartwright a survolé son public du regard, la main en visière, comme un capitaine scrutant l'horizon.

– Où est-il donc ?

Pendant quelques secondes, une vague d'agitation fébrile a parcouru les rangs. Chacun regardait autour de soi, en quête d'un nouveau visage.

Puis, sans hâte, chassant d'une main alanguie une poussière qui traînait sur sa jupe, Sam s'est levé.

– J'suis là, m'dame, a-t-il dit.

Zia

Tout le monde était plié de rire. Le discours inaugural de sœur Sourire a toujours quelque chose de guindé, mais quand le fameux Sam s'est révélé être une fille, ça a franchement détendu l'atmosphère. C'est toujours marrant quand quelque chose d'inattendu fait dégringoler un prof de son piédestal, et d'autant plus s'il s'agit de la Grande Charretière paradant devant toute l'école rassemblée, tel le Führer à un rassemblement des Jeunesses hitlériennes. Ça valait vraiment le coup d'œil !

L'Américaine s'est retournée vers nous avec un sourire éblouissant, ce qui a immédiatement eu pour effet de relancer la vague de rigolade. Mrs. Cartwright a dû s'égosiller pour ramener un semblant de calme.

Matthew

La principale a affiché un sourire encore plus crispé et plus bidon que d'habitude.

– Tiens ! Il me semblait que Sam Lopez était un garçon, a-t-elle dit.

– Pas celle que je connais, en tout cas ! a répondu Sam, non sans déclencher d'autres rafales de fou rire.

– Je suppose que Sam est le diminutif de Samantha… ?

– Non, m'dame.

Sam répondait du tac au tac, visiblement ravi d'en rajouter.

– J'm'appelle Sam, m'dame. C'est le prénom que m'a donné ma mère.

– Elle vous a appelée Sam ?

– Ma mère était féministe, m'dame.

Mrs. Cartwright a paru profondément troublée par cette évocation de la défunte mère de Sam, alliée à cette référence au féminisme.

– Ah ! Bien... parfait. Très intéressant. Eh bien, voilà la première surprise de ce trimestre ! a-t-elle ajouté, avec un petit rire qui a sonné particulièrement faux. Maintenant que nous avons élucidé le mystère de votre sexe, Bradbury Hill vous souhaite la bienvenue, Sam Lopez.

– Merci, m'dame ! a répliqué mon cousin, avant de se rasseoir, toujours impérial.

Le trimestre commençait à peine, mais Sam avait déjà imposé son style.

Mrs. Cartwright

Cette première réunion du trimestre est un important moment et, à vrai dire, j'aurais préféré qu'aucune erreur administrative ne vienne perturber cette prise de contact. Mais, comme je l'ai expliqué un peu plus tard à Steve Forrester, la faute ne m'incombait qu'en partie. Mrs. Burton m'avait appelée pendant les vacances, et je n'étais pas spécialement ravie à l'idée de devoir accueillir en catastrophe ce jeune Américain – qui se révèle être une jeune Américaine. Elle avait changé d'école si souvent qu'il ne subsistait pratiquement aucune trace de son passé scolaire.

Pour autant que je m'en souvienne, il m'avait semblé que Mrs. Burton me parlait d'un garçon, mais j'ai pu confondre. Comment aurais-je pu deviner que Sam n'était pas le diminutif de Samuel ?

Quant à la jeune fille elle-même, elle ne m'a pas frappée par un excès de retenue et de respect... Mais je dois dire qu'elle se trouvait dans une situation particulièrement délicate, puisque ce petit quiproquo se déroulait devant toute l'école réunie. Je lui ai donc laissé le bénéfice du doute. Ce qui aurait pu passer pour de l'effronterie n'était en fait qu'une façade. Sam devait être une charmante jeune fille de treize ans, somme toute assez timide. C'est du moins ce que je me figurais.

Elena

D'habitude, je suis plutôt allergique aux m'as-tu-vu. Mais cette nouvelle avait quelque chose qui me donnait envie de mieux la connaître. La façon dont elle avait sorti «J'm'appelle Sam, m'dame!», en expliquant que sa mère était féministe, comme si elle était outrée d'avoir à préciser ce genre de détail! Elle s'est conduite comme nous aimerions tous pouvoir le faire dans ce genre de situation.

Elle aurait dû faire les frais de l'embrouille et se mettre à bafouiller, mais pas du tout. Elle a retourné la situation aux dépens de sœur Sourire, et je me suis dit: «Hé, mais je vais finir par la trouver sympa, cette fille!»

Matthew

Sam flirtait avec le danger. Tous les élèves réunis dans le grand hall en avaient bien conscience, mais pas lui. Et ce danger ne venait pas uniquement de la principale...

Gary

J'ai ouvert un œil au milieu de la réunion et j'ai vu la nouvelle qui se la jouait complètement. Pour qui elle se prenait, cette petite morveuse, avec sa queue de cheval ? Il était grand temps de lui expliquer les choses de la vie, à Bradbury Hill.

Matthew

On est sortis dans les derniers, après le discours de la principale. Sam était avec nous, distribuant de grands sourires à tous ceux qui le dévisageaient.

– Fais gaffe ! reste près de nous, lui a glissé Tyrone, mais Sam s'amusait trop pour l'écouter.

On traversait la cour quand on a vu se profiler à l'horizon la grande carcasse de l'inévitable Gary Laird, qui est venu se planter entre Sam et nous.

En toute honnêteté, on ne peut pas dire que Gary traîne avec une bande de loubards, parce qu'il est une bande de loubards à lui tout seul. Il ne traîne avec personne parce qu'il n'aime personne, et qu'on le lui rend bien. Un mètre quatre-vingts, plutôt bâti en force, avec le crâne presque rasé. Une vraie caricature de délinquant.

Quand il s'agit de semer la terreur, Gary tient le sommet du hit-parade, laissant loin derrière lui les autres petits machos de service qui roulent des mécaniques par plaisir ou pour passer le temps. Pour Gary, ça n'est pas un hobby. C'est une carrière, et même une vocation.

– Hé ! Miss Amérique ! lui a-t-il lancé.

Sam l'a royalement ignoré et a passé son chemin. Gary lui a emboîté le pas en traversant la cour, le surplombant de toute sa masse.

– Tu veux que je te file un rencard, Miss Amérique ? a ricané Gary.

Sam a stoppé net.

– T'as un problème, toi ? lui a-t-il demandé, les yeux réduits à deux fentes.

– Hé, j'en connais un bout sur les Américaines. Un vrai spécialiste ! s'est esclaffé Gary, avec un gloussement mauvais.

– Sois sympa, Gary. Elle est nouvelle, a dit Tyrone.

Gary a fait la sourde oreille.

– Tout le monde est au parfum, pour les Américaines !

– Ah ouais ? a répliqué Sam. Au parfum de quoi, au juste ?

Soit que la question ait été trop complexe pour ce qui lui servait de cerveau, soit que quelque chose dans l'attitude de Sam lui ait donné à réfléchir, Gary a préféré changer de sujet.

– Dis donc, c'est du chewing-gum que tu mâches, Miss Amérique ? lui a-t-il demandé, un ton plus bas.

– Ouais, a fait Sam, en mastiquant de plus belle.

– J'aime pas qu'on mâche du chewing-gum quand je cause. C'est un manque de respect.

– Et si t'allais te faire cuire un œuf, connard ? lui a balancé Sam, sans cesser de mastiquer.

La droite de Gary a tressauté, mais Sam n'a pas bougé d'un cheveu. Jake et Tyrone arrivaient à la rescousse, lorsque quelqu'un d'autre s'est interposé.

Charley

« Laisse-la tranquille, Gary ! » lui ai-je dit.

Il a lentement fait pivoter son horrible tête dans ma direction, paupières plissées, comme si mes paroles mettaient un certain temps à infuser dans ses épaisses méninges, telle une tache d'encre dans du papier buvard. Je sentais la présence de Zia et d'Elena à mes côtés. Il y avait comme un malaise. Aucune personne saine d'esprit, sans distinction d'âge ni de sexe, n'irait se mettre Gary Laird à dos, mais au moins nous étions trois à l'attendre de pied ferme.

– C'est quoi, ça, le front de libération des gonzesses ? a-t-il ricané.

– Non. Figure-toi que c'est...

J'allais lui balancer quelque chose de bien senti et d'édifiant sur les bienfaits de la civilisation, l'absurdité de la violence ou la lâcheté que c'était de s'en prendre à quelqu'un de plus faible physiquement, lorsque la dénommée Sam m'a coupé la parole :

– Exact, crâne d'œuf, a-t-elle dit en regardant Gary dans le blanc de l'œil, comme si elle se retenait de le mettre KO, et non l'inverse. C'est ça, ouais : le front de libération des gonzesses. Maintenant, les filles ne se laissent plus marcher sur les pieds !

Elle lui a pointé son index sur le sternum.

– Va falloir t'y faire, ma grosse bavure !

Waouh ! Gary a eu l'air prêt à exploser de rage. Il a serré le poing et...

– Est-ce que vous comptez m'honorer de votre présence, ce matin ?

Steve Forrester nous attendait au sommet des marches du perron.

Gary a fait demi-tour et s'est éloigné, les phalanges traînant par terre, en grommelant des menaces, tandis que Sam se frayait un chemin vers nous.

– Hé ! Merci, les filles ! a-t-elle dit, en nous souriant.

– Pas de problème, a dit Elena. Le front de libération des gonzesses, tu connais ?

Sam est partie d'un grand éclat de rire, comme si c'était la meilleure blague de l'année.

– Tu parles !

Gary

Là, elle a eu du pot. Mais, la prochaine fois, je l'écrase. C'est une morte en sursis. Point final.

6.

Matthew

Juste un mot, sur Steve – notez bien que je ne dis pas Mr. Forrester, mais Steve.

En tant que prof, Steve est trop cool pour être honnête.

Il aime la bonne musique. Il comprend les blagues. Il regarde les bonnes émissions à la télé. Physiquement, il n'est pas mal, dans le genre vieux lycéen monté en graine. Il a même été champion de tennis au tournoi du comté. Et c'est le seul prof, de toute l'histoire de l'enseignement secondaire, qui puisse arriver en jean à ses cours sans avoir l'air débile. Si le ministère de l'Éducation nationale décidait de tourner une pub pour vanter les mérites de la profession, Steve serait l'homme de la situation : l'exemple idéal du prof épanoui.

Mais ça fait belle lurette que les Sheds ont vu clair dans son jeu. Dès notre première année de collège, où il était notre prof d'anglais, nous avons subodoré que Steve était trop sympa, trop bien dans ses baskets, pour un prof normal. Il devait d'ailleurs sentir notre réticence car, de temps à autre, quand il s'adressait à nous, je voyais comme une ombre passer sur son visage, une imperceptible crispation de dédain. L'une des Trois Garces (Zia, plus précisément), l'avait remarquée elle aussi, et elles ne se sont pas privées d'en jouer. A la fin de l'année, elles caracolaient toutes trois en tête de classe, en anglais du moins, tandis que Jake, Tyrone et moi, on ramait dans le fond, parmi les irrécupérables.

Il serait injuste de prétendre que Steve casse systématiquement les garçons. C'est plutôt qu'il accuse une nette préférence pour les filles et qu'il trouve plus facilement un terrain d'entente et de communication avec elles. Bonne nouvelle pour cette chère Miss Lopez !

Ce premier matin, comme les Sheds avaient repris leurs positions habituelles sur le front arrière, j'ai observé Steve pendant qu'il bavardait avec Sam, stratégiquement placé entre Elena et Charley. Dans la physionomie du prof, tout indiquait qu'il était déjà sous le charme de cette nouvelle venue qui, sous ses dehors frêles et vulnérables, avait su faire preuve de tant d'aplomb et de détermination devant toute l'école réunie. Elle incarnait parfaitement son genre d'élève : quelqu'un qui, tout en étant réceptif à son enseignement, était capable de prouver, pour reprendre une de ses expressions préférées, qu'il ne « manquait pas de répondant ».

Steve Forrester

Il y a eu un incident dès la réunion de ce matin. Cette nouvelle année a débuté sur un quiproquo.

Puis, juste avant mon premier cours, il s'est produit un début d'accrochage dont l'auteur était cet épouvantable Gary Laird. Et d'expérience, j'ai compris que nous étions partis pour naviguer sur des eaux houleuses durant cette première heure, et bien au-delà.

On peut traiter ce genre de problème par le mépris en faisant mine de n'avoir rien vu. Mais je préfère adopter une approche plus directe et plus sincère.

Sam Lopez, la petite nouvelle, a quelque peu bouleversé la dynamique de groupe instituée en quatrième. J'ai constaté non sans un certain plaisir que dans l'heure où elle est arrivée à Bradbury Hill, elle a pris ses distances avec son cousin Matthew Burton et ses amis – une influence déplorable, comme j'ai pu le constater – pour se rallier à Charley, Zia, et Elena. Elles se sont toutes quatre installées dans les premiers rangs, tandis que Matthew et son trio allaient dans le fond, conformément à leurs habitudes.

Mais il fallait encore satisfaire aux rites d'initiation, pour que la nouvelle soit définitivement intégrée à la bande. Il est indispensable de leur laisser le temps de se renifler mutuellement sous la queue (au figuré bien sûr!) Ce matin, j'ai donc proposé à la classe de faire l'effort de mieux se connaître. Parce que, comme je l'ai expliqué, l'entrée en quatrième est un cap important, et que nous sommes tous en pleine évolution. C'était l'occasion de prendre un nouveau départ... Et pour certains d'entre nous, ce ne serait pas un luxe! ai-je ajouté avec un coup d'œil appuyé vers le fond de la classe.

J'ai alors invité tous les élèves à prendre la parole à tour de rôle pour nous raconter, à moi et à leurs camarades, ce qu'ils avaient fait de leurs vacances.

Tyrone

Une vraie perle, typique de la méthode Steve : des fois, on sent que ça le démange, son côté hippie. Elena a donc pris la parole, pour nous informer qu'elle avait appris à faire du surf dans le Cornwall. Une autre fille, une certaine Julie, nous a ensuite raconté qu'elle n'était pas partie et qu'elle avait passé l'été à traîner, comme d'habitude. Dave avait eu un chien. Kofi s'était fait piquer son mobile. Bref, rien de bien palpitant.

Jusqu'à ce que Steve, s'approchant des tables du premier rang, avec son grand sourire spécial « on est entre nous », s'exclame :

– A ton tour, Sam ! Comment se sont passées tes vacances ?

Steve Forrester

La jeune Américaine s'est levée et s'est tournée face à la classe.

– Eh bien, pour commencer, a-t-elle dit, ma mère est morte, ce qui était plutôt craignos...

Elle s'est interrompue, le temps de laisser ses paroles infuser un peu, puis a brisé le silence qui s'était installé d'un :

– Enfin, vous savez ce qu'on dit... ça n'arrive pas qu'aux autres, ce genre de merde !

Tous les regards se sont tournés vers moi. J'ai beau adopter un style détendu, tout le monde sait que je suis très à cheval sur le langage. Pour une fois, il m'a cependant semblé plus prudent de laisser à Sam Lopez une certaine marge de manœuvre. Elle traversait une dure épreuve. Par la suite, nous aurions tout le temps de revenir sur les règles prohibant l'usage des gros mots et des jurons.

– J'ai donc dû quitter ma maison, a-t-elle poursuivi. Dire *bye-bye* à ma ville, à mes copains, à ces bons vieux États-Unis d'Amérique pour venir m'installer chez mon cousin, Matthew Burton.

Les têtes se sont tournées vers Matthew, qui a confirmé, d'un signe de la main.

– Et depuis, eh bien, il y a eu du positif et du moins positif, a poursuivi Sam. On m'a acheté des tas de vêtements neufs. J'ai failli me faire renverser plusieurs fois par les bagnoles. Elles roulent à gauche chez vous, drôle d'idée ! Et j'ai fait des trucs sympas avec Matthew et son…

Elle a achevé, avec un curieux petit sourire :

– … Gang…

– Ça, je te plains ! a marmonné Charley, juste assez fort pour que toute la classe l'entende.

– Merci, Charley, ai-je dit.

– Je crois que c'est à peu près tout, a conclu Sam.

– Tu as passé un été éprouvant, Sam, lui ai-je dit avec un sourire. Nous te souhaitons tous une bonne rentrée à Bradbury Hill.

– Ouais, cool ! a-t-elle dit en se rasseyant.

Et le cours s'est poursuivi. Un peu plus tard, comme il fallait s'y attendre, Jake a essayé de me tester. Il s'est lancé dans le récit d'obscurs démêlés qu'il aurait eus dans un fast-food local, puis il a grimacé un de ces horripilants petits sourires en coin dont il a le secret, en répétant :

– Mais vous savez ce qu'on dit… ça n'arrive pas qu'aux autres, ce genre de merde !

J'ai donc dû faire une petite mise au point concernant l'usage des termes orduriers. Jake a aussitôt objecté que je n'avais pas réagi quand Sam avait dit « merde ». Nous avons alors discuté en toute liberté et en toute franchise, et j'ai conclu en précisant que la prochaine grossièreté, quel que soit celui ou celle qui la proférerait, Sam comprise, vaudrait une colle à son auteur.

A peine en avais-je terminé, (et je suis sûr de n'avoir pas rêvé), que la petite nouvelle a levé le nez vers moi et m'a fait un clin d'œil.

J'ai été pris d'un doute fugace mais troublant : et si c'était elle qui avait tout manigancé ?

Matthew

Il s'est passé un truc bizarre pendant le premier cours. On s'était mis derrière tous les trois, un poil angoissés par la tournure que prenaient les événements. Sam n'allait-il pas lâcher quelque chose de si énorme, de si manifestement fabriqué de toutes pièces que la vérité exploserait au grand jour, nous plongeant tous les trois dans le plus profond merdier de toute l'histoire des merdiers.

Mais l'heure s'est écoulée sans encombre, surtout quand Sam s'est levé pour nous faire son numéro de petite orpheline, et nous a démontré, s'il en était encore besoin, l'étendue de ses talents d'acteur. A présent, il est bel et bien dans la peau de son personnage. Mais ça ne s'arrête pas là ! Ce qui était si agaçant en lui, version garçon (son arrogance, son accent ricain, ce plaisir qu'il prend à choquer, à faire le malin, et plus généralement, à monopoliser l'attention), tout cela, maintenant qu'il est une fille, fait partie de son charme. Pour n'importe qui, se retrouver parachuté dans une nouvelle école en territoire inconnu, aurait été une épreuve, mais pour Sam-la-fille, c'était un jeu d'enfant. Il était déjà la star de toute la classe.

– Je crois que ça va le faire... ai-je glissé à l'oreille de Jake, tandis que Sam pérorait au premier rang, sous les regards admiratifs de toutes les autres filles.

Jake a secoué la tête.

– Non ! Pas s'il continue à se trimbaler avec cette grosse montre de mec au poignet !

Ah. J'y ai regardé de plus près. A son poignet, dépassant de temps à autre de sa manche, il portait une montre de plongée énorme, criarde, étincelante, qui trahissait son passé masculin.

A la fin du cours, nous avions une pause de vingt minutes. Sam est arrivé accompagné de Zia, avec qui il caquetait à perdre haleine. J'ai tenté d'attirer son attention, mais il est passé sous mon nez, sans s'émouvoir, comme si ma tête ne lui disait plus rien.

Dans la cour, pendant que Sam et Zia avaient rejoint Charley et Elena, j'ai fait une nouvelle tentative :

– Tout va comme tu veux, Sam ?

Elles se sont toutes quatre tournées vers moi et m'ont fusillé du regard.

– Bien sûr ! Pourquoi ça n'irait pas ?

– Je me demandais si tu n'avais pas besoin que je te *montre* quelque chose... lui ai-je dit, avec un regard appuyé en direction de son poignet.

– Qu'est-ce qui lui prend ? a demandé Sam aux trois autres.

– Je crois qu'il essaie d'attirer ton attention sur ta montre, a dit Charley.

Sam a levé le poignet, révélant la pièce à conviction.

– Hé ! Mais tu portes une montre de garçon ! s'est écriée Elena.

– Euh… c'est la mienne, je la lui ai prêtée ! me suis-je empressé d'expliquer. Je ne voulais pas qu'elle arrive en retard en cours, le premier jour de l'année…

– Qu'est-ce que tu racontes ? s'est esclaffée Sam. Elle est à moi, cette montre. Aux States, plus aucune fille ne porte ces petites montres ridicules. On préfère les grosses montres sport. C'est la dernière tendance.

– Vraiment… ? a murmuré Elena qui ne vit que pour la mode, et elle a attrapé le poignet de Sam pour examiner sa montre de plus près.

J'ai bafouillé quelques explications, comme quoi j'avais dû me tromper, parce que cette montre ressemblait comme une sœur à la mienne, mais plus personne n'écoutait. Elles s'étaient toutes précipitées sur Sam. Il a lancé un coup d'œil dans ma direction par-dessus leurs têtes, et m'a décoché un sourire radieux, avant de me congédier d'un signe éloquent. Ma présence n'était plus indispensable…

J'ai traversé la cour en sens inverse pour rejoindre Jake et Tyrone.

– Comment elle s'en sort ? a demandé Jake.

J'ai regardé en arrière. Zia était en train de tapoter les boucles blondes de Sam d'un air admiratif. Toutes les quatre, elles composaient un émouvant tableau de la solidarité féminine triomphante.

– Comme un chef ! ai-je répliqué.

Tyrone

Le fait est qu'on ne l'a pas vu venir. On était tellement inquiets de la façon dont Sam allait se
débrouiller pour infiltrer la bande d'Elena qu'à peine
passée la porte de l'école, on a perdu de vue un point
crucial. Ce type, c'était vraiment le roi de l'embrouille.
Il était né comme ça et le resterait jusqu'à son dernier
jour. Au moment même où Sam semblait avoir été
intronisé Miss America par la classe, au moment où
tout semblait lui réussir, on pouvait parier qu'une tuile
allait nous tomber dessus – ou plutôt un missile à tête
chercheuse !

Gary Laird a un cerveau taille petit pois, et encore,
bien sec. Aller jusqu'au bout de l'idée la plus simple,
c'est parfois un peu compliqué pour lui. Mais, comme
les éléphants, il a de la mémoire. Dès que quelqu'un
lui porte le moindre ombrage, même pour un truc
microscopique, il se retrouve sur la liste noire de Gary,
sa liste des personnes à abattre.

Et à présent, Sam est en tête de liste. Gary n'est toujours pas revenu de la manière dont la petite nouvelle
a monopolisé les projecteurs pendant la réunion générale. Puis il a vaguement capté chez elle cet étrange
manque de crainte et de respect, quand il l'a abordée
dans la cour. Et pendant toute la première heure de
cours, le petit pois sec qu'il a dans le crâne a été
tenaillé par une terrible soif de vengeance.

Jim Kiley

Moi, je ne tenais pas à m'en mêler. Occupe-toi de
tes oignons, Jim ! – c'est ma devise. Mais vous l'avez

déjà vu, Gary ? Vous lui avez parlé ? C'est pas le genre de type à qui on peut dire non – pas si on tient à rester entier, en tout cas. Ce qui fait que, quand Gary m'a dit de lui envoyer la nouvelle au bâtiment de sciences nat, je n'ai même pas essayé de lui demander pourquoi ni comment. Je me doutais bien que ça n'était pas pour cueillir des pâquerettes, mais je me suis dit : « C'est pas ton problème ! » A Bradbury Hill, c'est le seul moyen de survivre dans le même secteur que Gary Laird.

Gary

Mon heure était venue. J'avais passé tout le cours à mijoter ça. J'étais décidé. Fin prêt. Au sommet de ma forme !

Elena

Sam était en train de nous raconter des tonnes de trucs insensés sur la vie qu'elle menait en Amérique, quand on a vu arriver Jim Kiley, un de ces petits agités de sixième, pratiquement invisible à l'œil nu, qui nous a dit que Mr. Smart, le principal adjoint, voulait voir immédiatement Sam pour des problèmes d'inscription, dans le bâtiment de sciences nat.

Mr. Smart, dans le bâtiment de sciences ? Il est prof de géo... Et pourquoi là, tout de suite ? Qu'est-ce que ça avait de si urgent ? Si c'était une blague, elle ne s'annonçait pas très subtile.

– Gary !

De nous trois, c'est Charley qui est arrivée la première sur les lieux.

– C'est un piège ! s'est-elle écriée.

Mais Sam avait déjà tourné le coin. Nous nous sommes précipitées pour lui prêter main-forte.

C'est alors que nous avons entendu ce cri, un hurlement digne de Tarzan, qui venait du bâtiment de sciences.

Zia

Pendant quelques secondes, toute la cour s'est figée dans un grand *Qu'est-ce qu…?* général. Puis tous les élèves présents se sont rués vers la source du bruit.

Quand on a tourné le coin à notre tour, il s'était déjà formé une petite grappe de curieux près de l'entrée du bâtiment.

On s'est frayé un passage dans la cohue.

Et là, nous attendait un spectacle inouï.

Gary Laird était plié en deux. Ses joues avaient viré à l'aubergine, et sa tête était bizarrement inclinée sur sa poitrine. De sa bouche sortait une sorte de meuglement douloureux, style vache en train de vêler. Au-dessus de lui, encore plus frêle que d'habitude, par contraste, se tenait Sam. Sa main s'était refermée sur l'oreille gauche de Gary qu'elle tordait en l'écartant de son crâne de néandertalien.

La scène avait quelque chose de surnaturel. C'était à la fois inquiétant et comique de voir la terreur de la seconde écroulée aux pieds de cette petite blonde qui l'avait réduit à sa merci d'une façon si radicale et si humiliante.

– C'est l'Américaine ! a lancé une voix dans la foule.

– Vas-y, t'as qu'à l'achever ! s'est écrié quelqu'un d'autre, déclenchant une cascade d'éclats de rire enthousiastes.

Mais Sam n'écoutait personne. Elle se concentrait sur sa victime.

– Tu voulais me parler, mon pote ? a-t-elle dit avec une rage froide, parfaitement contrôlée. T'avais quelque chose à me dire ?

– Noooon… a gémi Gary. Rien. Rien du tout !

Sam lui a tiré l'oreille si brutalement que j'ai vu mon voisin de devant détourner la tête avec un frisson.

– Attention, tu vas me mettre en rogne, a fait Sam sans desserrer les dents. Je suis sûre que tu as un truc à me dire !

– Sssss… a lâché Gary, en un sifflement évoquant celui d'un pneu crevé. S'cuse !

Sam lui a à nouveau tiré l'oreille.

– *Excuse-moi, Sam !* a-t-elle dit.

– Excuse-moi, Sam.

C'est à ce moment crucial que quelqu'un à l'arrière a crié :

– Forrester !

Tandis que Steve Forrester jouait des coudes pour fendre la foule, Sam a levé les yeux et a paru hésiter à relâcher sa victime. Elle lui a libéré l'oreille mais, à la seconde même où Gary semblait se détendre pour souffler un peu, elle lui a balancé un coup de pied, de toutes ses forces, en visant l'entrejambe. Gary a été comme soulevé du sol et a atterri sur le bitume, où il s'est ramassé en un tas pitoyable, agité de spasmes.

– Qu'est-ce qui se passe ? a demandé Steve.

Sam a remis derrière son oreille une de ses boucles blondes échappée de sa queue de cheval et a ouvert de grands yeux.

– Je me suis fait agresser, m'sieur !

Sa voix s'était soudain faite plus timide et plus fluette.

– Quelqu'un m'a dit que le directeur adjoint voulait me voir, et quand j'ai tourné au coin de ce bâtiment, ce garçon m'a littéralement sauté dessus !

L'espace d'une seconde, elle a eu l'air de se retenir de fondre en larmes.

– Sans aucune raison, m'sieur !

Le regard de Steve s'est abaissé vers Gary, qui se tordait toujours de douleur, les mains entre les jambes.

– C'est vrai, Gary ?

L'interpellé ne respirait plus qu'à grand-peine.

– C'est une... sadique ! a-t-il grogné.

– C'est ça, oui ! a crié une voix de fille dans la foule. Et c'est elle qui a commencé, peut-être ?

– Moi, j'ai tout vu, a dit quelqu'un d'autre. Sam marchait tranquillement, sans se douter de rien, quand il l'a attrapée par sa veste !

Gary s'est redressé et s'est assis.

– Je voulais juste lui dire un truc, a-t-il grommelé d'un air morose en se massant l'oreille gauche. Je vois pas pourquoi elle a réagi... comme ça !

Steve Forrester a eu un petit rire glacial.

– J'ai comme l'impression que tu as enfin trouvé quelqu'un à qui parler !

Gary a essayé d'argumenter, mais l'opinion de Steve était déjà faite.

– Je vais rapporter l'incident à la principale, a-t-il dit. Quant à vous, Miss Lopez, a-t-il ajouté en se tournant vers Sam qui se rajustait, sachez que la violence ne résout jamais rien dans la vie, et qu'il est extrêmement brutal de donner un coup de pied à un garçon comme vous venez de le faire. Ça peut être très douloureux. Me suis-je bien fait comprendre ?

Sam a hoché la tête.

– Oui, m'sieur, a-t-elle dit à voix basse.

– Très bien. Allez faire un brin de toilette, avant le prochain cours.

La foule s'est respectueusement ouverte devant Sam, le valeureux toreador en jupons qui venait de faire mordre la poussière à ce taureau furieux. Des murmures impressionnés ont couru dans l'assistance.

– Bien joué, Supernana ! a crié quelqu'un.

Et sous les regards de toute l'assistance, elle a mis le cap sur les toilettes, dont elle a poussé la porte avant d'entrer…

… dans celles des garçons.

Elena

On en est toutes restées bouche bée. Puis on a vu Matt Burton s'élancer sur ses talons avant de disparaître dans les toilettes.

Matthew

Là, tout était par terre. Ça ne faisait pas un pli. Il avait commencé par réduire Gary Laird à sa merci, un truc que personne au monde, les deux sexes confondus, n'avait jamais réussi à faire. Après quoi, comme si ça ne lui suffisait pas, il avait filé dans les toilettes des garçons, sous l'œil éberlué de toute la cour.

Je l'ai immédiatement rejoint, en tâchant de garder l'air calme et dégagé. Il était devant les urinoirs et relevait tranquillement sa jupe.

– Qu'est-ce que tu fiches ? ai-je grommelé entre mes dents.

– A ton avis ?

– Mais t'es une fille !

Il a jeté un coup d'œil vers le bas avec un petit ricanement goguenard.

– Ça, première nouvelle…

– Tu sais bien : l'Opération Samantha !

Ayant fini son affaire, il est allé se planter devant le miroir.

– Ah, ouais ! s'est-il esclaffé, en tirant sur l'élastique qui lui retenait les cheveux. Je suis une gonzesse… ça a failli me sortir de l'esprit !

Il m'a regardé, et ma terreur a dû lui sauter aux yeux, parce qu'il a haussé les épaules avec une imperceptible nuance d'excuse, en marmonnant :

– Ça a dû un peu m'emmêler les idées, de lui exploser la tronche, à l'autre morve d'huître !

J'ai glissé un regard vers la porte. D'une seconde à l'autre, quelqu'un risquait d'entrer.

– Grouille-toi de te recoiffer, et laisse-moi faire.

Il a rassemblé sa queue de cheval et a glissé l'élastique dans ses cheveux avec une adresse qui forçait le respect.

– Ne va surtout pas t'imaginer des choses… lui ai-je murmuré, en lui passant le bras autour des épaules.

Il a fait un bond, comme si je lui avais infligé une décharge de trois mille volts.

– Tu es barge ou quoi ! Qu'est-ce que tu fous ?

– Je te tire du pétrin.

Et m'avançant, d'autorité, je l'ai repris sous mon aile.

– C'est l'affaire de dix secondes. Contente-toi de jouer les évaporées.

Quand j'ai rouvert la porte, Elena, Zia et Charley attendaient dehors.

– Allez viens, Sam, ai-je dit d'une voix apaisante. Les filles vont s'occuper de toi.

Il avait baissé la tête. Je l'ai senti fondre, au creux de mon bras. La gentille petite Sam, frêle et vulnérable, était de retour.

– Quoi... Qu'est-ce qui s'est passé... ? a-t-il fait, dans un murmure étonné.

– Tu t'es gourée de porte. C'est pas bien grave...

J'ai décoché un sourire attendri aux filles.

– Elle est encore sous le choc.

– Mais... a balbutié Sam, en promenant autour de lui un regard perplexe.

– Aux States, les toilettes sont mixtes. Je n'avais pas remarqué... Oh... mon Dieu ! C'est vraiment trop bête !

Il en faisait un peu trop à mon goût, mais les filles ont aussitôt fondu.

– Oh, ma pauvre Sam !

Elena s'est avancée, les bras tendus, et Sam s'est laissé câliner.

Au bout de quelques minutes de cette touchante manifestation d'entraide féminine, elles l'ont emmenée en lui prodiguant roucoulades et paroles de réconfort. Comme je les regardais s'éloigner, la main de Sam s'est glissée derrière son dos, le majeur dressé.

Je n'ai pas pu réprimer un sourire.

Gary

Elle m'a pris au dépourvu. Pour une fille, elle était drôlement costaud. Et mauvaise, avec ça ! Je voulais juste lui apprendre un peu les bonnes manières mais, en fin de compte, c'est moi qui me suis retrouvé avec l'oreille à moitié arrachée et une convocation chez la dirlo. Cette Sam Lopez, c'est pas de la tarte ! J'aurais pu lui régler son compte, sans problème – mais après ce qui s'est passé, j'ai décidé que j'avais mieux à faire.

7

Charley

Nous étions toutes réunies autour de Sam, dans un élan de solidarité bien naturelle. Rude matinée pour elle : elle avait successivement tenu tête à Cartwright, parlé de sa mère devant toute la classe, repoussé une attaque de l'affreux Laird et, pour couronner le tout, s'était retrouvée par erreur dans les W.-C. des garçons.

Ce qu'il lui fallait à présent pour se requinquer, c'était une bonne séance de papotage entre copines !

A l'heure du déjeuner, on s'est donc précipitées à la cantine vers nos places habituelles, à la table du coin. Sam était toujours un peu pâlotte, après toutes ces émotions. Pour la dérider, on s'est mises à bavarder. Elle faisait désormais partie du club. Pas l'ombre d'un doute : elle avait tout à fait l'étoffe d'une Garce à part entière !

Matthew

On est arrivés à la bourre à la cantine, et on a dû se caser à la grande table avec une bande de cinquièmes. Sam, lui, trônait en compagnie des filles, à leur table attitrée. Il ne disait pas grand-chose, mais semblait tout ouïe, tandis que les trois super championnes de première division de commérage toutterrain dribblaient de la langue comme des diablesses et se refilaient le témoin autour de lui.

En toute sincérité, je n'aurais pas échangé ma place contre la sienne. La parlotte, au-delà d'une certaine dose, ça devient toxique pour un garçon. On peut très bien communiquer en quelques mots, ponctués de quelques grognements, gestes ou mimiques. Mais elles, elles se sentent obligées de cancaner à propos de tout et de n'importe quoi. Dès qu'une idée éclôt dans leur tête, et parfois même avant, il faut qu'elles en fassent profiter toutes leurs copines !

Si j'étais misogyne (ça, Dieu m'en garde !), je dirais que de ce point de vue, elles sont nettement plus superficielles que nous.

J'ai tâché d'intercepter le regard de Sam, mais il semblait plongé dans les papotages en cours.

Elena

Ce qu'il y a de formidable, avec les copines, c'est qu'on peut tout se dire. Quand on est toutes les trois, il n'y a plus de censure, plus de : « Zut ! J'aurais mieux fait de tenir ma langue ! » Tôt ou tard, toute la vérité, y compris les trucs les plus embarrassants, tels que

Mark Kramer et ses rendez-vous virtuels, finit par éclater. Ça doit être un peu différent en Amérique, parce que Sam s'est contentée de nous écouter, bouche bée, le regard faisant la navette entre nous trois.

Charley

Au déjeuner, j'ai lancé :

– Vous savez ce que j'ai failli dire, quand Steve nous a demandé de raconter nos vacances ?

– Qu'Elena avait eu des vues sur Mark Kramer ? a demandé Zia, l'air de ne pas y toucher.

J'ai haussé les épaules.

– En fait, j'ai été à deux doigts de lui dire : « Eh bien, mon cher Steve, la grande nouvelle de cet été, c'est que je les ai eues ! »

– Oh, ouaaaais !

Elena a applaudi si fort que tous nos voisins de table se sont retournés vers nous.

– Avec crampes et tout, ai-je précisé, en laissant filtrer une pointe d'orgueil dans ma voix.

– Sacrée Charley ! a rigolé Zia. Enfin, tu as fait tes débuts ! Tu as hissé les couleurs !

– Eh ouais, le drapeau rouge ! a renchéri Elena, en riant.

Comme je voyais que Sam n'avait pas l'air de percuter, j'ai baissé d'un ton pour lui expliquer que, l'an dernier, je m'inquiétais un peu parce que pratiquement toutes les filles de la classe les avaient eues, sauf moi.

– C'était donc un vrai soulagement. Ma mère en a même eu les larmes aux yeux, quand je lui ai annoncé ça ! « Ma petite fille… a-t-elle sangloté. Tu es une femme, maintenant... ! » C'était un peu embarrassant, mais quand même plutôt chou !

Sam affichait toujours le même air ahuri.

– Euh... On peut savoir ce que tu as eu, au juste ?

– Tu sais bien, ses ragnagnas... a dit Elena.

– Ses mickeys, a dit Zia.

– Les ours, les peintres en bâtiment ; les Anglais ont débarqué, comme diraient les Français !

La lanterne de Sam ne s'éclairait toujours pas.

– Je vous demande pardon ? a-t-elle dit.

Posant la main sur son bras, je lui ai glissé à l'oreille :

– Mes règles, Sam. J'ai eu mes règles !

– Ah... je vois, oui... Sam a lentement hoché la tête, comme si elle en restait baba.

J'allais diplomatiquement changer de sujet, quand Elena s'est arrangée pour mettre les deux pieds dans le plat. Ah, sacrée Elena ! Sous ses airs de chou à la crème, elle a le tact et la délicatesse d'un troupeau de bisons chargeant dans la prairie...

Elena

Je lui ai dit :

– Allez, quoi, Sam... Forcément, que tu sais ! Tu ne peux pas ne pas être au courant !

– Ça doit être un truc typiquement anglais, a risqué Sam.

– Le cycle menstruel, lui a soufflé Zia.

– Ah, ouais... bien sûr... a fait Sam, sans grande conviction.

– Et toi, tu les as eues quand ? lui ai-je demandé en tâchant de la mettre à l'aise.

– Moi… euh ? ben, j'attends toujours…

On a dû la regarder d'un air surpris, parce qu'elle a poursuivi :

– Ça doit être parce que ma mère ne me donnait pas assez de céréales, le matin. Du coup, j'ai toujours eu une petite tendance à l'irrégularité… Si vous voyez ce que je veux dire.

Il y a eu un long, très long silence… trois secondes au moins. Puis j'ai dit de ma voix la plus suave :

– Ça n'est pas comme d'aller au petit coin, Sam. Ça n'a strictement rien à voir !

Son embarras n'a fait que croître.

– Ouais, bien sûr. Je sais. J'en connais un sacré rayon, en crampes, et tout…

Charley m'a fait son regard n° 5, celui qui veut dire « Tu la boucles, Elena ! » – mais j'ai préféré tirer les choses au clair avec Sam :

– Ça restera totalement entre nous. Certaines des filles de la classe pourraient te charrier si elles venaient à apprendre que t'as un peu de retard, sur ce plan-là, sans compter que question poitrine, tu n'es pas très avancée non plus.

Le regard de Sam s'est abaissé vers la planche à repasser, totalement dépourvue de la moindre rotondité, qui lui tient lieu de poitrine.

– Attends ! Tu me cherches, là, ou quoi ? a-t-elle ronchonné.

– Ouais, laisse tomber, El ! a dit Zia.

– Je veux juste prévenir Sam, parce que j'ai eu ce problème avant elle, ai-je expliqué.

C'est alors que m'est venue cette brillante idée : « En fait, je crois que je vais pouvoir t'aider ! »

Mrs. Burton

J'avais résolu de ne rien dire à Sam des petits changements récemment survenus dans notre situation. Environ trois semaines avant la rentrée, Jeb Durkowitz, l'avocat de San Diego à qui j'avais eu affaire après la mort de ma sœur, m'avait téléphoné.

Apparemment, sur le plan matériel, Gail n'était pas aussi inconséquente que nous aurions pu le craindre. Elle avait laissé dans un coffre bancaire un testament constitué aux trois quarts d'idioties – des élucubrations New-Age, telles que la nécessité pour Sam de se faire rebaptiser le jour du solstice d'été de son dix-huitième anniversaire, entre autres – mais dans le dernier alinéa, ma chère petite sœur exprimait sa volonté de placer la moitié de ses biens pour Sam, tandis que l'autre moitié reviendrait à ses tuteurs, en contrepartie des sommes dépensées pour son éducation.

Mais tout ça restait très symbolique, ai-je fait remarquer à maître Durkowitz, puisque toute la fortune de Gail consistait en un tipi, une poignée de perles magiques et une voiture, celle qui avait été réduite en miettes lors de l'accident qui lui avait coûté la vie.

– Pas du tout, m'a annoncé l'avocat. En fait, votre sœur était bien plus riche qu'elle ne se le figurait.

Et de sa voix la plus monocorde et la plus professionnelle, il m'a tout révélé. Tod Strange, le chanteur et guitariste du groupe 666, dont Gail avait été pendant quelques mois l'épouse dans les années 80, était mort six mois plus tôt d'un « accident » lié à la drogue. Comme il n'avait aucune autre famille, le tribunal avait décidé de transmettre les droits de ses productions musicales à son ex-femme.

— Et je ne vous cacherai pas que, de nos jours, le Heavy Metal se trouve être une affaire hautement rentable, a poursuivi maître Durkowitz.

Et comment! La fortune de Gail se trouvait d'un coup accrue de deux millions de dollars. Nous devions en placer la moitié, pour Sam. Quant à l'autre million, il était pour nous, pour subvenir aux frais de son éducation.

Là, j'ai dû m'asseoir.

Mais ce n'était pas tout.

— Le catalogue des 666 a toujours énormément de succès, a enchaîné l'avocat. Actuellement, le montant annuel de leurs droits tourne autour du demi-million.

— Ces braves vieux 666... ai-je articulé, d'une voix blanche.

— Il reste un dernier détail. Rien qui soit particulièrement de nature à vous inquiéter, mais au cours des recherches que j'ai été amené à faire sur ce dossier, j'ai appris qu'Anthony Lopez, le père biologique de Sam, venait tout juste de sortir de prison. Il n'a aucun droit ni sur Sam ni sur l'argent, mais je considère qu'il est de mon devoir de vous faire part de cette information.

Mr. Burton

Nous en avons longuement discuté, Mary et moi, ce soir-là, bien après onze heures. Et nous avons finalement décidé d'attendre un peu avant de tout dire à Sam.

Sur ce point, nous étions plutôt partagés. D'un côté, Sam avait le droit de savoir que grâce à sa mère et au défunt Mr. Strange, il était désormais très riche. Mais, d'un autre côté, la situation était déjà suffisamment troublée et il fallait lui laisser le temps de s'acclimater à sa nouvelle école.

Quant à Anthony Lopez, il nous était totalement sorti de l'esprit. Jusque-là, il n'avait jamais fait preuve du moindre intérêt pour son fils. Pourquoi aurait-il brusquement changé d'avis ?

Crash Lopez

Je suis du genre instinctif, du genre à vivre l'instant présent, mais n'empêche. J'ai mes habitudes. Ce qui fait que, quand je passe quelque temps à l'ombre – et il faut reconnaître que ça m'est arrivé pas mal de fois, ces dernières années – à ma sortie de taule, j'applique toujours le rituel…

Je vais dans un bar, je m'offre un verre et je passe un coup de fil à mon ex, Galaxy, histoire de m'assurer que tout va bien du côté de ma petite famille. Pour tout vous dire, ça fait un bail que je ne les ai pas vus en chair et en os – ça remonte au malentendu qui a précipité la chute de mon couple. Depuis, j'ai eu des tas de trucs à faire, et de gens à voir, mais bien que loin de mes yeux, cette vieille Galaxy et notre fils Sam ne sont jamais très loin de mon cœur.

Cette fois-ci, quand j'ai appelé, c'est un inconnu qui a décroché. Il m'a annoncé que Galaxy avait eu, je cite, « un grave accident », et qu'elle « nous avait quittés ».

– Elle a, euh… quitté qui, au juste ? ai-je demandé.

– Eh bien, disons qu'elle est partie vers un monde meilleur, a fait le type.

– Un monde meilleur ? Où ça ? A San Francisco... à New York ?

– Elle a eu un accident de voiture, en revenant d'une fête, a dit le type. Elle est morte.

Morte ? *Morte ?* J'ai raccroché, je suis retourné au bar et je me suis envoyé un autre verre, puis un troisième. Cette triste nouvelle m'avait vraiment retourné. Galaxy était peut-être une sacrée loufdingue, mais dans le genre loufdingue elle avait toujours été mon genre. En fait, j'y tenais énormément à mon ex !

Et des tas de questions se sont immédiatement mises à me trotter dans la tête : si Galaxy avait passé l'arme à gauche, qu'était devenu Sam ? Où était passé le petit ? Qui avait récupéré mon gamin ?

Ottoleen Lopez

Le fric ? Quel fric ? Ça n'a strictement rien à voir ! C'est pas du tout ce qui a poussé Crash à se mettre à la recherche de Sam. Le fait qu'il y avait deux briques à la clé de cette grande mission dont il se sentait investi l'a à peine effleuré. Ce qui domine, chez Crash, c'est l'esprit de famille. Et c'est ce qui lui vaut mon respect.

Charley

Disons les choses comme elles sont. Tout ce sketch qu'Elena avait fait a Sam, le jour de la rentrée, c'était du pur Elena, et pas du meilleur cru. Je l'adore, mais faut toujours qu'elle fasse sa star.

A la sortie du dernier cours, elle a pris cet air distrait, pour ne pas dire distant, qu'on a appris à repérer, Zia et moi. Son air qui ne peut signifier qu'une chose : qu'elle a un plan. Un plan personnel, secret, voire légèrement tordu. Et quand elle doit nous informer de ce plan, elle commence invariablement par :

– Oh ! à propos, j'oubliais de vous dire…

Et elle fronce les sourcils, comme si elle venait juste de se souvenir d'un truc.

– Sam va rentrer avec moi.

– Super, a dit Zia. On se retrouve toutes les quatre chez Elena.

– Hé ! Je crois qu'il vaudrait mieux que, pour cette fois, ce soit juste elle et moi. Faudrait surtout pas, euh… la brusquer.

– La brusquer ? ai-je objecté.

Elena a des tas de talents, mais l'art de se trouver de bonnes excuses n'en fait pas partie.

– Ben oui… ça n'est que son premier jour. D'ailleurs, je veux lui faire un cadeau. Un truc assez personnel.

– Je vois, oui ! ai-je râlé. Tu veux l'accaparer. Tu veux qu'elle soit ton amie avant d'être la nôtre !

– Salut la maternelle ! s'est exclamée Elena. On a quel âge, là ?

Et avec un horripilant petit sourire, elle est allée chercher Sam.

Matthew

Nous attendions Sam près du portail, quand on l'a vu sortir du bâtiment principal en grande conversation avec Elena, copines comme cochons.

Il allait nous dépasser sans même nous regarder lorsque, comme s'il se ravisait, il s'est approché et nous a dit :

– Je vais faire un tour chez Elena. On se retrouve plus tard.

– Tu ne pourrais pas remettre ça à un autre jour ? ai-je objecté, avec un sourire hypocrite en direction d'Elena qui attendait sa nouvelle copine, dix mètres plus loin. Mes parents doivent être impatients de savoir comment s'est passée ta première journée.

– Je leur raconterai tout ça plus tard, a dit Sam.

– Et pour te changer ? ai-je demandé, un ton plus bas. Comment tu comptes faire ?

Il a tapoté son sac.

– J'ai tout ce qu'il faut là-dedans. Hé ! Faites pas la gueule, les gars ! a-t-il ajouté avec un clin d'œil. Une taupe dans le camp ennemi, c'était bien ce que vous vouliez, non ?

– Allez viens, Sam ! s'est écriée Elena. Tu auras toute la soirée pour écouter les nouvelles des Cabanons !

– J'arriiiiive ! a répondu Sam, avec une petite modulation insupportablement féminine, avant de filer.

Elena

Voilà un truc qu'Elena Griffith a immédiatement subodoré chez Sam Lopez, et bien avant tout le monde. Sa timidité maladive. Sous sa façade de confiance en soi, elle tremblait comme une feuille.

Il faut être quelqu'un qui comprend la timidité (c'est-à-dire moi), pour savoir que, la plupart du temps, plus on la ramène et plus on est mort de trouille.

C'est le coup des règles, à la cantine, qui m'a mis la puce à l'oreille. Sam était rouge comme un coquelicot, quand Charley a annoncé qu'elle les avait enfin eues. C'est précisément pour ça que j'ai fait la remarque sur son problème de platitude... Je voulais lui démontrer que, de ce côté-ci de l'Atlantique, c'est la solidarité qui prévaut. On est pour le partage des ressources!

– Si tu veux parler de ta mère, n'hésite pas. Je trouverais ça tout à fait naturel, lui ai-je dit de ma voix la plus compréhensive, sur le chemin du retour.

– Ça va, merci, a-t-elle répondu.

– Je sais vraiment me mettre à l'écoute des autres, tu sais. Ça, c'est une qualité que tout le monde me reconnaît!

– Oh, j'en suis sûre.

Elle a eu un sourire plein de gratitude.

– Mais... une autre fois, peut-être.

– Tu n'as qu'un mot à dire, ai-je répliqué, un peu froissée (mais pas trop) par la réticence de ma nouvelle amie à m'ouvrir son cœur.

Lorsque nous sommes arrivées chez moi, et que nous sommes montées dans ma chambre, elle a paru plus intimidée que jamais. J'avais commencé à me changer, quand j'ai remarqué qu'elle restait plantée là, devant la fenêtre, comme pétrifiée, le regard perdu au loin. A croire qu'elle n'avait jamais vu personne se déshabiller, en Amérique!

Pour détendre l'atmosphère, j'ai enfilé une tenue normale, avant de lui offrir le cadeau auquel je n'avais cessé de penser depuis le déjeuner. J'ai ouvert le premier tiroir de ma commode, j'y ai glissé la main et, tout au fond, j'ai retrouvé ce truc qui m'avait été si précieux, à peine un an plus tôt.

– Qu'est-ce que c'est ? a-t-elle dit, en le retournant dans tous les sens.

– Un soutien-gorge, mais un modèle amélioré. Rembourré. Parfait, jusqu'à ce que les tiens aient poussé. Vas-y, essaie-le.

Elle avait les joues en feu.

– Je vais peut-être attendre d'être chez moi…

– Mais non !

D'une main résolue, je me suis attaquée aux boutons de sa chemise, mais elle a reculé.

– OK. Je vais l'essayer, a-t-elle dit.

Elle s'est retournée pour enlever sa chemise, et a enfilé les bretelles sur ses épaules. Pendant quelques secondes, elle s'est escrimée sans succès sur les agrafes. J'ai éclaté de rire et, chassant ses mains d'une petite tape, je l'ai agrafé moi-même.

– Tu n'auras qu'à t'entraîner un peu chez toi, lui ai-je dit.

Le soutien-gorge était en place. Me présentant toujours son dos, elle a remis sa chemise, puis s'est retournée lentement, les yeux fermés.

– Nettement mieux ! ai-je dit.

Elle a ouvert les yeux et s'est admirée.

– Waouh ! s'est-elle exclamée. Là, je commence à assurer, sérieux !

Mr. Burton

A la réflexion, il me semble à présent avoir senti quelque chose de radicalement différent dans l'atmosphère, ce soir-là. Matthew est rentré seul. D'habitude, il éprouve toujours le besoin de s'écrouler un peu devant la télé pour se remettre de sa journée de cours mais, ce jour-là, il m'a paru d'humeur plus sombre que d'ordinaire.

En revanche, lorsque Sam est revenu, une heure plus tard, il était d'un entrain surprenant. Il a décrété que Bradbury Hill, c'était « super top » et quand je lui ai annoncé que je préparais son plat de pâtes préféré pour le dîner, il a déclaré : « Trop chouette ! »

Et je me souviens d'avoir tiqué en entendant ce dernier mot, dans la bouche de Sam.

Tyrone

Ma mère n'a jamais eu le sens du timing. Elle a le chic pour choisir le pire moment pour lancer une de ses campagnes.

Et voilà qu'au tout début de cette année scolaire, alors que l'Opération Samantha prend un tour imprévu, elle a décidé : a) que j'avais pris trop de kilos pendant les vacances, b) que je risquais fort de devenir un délinquant professionnel après l'affaire du Burger Bill's, et c) que vu tout le temps que je passais avec Matthew et Jake, j'avais toutes les chances de finir gay.

Ce soir-là, nous avons donc eu une petite mise au point. Je suis capable d'encaisser toutes les épreuves que me réserve le destin, sauf les sermons de ma mère.

Elle nous a préparé un dîner gastronomique – enfin, autant que l'autorisait le régime Kirov, qui permet aux danseurs étoiles du Bolchoï de garder la ligne « brin d'herbe ». Puis elle est allée m'attendre dans le salon. Là, elle m'a gratifié d'un bon sourire et m'a parlé de sa voix la plus compatissante :

– J'y ai pas mal réfléchi, ces temps-ci, Tyrone, a-t-elle attaqué, et je me demandais s'il ne serait pas souhaitable que tu sortes un peu plus, cette année.

– Quoi ?

– Je crois que j'ai été un peu sévère avec toi, ces dernières semaines, a-t-elle dit avec un sourire compréhensif, débordant d'amour maternel. Mais il commence à être temps pour toi de voler de tes propres ailes. Socialement, je veux dire.

Elle se fichait de moi, ou quoi ? Autant regarder la vérité en face : je n'ai jamais été du genre à voler de mes propres ailes.

– Tout va bien, maman, lui ai-je dit. Je sors déjà avec Matthew, Jake et Sam. Ça me suffit amplement.

Son front s'est barré d'un pli soucieux. La petite veine à sa tempe, celle qui se met à battre sous l'effet de l'émotion, est passée à la vitesse supérieure.

– Ce n'est pas à eux que je pense, m'a-t-elle dit. C'est à des gens plus… civilisés.

Elle a levé la main, pour prévenir toute objection de ma part.

– Non pas que je critique tes petits amis, je suis certaine qu'ils sont tous très gentils, à leur façon…

– Maman, si tu me disais ce que tu as derrière la tête ?

– Dimanche, j'ai déjeuné avec les Lavery. Je les ai rencontrés la semaine dernière, chez des amis. Des gens charmants, très cultivés. Il est avocat. Ils sont extrêmement… distingués.

– Friqués, tu veux dire ?

– Il se trouve, effectivement, qu'ils sont à leur aise, mais ça n'a rien à voir !

Elle a marqué une pause. J'attendais patiemment de voir où tout cela nous mènerait.

– Il me semble qu'ils ont une fille. Une nature un peu solitaire, elle aussi.

– Maman, non...

Là, le sourire de ma mère s'est voilé.

– La fille d'un avocat... Réfléchis bien !

Ottoleen

Je bossais dans un bar topless à Pasadena, quand on s'est rencontrés, Crash et moi. Il était à la recherche d'un certain Harry Gatz qui était autrefois propriétaire de la boîte, du temps où ils turbinaient ensemble. Puis Crash avait eu un petit problème avec la justice qui l'avait mis hors circuit pendant un certain temps, mais là, il était de retour et il avait deux mots à dire à Harry.

Sauf qu'il avait pris le large depuis longtemps, ce vieil Harry. Il avait vendu la boîte et était parti vers l'est. Maintenant, le bar ne s'appelait plus *Chez Harry*, mais le *Big Top*.

Crash a pris la chose plutôt mal. Le matin même, il avait appris la mort de son ex, disparue dans un accident de voiture pendant qu'il était derrière les barreaux. Il n'avait aucune idée de l'endroit où pouvait se trouver son gamin. Et maintenant, voilà que Harry lui faussait compagnie à son tour ! Or Harry avait une sorte de dette envers Crash. Il lui devait même un sacré paquet de tunes, sans compter que, selon Crash, c'était lui qui s'était pris tous ces mois de taule pour eux deux.

Alors, comme je disais, Crash avait une légère tendance à le prendre un peu mal.

Il était trois plombes du mat. La boîte était autant dire vide. Depuis le début de la soirée, j'avais repéré ce petit brun avec son beau costard et sa gueule tragique, qui semblait avoir un gros chagrin à noyer. Je lui apportais son énième bourbon-on-the-rocks, quand il a levé le nez et m'a dit:

– Qu'est-ce qu'une chouette fille comme toi peut bien fabriquer dans un trou pareil?

OK, c'est peut-être pas l'entrée en matière la plus originale de tous les temps, mais moi aussi je souffrais de la solitude, pas vrai? Et j'avais senti en lui quelque chose de différent. Au *Big Top*, quand les clients vous parlent, ils ont tendance à vous lorgner en dessous de la ligne de flottaison. Mais pas lui. Crash, il me regardait droit dans les yeux, genre: « C'est pas parce qu'on est une serveuse topless qu'on n'est pas une personne intéressante, capable de briller aussi par sa conversation. » Nous avons donc fait connaissance. Et ça a été la rencontre, tels deux navires se croisant dans la nuit...

On est allés à Las Vegas et, trois semaines plus tard, on était mariés.

Qui a dit que le grand amour était mort?

Crash

Les choses avaient bien changé pendant que j'étais au trou. Tous les standards étaient en chute libre. Huit ans plus tôt, vous saviez toujours où vous en étiez, en amour comme en affaires. Il y avait des moments où ça secouait salement et les temps étaient plutôt durs, mais on savait toujours à quoi s'en tenir.

Tu fais ceci, et tout va bien. Tu fais cela, et ça ne va plus. Tu le refais et tu risques de te retrouver les bras en croix, flottant dans un réservoir d'irrigation. Ça avait un côté un peu rétro, bien sûr, mais ça fonctionnait.

A présent, j'avais l'impression de débarquer sur une autre planète. Mon ex-partenaire, un fumier répondant au nom de Gatz, avait mis les voiles. J'aurais pu remonter sa piste pour le faire disparaître pour de bon, mais quel intérêt ? Je risquais juste de remuer ciel et terre sans même parvenir à lui remettre la main dessus, à cette ordure.

Un soir, avec Ottoleen (la nouvelle Mrs. Lopez), on s'est mis à causer de Sam. Je lui ai dit que ça me portait sur le moral de même pas savoir où était mon fiston. Elle m'a demandé si je voulais me charger personnellement de son éducation, et j'ai dû admettre que l'idée ne m'enchantait guère. J'ai jamais eu le genre de vie qui convient à un gosse. D'ailleurs, en y réfléchissant, j'aurais même pas su dire l'âge qu'il pouvait avoir...

Non, je voulais juste m'assurer que tout allait bien pour lui et qu'il était en de bonnes mains, par acquit de conscience. On en a longtemps discuté. Le lendemain, on a mis le cap à l'ouest.

J'ai fait la tournée de mes anciens repaires et j'ai posé quelques questions. On m'a répondu que Sam était parti en Europe avec la sœur de Galaxy, une Anglaise qui avait débarqué à l'enterrement. Et j'ai eu vent d'une autre rumeur, une histoire de testament et d'héritage, comme quoi, à sa mort, mon ex aurait été nettement plus riche que de son vivant.

Alors on y a réfléchi à deux fois, avec Ottoleen. On avait toute la vie devant nous. L'idée de la chair de ma chair en train de chanter *God Save the Queen*, avec un chapeau melon vissé sur le caillou, me filait la chair de poule. Et brusquement, j'ai été submergé par tout un tas de sentiments.

Le fric ? OK. Et alors ? Si quelques millions me tombent du ciel, je ne vais quand même pas faire la fine gueule !

8.

Matthew

Dès le lendemain, on a compris notre douleur : Sam prenait son rôle de fille un peu trop à cœur !

On s'est retrouvés au parc, comme d'habitude, et il s'est faufilé dans les toilettes pour son changement de costume quotidien. Quand on l'a vu ressortir, il était complètement débraillé, même à l'aune des critères de Sam Lopez.

Il s'était produit une espèce d'éruption du côté de sa chemise. J'ai d'abord cru qu'il essayait d'introduire clandestinement des ballons de foot dans l'école. Puis il a ôté sa veste et a posément déboutonné sa chemise.

Et là, on en est tous restés baba.

– Eh ! vous pourriez pas vous bouger un peu, et m'aider à agrafer ce truc ! a-t-il râlé, en se tordant les mains dans le dos.

– Sam !

C'est Jake qui a réussi le premier à articuler un mot.

– T'as mis un soutif !

– Ouais. Et amélioré, avec ça ! Cadeau d'Elena. Elle craignait que mon manque de poitrine fasse jaser les autres filles !

– Tu crois pas que tu pousses un peu ? a demandé Tyrone.

– Quoi ? Refuser une paire de nibards gracieusement offerts, t'es naze ?

J'ai jeté un coup d'œil à ma montre. Encore en retard...

– Comment ça s'agrafe, ce machin ? ai-je demandé.

Sam m'a présenté son dos et je me suis bagarré un certain temps avec ces satanés petits crochets.

– Bouge pas, a fait Jake. T'es un peu bancal, en façade.

Et il a entrepris de rectifier la balance, sous l'œil goguenard de Tyrone, écroulé de rire.

– Bas les pattes ! a crié Sam.

C'est alors qu'on s'est avisés que nous n'étions pas seuls.

Miss Wheeler-Carrington

Fichtre ! C'est à peine si je trouve mes mots pour raconter ce dont j'ai été témoin, ce matin même.

Les trois garnements que j'avais croisés hier, occupés à harceler cette pauvre petite blonde, eh bien ils ont récidivé ! Si ce n'est que, cette fois, ils essayaient de... Bref, je me bornerai à dire que leurs mains se trouvaient là où elles n'auraient jamais dû être.

– Pourriez-vous m'expliquer un peu ce que vous faites ? me suis-je exclamée.

Les trois garnements se sont précipitamment écartés, l'air confus et on ne peut plus coupables.

– N'allez surtout pas croire que... a bafouillé le plus enveloppé.

La blondinette se rajustait, après l'assaut qu'elle venait de subir.

– C'est des vrais obsédés, ces trois types, m'dame ! Y a rien à faire pour les empêcher de me peloter !

A ma grande surprise, elle l'avait dit d'un ton presque badin, mais mon devoir de citoyenne responsable était de rapporter l'incident aux forces de l'ordre.

Dans quel monde vivons-nous, si une candide jeune fille ne peut aller à l'école sans subir ce genre de... sévice ?

Agent Chivers

En fait, je me rappelle avoir vu une dame arriver au poste en compagnie d'un petit chien – bien en chair, flageolant sur ses genoux, hagarde, les yeux prêts à lui sortir du crâne. Et son toutou m'a paru tout aussi mal en point... Non, excusez, je plaisante !

Blague à part, nous avons effectivement enregistré une plainte, aux alentours de cette date, concernant une bande de garçons qui importunaient une jeune fille blonde, dans le parc. Étant l'agent le plus récemment affecté au poste, c'est moi qui me suis vu confier l'enquête...

Steve Forrester

C'est vraiment quelqu'un, cette Sam Lopez ! Mrs. Cartwright m'avait averti que ses antécédents scolaires aux États-Unis avaient été irréguliers, trahissant sans doute un environnement familial hautement instable. Eh bien, en ce cas, tout semble indiquer que l'air de Londres a un effet très bénéfique sur son évolution. Son caractère a changé du tout au tout.

Il faut admettre qu'elle peut se montrer irritable, avec parfois un soupçon d'impertinence. Mais toujours prête à participer. Sans être une élève particulièrement brillante – ses prises de position contre la ponctuation (« craignos »), la grammaire (« c'est bon pour les papys »), et l'orthographe (« ça me gonfle un max »), suggéraient un manque total de motivation pour l'écrit – elle était animée d'une énergie et d'une assurance qui ont eu un effet communicatif sur toutes les autres filles de la classe.

Ce groupe d'âge est confronté à un problème particulier : il suffit d'une poignée de garçons se cantonnant dans une attitude opposante et une inertie quasi systématique pour faire plonger le niveau moyen des filles, même les plus motivées, et opérer une sorte de nivellement par le bas. Sam a brillamment résolu le problème. Dès que l'un des garçons bavardait ou ricanait pendant qu'elle répondait à une question, elle lui décochait un coup d'œil incendiaire, direct, diablement efficace, et le silence revenait aussitôt. Miss Lopez n'était-elle pas la fille qui avait cloué le bec à Gary Laird ?

S'agissant de n'importe qui d'autre, cela aurait pu passer pour une menace mais, de la part de cette jeune Américaine, c'était différent. C'était de l'assurance, du ressort, de l'aplomb, bref une attitude *positive*.

Et à mon grand plaisir, Sam Lopez me semblait bien partie pour devenir l'une des stars de la quatrième.

Charley

Quand Elena s'est pointée à l'école avec au poignet une énorme montre de plongée, on a cru que c'était une blague.

Mais Elena a toujours eu horreur des blagues, surtout quand les rieurs risquent de ne pas être de son côté.

– Tout le monde en a, aux States, a-t-elle décrété. Ça va faire fureur ici, dans quelques mois, pas vrai, Sam ?

Sam, qui était à la table voisine, a levé le bras gauche et, d'un index éloquent, a désigné sa propre montre, bardée de toutes sortes de boutons et de cadrans.

– Vous voulez que je vous fasse un dessin ? a-t-elle ricané.

– Mais c'est des montres de garçons ! s'est récriée Katie Farrell, qui avait suivi la conversation.

– Pas en Amérique, en tout cas, a répliqué Sam. A Hollywood, les plus belles filles en portent.

– Où tu l'as trouvée, Elena ? a demandé Kathy.

Elena a eu un haussement d'épaules magnifique de désinvolture, digne du top model de la classe.

– Dans un magasin de sport.

J'ai glissé un coup d'œil vers Z. On avait déjà vu des tas de lubies bizarres faire fureur à Bradbury Hill, mais ces grosses montres de m'as-tu-vu ?

Ça, c'était l'effet Sam. Du jour au lendemain, toutes les filles ne rêvaient plus que d'être comme elle.

Et, pas le moindre doute là-dessus, elle aimait se sentir le point de mire. A compter de ce jour, elle s'est mise à nous raconter toutes sortes de choses sur la manière dont ça se passait en Amérique.

En gros, le message était que les filles étaient de nouveaux garçons. Elles avaient compris que la meilleure attitude, face à leurs camarades masculins, c'était d'être comme eux, de leur parler la seule langue qu'ils comprenaient.

Sam a donné une petite conférence devant un groupe de filles, ce matin-là.

– Réfléchissez un peu !

– Votre attitude est beaucoup trop effacée, les filles. Vous avez toujours l'air de vous excuser. Vous êtes beaucoup trop... féminines, a-t-elle ajouté avec un petit reniflement de mépris.

– Quel mal y a-t-il à être féminine ? a demandé Elena.

Pour toute réponse, Sam lui a décoché son fameux regard.

– Désolée, a dit Elena.

– Vous voyez, a fait Sam, souriante. Ce genre de coup d'œil, pratiquement personne n'y résiste. Vous devriez essayer, de temps en temps.

– Mais si on s'amuse à lorgner les garçons, ils vont croire qu'on leur fait de l'œil, a risqué Elena.

Deux types de troisième passaient par là en bavardant tranquillement. Comme l'un d'eux regardait Sam, elle l'a réduit en cendres d'un coup d'œil. Il a grimacé comme si elle lui avait balancé une boulette de papier particulièrement bien ajustée, et a filé sans demander son reste.

– Compris ? a dit Sam. Suffit de le faire correctement, et le message passe. Maintenant, l'allure générale...

Elle s'est plantée devant nous, les pieds légèrement écartés, les bras ballants. Puis elle a secoué les épaules et a fait le geste de se rajuster, sur le devant de sa jupe, façon Michaël Jackson.

Nous avons toutes éclaté de rire.

– Je ne me vois pas du tout faire ce genre de truc, ai-je dit. C'est atrocement vulgaire !

– Et alors ? Vulgaire, c'est super ! a dit Sam. La vulgarité, c'est l'élégance de demain. A propos, combien d'entre vous savent roter ?

Jake

Et tout à coup, les filles de quatrième se sont mises à imiter De Niro. C'était sidérant. Deux jours à Bradbury Hill avaient suffi à Sam pour faire sa petite révolution. Même les plus timides, telles que Zia Khan, arpentaient désormais la cour en s'empoignant l'entrejambe, et vous balançaient des coups d'œil lourds de menace dès que vous aviez l'audace de les regarder une seconde de trop.

Matthew

L'Opération Samantha était en train de tourner au vinaigre. L'idée de base était de découvrir quelques-uns des secrets des filles, des trucs qu'on aurait pu utiliser contre elles.

Mais notre taupe était passée à l'ennemi. A peine s'il nous adressait la parole, à présent. Et ça sautait aux yeux : il s'amusait comme un petit fou dans son rôle de fille.

Au début, j'ai mis ça sur le compte de la nouveauté et de la bizarrerie de la situation. J'ai cru que c'était ce qui donnait ce ressort à sa démarche, ce nouvel éclat à son sourire. Mais par la suite, j'ai compris. Porter la jupe, se mettre dans la peau de quelqu'un d'autre, ça avait eu un effet bien plus profond sur Sam.

Soudain, il n'avait plus rien à voir avec cet orphelin pathétique que la mort de sa mère avait laissé seul et sans ressources. Le nouveau Sam, Sam-la-fille, était une jeune personne bien plus heureuse, plus ouverte et moins tourmentée que Sam-le-garçon. Elle avait laissé derrière elle pratiquement tous ses problèmes.

Mais, d'un autre côté, on pouvait peut-être voir une raison bien plus simple à son bonheur. Il s'en sortait comme une fleur. Çà et là, en cours, il faisait ou disait quelque chose qui lui aurait valu de sacrés ennuis s'il avait été un garçon. Mais, dans la bouche d'une fille, tout passait comme par miracle.

– Excellent, Sam ! s'extasiait Steve. Bien trouvé !

Pour paraphraser l'ami Sam lui-même : « Allez donc comprendre ! »

Jake

Vous voulez que je vous dise : ce qui a tout déclenché, c'est ses nouveaux nibards. Du jour où il a enfilé ce soutif rembourré qui lui a permis de remplir le chemisier de ma sœur comme une vraie nana, il a été perdu pour nous. Une paire de seins, ça vous change un homme !

Elena

Cette histoire de montres, c'était dingue ! Je suis du genre à aimer lancer des tendances. A présent, toutes les copines de ma classe n'ont qu'une idée en tête : « Où dénicher une de ces grosses montres, comme celle d'Elena Griffith ? » Bien sûr, Sam aussi en a une mais, malgré toute l'amitié que je lui porte, on ne peut pas dire qu'elle ait l'aura d'un top-model !

Un autre truc super, pour ce deuxième jour : Sam a une allure d'enfer avec le soutien-gorge rembourré que je lui ai donné. C'est comme si elle s'était soudain épanouie. Elle n'a plus son air renfrogné. A présent, elle rit et plaisante avec nous, comme si elle avait toujours été à Bradbury Hill.

Ça me fait plaisir. J'aime faire des cadeaux. Si vous voulez mon avis, Sam fait complètement partie de notre bande, mais je suis sa meilleure amie. Un soutien-gorge en commun, ça crée des liens !

Mrs. Cartwright

Le matin, pendant la pause de dix heures, je fais généralement ce que j'appelle ma tournée. Pour faire acte de présence, en quelque sorte.

Et ce matin, j'ai eu la surprise de trouver toutes les filles de quatrième rassemblées au centre de la cour, absorbées dans ce que j'ai d'abord pris pour un nouveau jeu. Elles étaient disposées sur deux lignes, accroupies, comme sur des *starting-blocks*, en une pose particulièrement peu féminine.

Lorsque je me suis approchée, j'ai entendu une voix teintée d'accent américain hurler une série de nombres. Le groupe s'est alors éparpillé en différentes directions. Charley Johnson s'est dégagée du peloton en serrant contre elle ce que j'ai pris pour un ballon, et l'a lancé de toutes ses forces à quelqu'un qui se trouvait à l'arrière et en qui j'ai reconnu Sam Lopez, notre élève américaine.

Sam a poussé une salve d'exclamations enthousiastes en attrapant la balle et, se frayant un chemin sans ménagement à travers ses camarades, a pris ses jambes à son cou en direction du bâtiment S, à l'autre bout de la cour. Après quoi, elle a poussé un hurlement d'orfraie :

– *Touchdooown !*

L'assistance, c'est-à-dire pratiquement toute l'école, a paru trouver ce spectacle inédit et amusant. Toute la cour a éclaté en applaudissements.

L'un des garçons de terminale – Mark Kramer, me semble-t-il – a même crié : « Bien joué, Sam ! Vas-y, poupée ! »

J'en avais assez vu et entendu. J'ai pressé le pas en direction des filles de quatrième qui s'étaient attroupées autour de l'Américaine et, d'un ton dénué de complaisance, je leur ai demandé quelques explications.

C'est Sam Lopez elle-même qui s'est avancée pour répondre :

– On joue au foot, m'dame. Le vrai ! Le football américain.

Franchement, je n'ai guère apprécié le ton ! Elle est venue se planter devant moi, bien campée sur ses deux jambes, les bras le long du corps, en me fixant dans le blanc de l'œil avec ce que j'appellerais de l'effronterie.

J'ai répliqué avec sévérité :

– Vous savez parfaitement que les jeux de ballon sont interdits dans la cour !

Elena Griffith a ramassé la balle et l'a passée à Sam.

– C'est pas un ballon, m'dame, a fait Sam, avec cet inimitable rictus. C'est juste une veste roulée dans un sac plastique !

L'espace de quelques secondes, j'en suis restée sans voix et, durant ce bref moment de flottement, j'ai vu se produire une chose étrange, vaguement dégoûtante.

Sam Lopez a vivement secoué les épaules puis sa main s'est dirigée vers son... entrejambe, comme pour se rajuster.

Cela fait, elle a parcouru l'assemblée du regard et, comme sur un signal convenu, toutes les autres filles en ont fait autant. De sorte que j'ai vu tout à coup l'effectif total des filles de quatrième se trémousser comme des babouins en se soupesant les parties, et en me lorgnant d'une façon qui m'a paru pour le moins incongrue.

– Les vestes ne sont pas faites pour jouer au football, Sam, ai-je fini par lui dire. Si vous désirez faire du sport, ce que je ne saurais trop vous recommander, je vous demanderai de vous inscrire au club de gymnastique, selon la procédure normale.

Sam s'est à nouveau empoigné l'entrejambe.

– Ouais, m'dame, a-t-elle dit.

Ayant mis les choses au clair, j'ai fait demi-tour en direction du bâtiment principal, sans un regard pour la foule qui s'était agglutinée autour de nous. J'avais mis fin à la partie de foot improvisée, mais j'ai eu le curieux sentiment d'y avoir laissé un peu de mon autorité.

Je crois qu'il va falloir la garder à l'œil, cette jeune Sam Lopez.

Mark

Ça, c'était le truc le plus cool de la rentrée : une fille de quatrième qui était capable de courir et de lancer une balle aussi bien qu'un mec ! Elle a organisé un match de football américain avec toutes ses copines. Et quand cette brave vieille sœur Sourire est arrivée, souriant de tous ses bridges, elles ont fait front comme un seul homme, sans sourciller. D'habitude, il en faut pas mal pour impressionner Mark Kramer, mais là, j'en suis resté bouche bée.

A la fin de la récré, je suis allé voir Elena Griffith, la cinglée qui m'a ouvertement dragué, un jour où je sortais avec Tasha.

– Salut, Ellie ! lui ai-je dit.

Elle a rougi jusqu'aux oreilles.

– Mes amis m'appellent El, a-t-elle répondu, en enclenchant le battement de paupières automatique.

– Comme tu veux, ai-je dit. El, j'aurais une petite faveur à te demander.

Elle a eu un sourire radieux, comme si elle savait d'avance ce que j'allais lui demander.

– Tu pourrais lui parler de moi, à Sam ? ai-je dit, en évitant d'avoir l'air de trop y tenir. J'aimerais avoir une petite conversation avec elle.

– Avec Sam ? Pourquoi avec Sam ?

Elle semblait furax.

– Parce que c'est ta meilleure copine, non ?

Elena a eu un petit reniflement.

– Ouais ! Et c'est précisément pour ça que je tiens à ce qu'elle reste hors de portée des purs crétins dans ton genre !

Et elle m'a planté là.

Qu'est-ce qui lui a pris ?

Mrs. Burton

J'ai reçu un coup de fil ce matin, au bureau. Maître Durkowitz avait l'air dans ses petits souliers. Selon lui, il s'était produit une « fuite » dans notre système de sécurité…

– Qu'entendez-vous par là, au juste ? ai-je répliqué, d'un ton glacial.

– Tony Lopez, le père de Sam, a téléphoné à mon cabinet. Il semble qu'il ait recouvré la liberté.

– Ah.

– Et il semblerait aussi que quelqu'un lui ait rapporté que son fils vivait à Londres, chez sa tante.

– Voilà donc la fameuse fuite… ?

– Pas tout à fait. Lopez sait aussi que Sam est susceptible de faire un gros héritage.

– Qu'est-ce que vous êtes en train de me dire, là ?

Durkowitz a émis un drôle de bruit.

– Eh bien, à vue de nez et en un mot, vous pouvez vous attendre à voir notre ami Crash Lopez débarquer sous peu à Londres.

Je méditais sur cette mauvaise nouvelle, lorsque Durkowitz a ajouté :

– Vous savez, ça n'est qu'un minable petit escroc. Il n'a jamais eu la moindre envergure…

– Alors là, vous me rassurez ! ai-je ricané, en doutant que Durkowitz puisse être sensible à la note de sarcasme qui avait filtré dans ma voix.

– Mais, juste par acquit de conscience, vous pouvez peut-être en toucher un mot à la police londonienne, m'a-t-il dit. Demandez-leur d'ouvrir l'œil, s'ils voient débarquer un type minuscule, basané, doté d'un fort accent américain et d'une allure plutôt louche !

Je l'ai remercié d'un ton frigorifique.

– A votre service, Mrs. Burton ! a-t-il répondu, avant de raccrocher.

Jeb Durkowitz

Hé, ma seule intention était de les aider ! L'idée de Lopez s'envolant pour l'Europe ne me disait rien qui vaille, à moi non plus. Mais l'action d'un avocat a ses limites. Je ne vois vraiment pas pourquoi cette Anglaise mal embouchée m'a ainsi snobé, au téléphone. De mon point de vue, j'ai fait strictement ce que j'avais à faire et le dossier est clos. Bien sûr, mon cabinet se tient à leur disposition, pour assurer leur défense en cas de démêlés juridiques concernant la garde de l'héritier...

Mr. Burton

J'étais en plein repassage quand Mary a téléphoné du bureau. Ma femme n'est pas du genre à s'effrayer d'un rien ; quand elle m'a dit de fermer la porte d'entrée à double tour, j'ai donc immédiatement eu le sentiment qu'il se passait quelque chose de grave.

Crash Lopez s'apprêtait à débarquer à Londres, m'a-t-elle annoncé. Il nous fallait décider ce que nous allions lui dire, et surtout ce que nous dirions à Sam.

Une petite réunion de famille s'imposait, d'urgence. Mary m'a promis de se débrouiller pour rentrer plus tôt, ce soir-là.

Elena

J'en connais qui grinceraient des dents, si un garçon dont elles pensent qu'il s'intéresse à elles venait leur demander de lui présenter l'une de leurs meilleures amies, bien moins séduisante qu'elles, et avec ça, plate comme une limande !

Heureusement, je ne suis pas comme ça. Mais je dois admettre que quand Mark est venu me parler de Sam en me demandant de lui arranger un rendez-vous avec elle, je l'ai d'abord assez mal pris. Puis, j'ai réalisé que depuis l'épisode du cinéma, j'y pensais beaucoup moins.

A l'évidence, il s'était servi de moi pour se faire mousser auprès de Tasha. S'il pouvait faire preuve d'un tel cynisme et d'une bêtise aussi pitoyable, il n'y avait pas de relation possible entre nous. J'ai donc tiré un trait sur Mark. Rideau !

Et un peu plus tard, j'ai pris Sam à part pour lui dire, comme si de rien n'était, que Mark Kramer avait des vues sur elle.

Sa réaction m'a complètement prise de court. Elle s'est presque fichue en rogne ! Elle m'a dit qu'elle ne savait même pas qui était ce type, et qu'elle s'en fichait royalement. Qu'il pouvait bien aller se faire voir et s'occuper de ses propres fesses !

Quand je lui ai demandé si elle avait un petit ami attitré aux États-Unis, ça n'a fait qu'ajouter à sa colère. Elle s'est mise à arpenter la pièce d'un pas rageur en disant qu'elle n'avait jamais eu de petit ami, qu'elle n'en aurait jamais, que tout ça n'était que des simagrées ridicules et qu'elle laissait ça aux homos.

Aux *homos* ? Drôle d'idée... !

Ce n'est que bien après, lorsque Charley d'abord puis Zia lui ont expliqué que Mark Kramer était la coqueluche de toutes les filles de Bradbury Hill, qu'elle s'est un peu calmée. Quand une autre fille de la classe lui a demandé si c'était du sérieux, entre elle et Mark Kramer, elle a répondu d'un haussement d'épaules que n'importe quelle personne sensée aurait interprété comme une confirmation. Je crois qu'elle était plutôt séduite à l'idée d'être courtisée par un garçon aussi irrésistible, quoique n'ayant rien dans le crâne et toujours coiffé avec un pétard !

Ce soir-là, nous nous sommes retrouvées toutes les trois chez Charley. Je leur ai dit que c'était moi qui avais tout manigancé, pour le rapprochement Mark/Sam. Elles ont paru très impressionnées par l'habileté avec laquelle j'avais noué cette intrigue et, maintenant que j'y repense, c'est un fait ! Je m'en suis magistralement sortie.

Un vrai petit Cupidon !

9.

Matthew

Sam s'amusait tellement dans son rôle de fille qu'il en devenait totalement incontrôlable. Ce soir-là, sur le chemin du retour, il n'a pas cessé de s'extasier sur Zia, Charley et Elena, ainsi que sur les charmes de leur conversation.

– C'est tellement différent, avec elles ! Rien à voir avec ce qu'on se raconte entre mecs. Tenez – les sentiments, par exemple… Pourquoi ça serait interdit de parler de ce qu'on vit de l'intérieur ? Personnellement, j'adore ça !

– Tsss ! Nous aussi, on parle de nos sentiments.

Jake marchait devant nous, les mains dans les poches.

– On n'arrête pas d'en parler, avec Tyrone, pas vrai, Tyrone ?

– Ouais, ouais, a marmonné l'interpellé, sans grand enthousiasme. On n'a pas de secrets les uns pour les autres.

– Et cette vieille Z ! a enchaîné Sam. Elle est super,

cette nana. Je lui ai cité quelques-uns de mes groupes de rock préférés et, vous savez quoi ? Elle connaît Jim Morrison ! Elle est même fan d'Hendrix. Elle a un CD des Doors ! Qu'est-ce que vous dites de ça ?

– Les Doors ? a fait Jake. C'est quoi, ce truc ?

– Bof, juste le plus grand groupe de toute l'histoire du rock ! Et c'est pas tout... Figurez-vous que cette année, on a convenu entre nous, toutes les quatre, de tenir notre journal, a-t-il enchaîné, au comble du bonheur. Tout ce qui nous arrive, tous nos secrets. Tout sera consigné là-dedans !

– Un journal ? a demandé Tyrone, atterré. C'est vraiment un truc de fille, Sam !

– Des secrets ? Quel genre ? ai-je demandé.

Nous venions juste de franchir les grilles du parc. Sam a émis un bruit que seul pourrait décrire le terme de « gloussement ».

– Eh bien, comme par exemple qu'un certain Mark Kramer aimerait beaucoup faire ma connaissance.

– Kramer ? Le type de terminale ? a demandé Jake.

– Lui-même. Il paraît qu'il en pince méchamment pour une certaine Sam Lopez. Les autres filles en sont malades de jalousie. Tout le monde ne rêve que de sortir avec Mark Kramer, mais Mark Kramer n'a d'yeux que pour moi. C'est pas romantique, ça ?

– Sam, lui ai-je dit, avec un effort spécial pour ne pas perdre patience. Sam... c'est un mec !

– Objection, a gazouillé Sam. C'est un canon ! Le tombeur des terminales ! Mark et Sam – Sam et Mark – et en plus, ça sonne bien !

– Mais quel intérêt pour toi, de sortir avec un mec ? a demandé Tyrone.

Sam a haussé les épaules.

– Rigoler. S'amuser. Partager tout un tas de trucs. Et après, qui sait... ?

On était tellement consternés qu'aucun d'entre nous n'a remarqué la présence de ce policier qui arrivait droit sur nous.

Agent Chivers

Trois garçons et une fille. Le groupe correspondait à la description que j'en avais. Ils semblaient en grande discussion, à proximité de la cabane du terrain de jeu. Je me suis approché et, à ma grande surprise, ma présence ne les a pas empêchés de poursuivre leurs conciliabules.

– Bonsoir, les enfants ! Ça va comme vous voulez ?

C'est la fille qui a répondu, en m'assurant que oui, tout allait pour le mieux. Je leur ai alors expliqué que j'avais enregistré une plainte pour trouble à l'ordre public concernant un groupe de quatre gosses ayant à peu près leur âge.

– Trouble à l'ordre public ? a demandé le plus grand, un garçon maigre avec un grand nez. Quel genre de trouble, au juste ?

– Chahuter les filles, ai-je répondu. Perturber la promenade des honnêtes dames qui viennent balader leur chien dans le parc.

– D'accord, monsieur l'agent ! On va les avoir à l'œil, ces garnements ! a dit la fille, avec un fort accent qui m'a paru américain.

– Bonne idée, ai-je fait. Juste comme ça, hein... en passant !

L'un dans l'autre, je crois donc avoir résolu ce problème de manière tout à fait satisfaisante.

Tyrone

La journée s'est terminée de façon plutôt bizarre. D'abord Sam qui se met à roucouler sur Mark Kramer et, juste après, voilà qu'on voit rappliquer ce jeune flic, celui-là même qui était venu nous passer un savon, après le désastre du Burger Bill's. J'ai aussitôt eu le sentiment qu'une vraie grosse catastrophe se préparait.

A deux cents mètres des grilles du parc, on s'est séparés. Jake et moi, on est partis de notre côté pour regagner nos pénates, tandis que Matthew et Sam se baladaient encore un peu dans le coin avant de revenir à la cabane, pour que Sam puisse se changer. Entre-temps, avec un peu de chance, Superflic serait allé voir ailleurs.

Matthew

Sam craquait complètement. Deux jours en jupe avec une paire de nibards neufs, et le cœur de Mark Kramer en prime, ça l'avait complètement déboussolé. Sans compter l'intervention des forces de police, qui n'était pas de nature à stabiliser son équilibre nerveux.

– Viens, on va y faire régner l'ordre, dans ce parc ! a-t-il dit en caracolant devant moi, et en se frappant la paume du poing. Allez viens ! On va mettre un peu d'animation… !

Je lui ai dit que personnellement je n'y tenais pas, vu que chaque fois qu'il essayait de mettre un peu d'animation, c'était toujours sur moi que ça retombait.

– Celle-là, elle est bien bonne !

Il a été pris d'une crise de fou rire.

– Mon cousin est en train de péter les plombs, là ! Ça serait pas un peu trop chaud pour toi, l'Opération Samantha ?

– Tu ne crois pas si bien dire. Je trouve que ça commence à bien faire, tes histoires de nanas ! Je me demande s'il ne vaudrait pas mieux tout déballer et repartir à zéro. Qu'est-ce qu'on risque ? Ils vont pas nous tuer, si ?

Sam s'est arrêté net.

– Doucement, Matthew, a-t-il dit. Un contrat, c'est un contrat ! Vous m'avez demandé de tenir une semaine, il me reste encore trois jours… !

Nous sommes repartis en direction du parc et je m'apprêtais à lui rappeler que, au départ, la cible de la blague c'était les filles et pas nous, quand j'ai vu un truc qui m'a cloué sur place.

Ma mère. En voiture. Elle arrivait juste en face, droit sur nous. Elle cherchait une place pour se garer. Elle en a trouvé une à cinquante mètres de nous et, en mettant pied à terre, elle nous a vus.

– Pas un mot et fais ce que je te dis ! ai-je glissé à l'oreille de Sam.

Et à ma grande surprise, il a obéi sans murmurer.

– Et la fête continue ! lui ai-je dit, en glissant tout naturellement mon bras autour de ses épaules.

Il a tenté de se dégager, mais j'ai tenu bon et il a dû capituler.

– Ça, tu l'emporteras pas au paradis ! a-t-il marmonné entre ses dents.

– Bouge pas. Attends qu'on ait tourné le coin.

Nous y étions presque, quand j'ai risqué un coup

d'œil par-dessus mon épaule. Debout près de sa voiture, ma mère nous lorgnait.

On a passé le coin. J'ai relâché ma prise et Sam s'est écarté d'un bond.

– T'es malade ou quoi, Matthew Burton ? a-t-il râlé. Tous les prétextes sont bons pour me coller !

J'ai eu un sourire las.

– Eh ! C'est qui qui pète les plombs, là, hein ?

Mrs. Burton

Comme si la journée n'avait pas été assez fertile en émotions, voilà que je découvre que Matthew commence à s'intéresser aux filles ! En le regardant filer en catimini, avec cette petite blonde qu'il tenait par le cou, j'ai éprouvé le genre de sentiment qu'expérimente toute mère dont l'enfant fait ses premiers pas dans la vie adulte. Une certaine mélancolie certes, mais nuancée d'une bonne dose de soulagement.

Matthew a donc une petite amie. J'ai ri sous cape.

Quand je suis arrivée chez nous, j'ai trouvé David dans la cuisine, ce qui en soi n'a rien d'extraordinaire. L'une de ses théories favorites est qu'en temps de crise, le meilleur moyen de renforcer la cohésion familiale, c'est de réunir toute la tribu autour d'un bon dîner. Ce soir, c'est paella. J'avais à peine franchi le seuil de la cuisine qu'il m'a tendu une cuillère pleine de sauce.

– Tu trouves ça assez assaisonné ? m'a-t-il demandé, avec une moue anxieuse.

– Matthew a une petite amie, lui ai-je répondu. Je viens de les voir. Je ne crois pas qu'il ait remarqué ma présence. Une petite blonde, avec des cheveux longs et une queue de cheval.

David s'est figé, la cuillère à vingt centimètres de mes lèvres.

– Matthew ? Pas possible ! Je veux dire, il est quand même un peu jeune pour ce genre de choses, non ?

Je lui ai répondu que de nos jours, les jeunes s'y mettaient de plus en plus tôt et que ça n'était pas forcément plus mal. Ça leur donnait plus d'assurance.

– Qui c'est ? a demandé David.

– Une petite camarade de classe, je suppose, ai-je dit en goûtant la sauce. Hmmm... Encore une pincée de sel, je dirais. Est-ce que tu l'as déjà, euh, tu sais... mis au courant ?

David est retourné à ses casseroles et a entrepris de remuer quelque chose dans une sauteuse, l'air préoccupé.

– Si je lui ai parlé d'homme à homme, tu veux dire ? Pour lui faire le grand topo... (Il a secoué la tête.) Pas vraiment, non...

Je lui ai dit qu'il était grand temps d'y songer, et il a hoché la tête d'un air accablé. C'est alors que nous avons entendu les garçons dans le couloir.

Matthew

Je me doutais bien qu'il se passait quelque chose pour que maman soit revenue si tôt du bureau. En les trouvant tous les deux dans la cuisine, l'air sombre, je me suis mentalement préparé au pire...

Mais ils avaient tout autre chose en tête.

– Tiens, ça n'est pas toi que j'ai vu, il y a un quart d'heure, près du parc ? a fait maman, avec ce petit sourire en coin qui est chez elle signe d'humeur malicieuse.

136

– Près du parc ? Je ne crois pas, non…

– Et moi, je suis prête à parier que si. Tu étais avec une fille !

J'ai haussé les épaules avec embarras, en marmonnant :

– Mais non… t'as dû confondre.

– Et toi, Sam ? Tu étais avec lui ? a demandé mon père.

J'ai regardé Sam et, à l'instant même, j'ai compris ce qui me pendait au nez. Depuis que je lui avais passé le bras autour du cou, il ne pensait plus qu'à se venger.

– Non. Moi, j'étais avec Jake et Tyrone, a-t-il répondu. On a préféré lui lâcher un peu les baskets, à ce vieux Matt. Il avait besoin d'intimité, si vous voyez ce que je veux dire… ! a-t-il ajouté, avec un grand clin d'œil.

– Il n'y a pas de quoi en faire un plat, a dit mon père. Quoi de plus naturel ? C'est qui, cette petite ?

– Ouais, a fait Sam, c'est qui, cette petite ?

J'ai eu un sursaut de panique.

– Ssss… Ssss… Simone ! Une fille de ma classe.

Ma mère a souri.

– Il ne me semble pas t'avoir déjà entendu parler d'une Simone qui serait dans ta classe.

– Parce que, jusqu'à présent, je ne l'avais pas vraiment remarquée, ai-je murmuré. Je ne tiens pas trop à en parler.

– Mais nous, si ! a répliqué Sam, l'air alléché. Vas-y, Matthew ! Raconte-nous un peu comment elle est !

Ils me dévisageaient tous les trois, suspendus à mes lèvres.

– Eh bien, c'est une fille, euh… discrète et réservée. Très intelligente, mais assez timide.

– Et à croquer, avec ça, pas vrai ? s'est exclamé Sam.

Je l'ai fusillé du regard. Celle-là, il allait me la payer !

– Oui, ai-je dit d'un ton lugubre. Très jolie, et déjà très féminine !

Ma mère a envoyé son coude dans les côtes de mon père.

– Bien ! Je crois que j'ai des coups de fil à passer dans mon bureau ! nous a-t-elle lancé, avec un regard lourd de sous-entendus, avant de s'éclipser.

Mr. Burton

Je me suis toujours considéré comme un bon communicateur mais, entre nous, mon fameux « topo » sur les choux, les roses et les petits oiseaux n'a pas fait un tabac auprès de Matthew et de Sam. Certains mots, certaines expressions de nature particulièrement intime, me paraissaient sonner de façon curieuse, comme si j'étais le premier père au monde à les employer.

Matthew ne cessait de m'interrompre en me disant qu'il était déjà au courant et que ce n'était pas la peine de lui casser les oreilles avec ça, mais Sam, malheureusement, semblait tout ignorer en la matière. Il me bombardait de questions de plus en plus précises, auxquelles j'avais de plus en plus de mal à répondre.

Matthew

Non, non, non, non, non ! Pas ça ! Pas là, dans la cuisine, avec mon père ! Pitié !

Papa s'échinait désespérément à nous expliquer les choses du sexe, en butant misérablement sur chaque mot. Ça frisait le pathétique. Les silences semblaient vouloir s'étirer indéfiniment. Un vrai martyre ! Chaque fois qu'il devait prononcer un mot gênant, tel que « capote », « érection », « sperme » ou « vagin », il faisait la grimace comme si ça lui écorchait la bouche.

Quant à Sam, inutile de vous dire qu'il était à la fête ! Il en rajoutait, multipliant les questions. Je serais volontiers allé me planquer sous la table.

– Vous voulez dire que le garçon met son... pendant que la fille... Vous pouvez me l'expliquer encore une fois, Mr. Burton ? En quoi ça consiste, exactement, des rapports *protégés* ?

Là, la coupe était pleine, et à ras bord ! La guerre était officiellement déclarée.

Après le grand topo d'éducation sexuelle, on est montés à l'étage. Sam affichait un air préoccupé, comme s'il ruminait encore toutes ces nouveautés fascinantes, quoiqu'un peu troublantes, qui venaient de lui être dévoilées. On est allés dans ma chambre et, à peine la porte refermée sur nous, il s'est affalé sur mon lit, la tête dans mon oreiller, en bourrant le matelas de coups de poing, avec délectation.

– Sam !

Je l'ai attrapé par son col de chemise, et je l'ai remis sur pied. Quand il a relevé la tête, des larmes de rire lui ruisselaient sur les joues.

Ça a été plus fort que moi. Je me mordais les lèvres pour rester en colère mais, au bout de trois secondes, j'ai craqué, moi aussi. Je me suis écroulé de rire.

Pauvre papa. S'il savait !

10

Crash

Satané voyage ! C'était la première fois qu'Ottoleen mettait les pieds dans un avion, et dans un de
ces torchons qu'elle reçoit chaque semaine, elle a lu
que l'altitude pouvait avoir des effets pervers sur le
silicone de ses implants.

Or, du silicone, elle en a plein le décolleté, et à
portée de main, si vous voyez ce que je veux dire…
Entre nous, elle doit avoir dans le corps plus de silicone que de corps ! Pendant les neuf heures du trajet, elle est restée vissée à son siège, les bras croisés.

– Ils vont exploser, Crash ! me serinait-elle à
l'oreille. C'est déjà arrivé, tu sais… ça explose. Boum !
et y en a partout. Ma main au feu qu'ils vont exploser !

Je lui ai commandé un verre, puis un second. Et,
quand l'avion a commencé sa descente vers Londres
on était, comme qui dirait, réconciliés avec la vie.

Ottoleen

« La vache, Crash ! que je lui répétais. J'espère au moins qu'on n'aura pas fait tout ça pour rien ! »

Pour ne plus penser à cet avion, je tâchais de me représenter ce qu'on ferait quand on aurait palpé le pactole, la prime – l'héritage, si vous préférez ! On s'offrirait un gros ranch avec des salles de bains immenses et des baignoires en marbre, avec la robinetterie en or massif. Le tout à deux pas d'Hollywood, histoire d'être à pied d'œuvre, pour ma carrière d'actrice. On aurait des terres, avec des chevaux, et tout un commando de femmes de chambre qui ne s'adresseraient à moi qu'avec respect, genre : « Madame a-t-elle bien dormi ? Madame aura-t-elle besoin d'autre chose ? »

Faudra sans doute se coltiner le moutard, vu que c'est grâce à lui qu'on va toucher le gros lot, mais je le vois comme un de ces ados poilants et délurés qui vous débitent cinq gags à la minute, sans pour autant vous les casser...

Je suis sûre que le jeu va en valoir la chandelle, que je me disais, toujours agrippée à mes seins. (Eh, c'est pas donné, ces trucs !) Oui, c'était une certitude absolue : ça en vaudrait largement la peine.

Zia

J'ai été déçue en apprenant que Sam était tombée sous le charme de Mark Kramer. Tout le monde craque pour Mark Kramer, c'est d'une banalité affligeante !

Je pensais qu'elle avait plus de goût. Par exemple, nos conversations ne tournaient pas autour des âneries habituelles. On a parlé musique. Elle m'a donné toute une liste de guitaristes qu'elle me recommandait ; pas les stars hyperconnues, genre Hendrix, Clapton ou Plant, mais d'autres, tout aussi doués, quoique moins célèbres. Albert Lee, Jeff Beck, Scotty Moore ou James Burton. Elle m'a cité plusieurs groupes des années 60, qu'elle me conseillait, et a promis de me ramener quelques CD.

Vraiment curieux. D'un côté, elle a toujours l'air d'être au courant des derniers trucs, mais si on lui parle de *trance*, de *techno* ou de *drum n'bass*, elle secoue la tête, l'air dégoûté, comme si elle ne voulait même pas en entendre parler.

Comme si, musicalement, elle avait plusieurs siècles de retard – tout en étant parfaitement dans le coup par ailleurs. Personnellement, je m'en fiche. A peine rentrée, j'ai sorti mon vieux CD des Doors pour le réécouter.

Décidément, tout ça cadre plutôt mal avec son engouement pour Mark Kramer. Comment une fille si cool et si originale peut-elle tomber aussi bas, sur le plan sentimental ?

Tyrone

C'est cette nuit-là que tout s'est compliqué. Ma mère n'avait plus qu'une idée en tête : il fallait faire quelque chose pour moi avant qu'il ne soit trop tard. Ça tournait à l'obsession. A l'entendre, j'étais une véritable expo ambulante de tout ce qui peut clocher chez un ado : outre mes kilos en trop, je ne fichais rien à l'école, pour ne rien dire de mes copains qu'elle n'a jamais pu blairer.

Elle a donc décidé de me faire donner des cours particuliers, deux fois par semaine. Après le dîner, elle a téléphoné à la mère de Matthew pour lui demander des numéros de profs – entre mères de gosses à problèmes, faut bien s'entraider, pas vrai...? Au lieu de quoi, elle s'est pris un quart d'heure de blabla sur Matthew et sa nouvelle copine.

Dans le secteur, on dirait qu'il souffle un vent d'émulation qui rend les parents raides dingues. Ils ne peuvent pas s'empêcher de comparer à tout bout de champ leurs chers petits : l'âge auquel ils ont fait leurs premiers pas ou ont dit leurs premiers mots, leurs résultats scolaires, les hobbies auxquels ils s'adonnent le week-end, leurs mots d'enfants, leurs performances musicales, artistiques ou sportives, le nombre de copains qu'ils ont, les examens qu'ils ont réussis... et j'en passe.

Hélas, ma mère se croit tenue de jouer à ce petit jeu où elle part toujours perdante.

De temps en temps, je l'entends parler à une autre mère, au téléphone : « Oh ! Tyrone est très doué pour la communication ! se rengorge-t-elle. Il s'entend merveilleusement bien avec tout le monde ! » Ou alors, elle leur explique, pathétique de naïveté : « Ce que Tyrone ignore, concernant Internet, c'est que ça n'a strictement aucun intérêt ! » Dans le monde des parents, ça n'a qu'une signification, ce genre de remarque : « Je fais de mon mieux pour sauver la face mais, en fait, mon rejeton est une vraie tache ! »

Et hier soir, en parlant à la mère de Matt, elle a découvert une nouvelle discipline dans laquelle son fils allait pouvoir s'étaler : les filles.

Matthew Burton s'était dégotté une copine. J'écoutais ça depuis le palier du premier étage, et j'avais peine à en croire mes oreilles.

– Un sacré béguin… ?

Maman est partie d'un éclat de rire qui a sonné particulièrement faux, à vous briser le cœur.

– Ça, c'est amusant… a-t-elle dit, en baissant la voix. Mais justement, voyez-vous, ces derniers temps, Tyrone s'est intéressé d'assez près à la fille d'un couple d'amis, les Lavery. Le père est avocat, comme vous le savez peut-être…

Je me suis enfoui le visage dans les mains, et je me suis traîné jusqu'à ma chambre, pour attendre la visite qui allait inévitablement suivre.

Mrs. Sherman

Tyrone a toujours eu un peu de retard pour son âge. C'est d'ailleurs ce qui explique son petit excès pondéral : ce sont des kilos de bambin qu'il perdra sûrement, dès qu'il aura passé le cap des seize ans.

J'ai décidé d'avoir une petite conversation avec lui, ou plutôt avec sa nuque, tandis qu'il s'activait sur les manettes de son ordinateur.

– Il paraît que Matthew Burton a une petite amie, ai-je dit, l'air de ne pas y toucher.

– Première nouvelle.

– Une fille charmante, apparemment. Et brillante, avec ça. Simone, tu la connais ?

Là, il a délaissé son écran.

– Non, a-t-il dit.

– Je ne voudrais pas que tu te sentes à la traîne, Tyrone. Tu serais tellement mieux dans ta peau si toi aussi tu avais une amie avec qui sortir, t'amuser un peu...

Il s'est remis à jouer, comme s'il avait été seul dans la pièce.

— Je crois que je vais inviter les Lavery à prendre le thé. Juliana ne cesse de demander de tes nouvelles.

Pour toute réponse, il n'a émis qu'un de ses sempiternels grognements.

— La compagnie des filles est très amusante, ai-je continué, d'un ton encourageant. Tu pourrais très bien, par exemple, l'inviter au cinéma. Je suis certaine que Juliana est cent fois plus intéressante que ces deux balourds avec qui tu passes tout ton temps !

Tyrone a éteint son jeu et a fait pivoter son fauteuil, avec un gros soupir.

— Je ne veux pas de copine, m'man. J'ai rien à leur dire, aux filles. Elles ne m'intéressent pas.

— Eh bien, si tu faisais l'effort de t'y intéresser un peu, hein ?

Là, j'ai adopté un ton un rien plus ferme :

— Je dormirais mieux, s'il y avait au moins quelques signes de présence féminine dans ta vie. Je suis malade d'inquiétude à l'idée que tu pourrais devenir un de ces célibataires encroûtés qui passent leur vie en robe de chambre, devant leur télé ou leur ordinateur, en se bourrant de cacahuètes ou de pizzas surgelées, et attendent pour prendre une douche de ne vraiment plus pouvoir faire autrement. Là, tu briserais le cœur de ta mère, Tyrone !

Il a poussé un long rugissement étouffé.

— Tu ne pourrais pas essayer, au moins ? ai-je demandé. Qu'est-ce que ça te coûte, de rencontrer Juliana ? Qui sait ? Ça pourrait bien faire tilt ! Et

sinon, rien ne t'empêchera de t'en trouver une autre.
Tu veux bien essayer ? Pour moi ?

Il a hoché la tête.

J'ai souri, et je me suis approchée, pour déposer
un baiser au sommet de son crâne. C'est un bon garçon, mon Tyrone. Il a juste besoin d'un petit coup de
pouce de sa maman pour l'aider à sortir de sa
coquille, de temps en temps...

Tyrone

Simone !? Ça ne peut être que Sam. Qu'est-ce qu'il
a encore fabriqué ?

Mrs. Cartwright

J'ai eu une conversation amicale dans la salle des
professeurs avec Steve Forrester – ce que j'appelle
une petite mise au point préventive.

– Alors, lui ai-je dit, comment ça se présente, du
côté des filles de quatrième ?

Il m'a fait remarquer qu'il était encore un peu tôt
pour en juger mais que, dans l'ensemble, il était plutôt satisfait du comportement de la classe. Les filles
étaient, selon lui, très « vivantes », et « toutes disposées à participer ».

Lorsque j'ai fait allusion à la partie de football
américain dans la cour, il n'a eu qu'un sourire attendri.

– Pour ma part, je vois une certaine différence
entre « vivantes » et « effrontées », lui ai-je dit, avec
un effort spécial pour garder ma bonne humeur.
Miss Fisher m'a rapporté qu'à un moment où elle

réprimandait la jeune Katie Spicer, une de ses camarades a littéralement lâché un vent, sans même s'excuser!

Steve m'a promis qu'il s'assurerait que les élèves de quatrième ne sous-estimaient pas l'importance de la discipline, et qu'il la leur rappellerait à l'occasion.

– Cette fameuse Américaine, Sam Lopez, ne la trouvez-vous pas un peu trop sûre d'elle?

Sam lui avait paru très sympathique, m'a-t-il dit. Un peu impulsive, peut-être, mais avec un excellent fond.

Dire que je l'ai cru! Vingt ans d'expérience de l'enseignement, et je l'ai cru sur parole!

Matthew

L'Opération Samantha avait donc lamentablement capoté. Les Sheds relevaient de l'histoire ancienne, à présent, tout comme les Trois Garces. Toute la donne avait changé.

Et Sam Lopez, plus que tout le reste. En cours, il était toujours fourré au premier rang, la main en l'air, avec les autres fayots et bons élèves de service. Certains profs, comme Ward en maths, ou Fisher en dessin, commençaient d'ailleurs à *la* trouver un peu lourde, avec sa manie de lever la main avant même d'avoir la moindre idée de la réponse. Sa seule idée, à Sam, c'était de devenir le point de mire.

Mais Steve Forrester était plus que jamais le président de son fan-club.

– Il n'y a pas de mal à faire preuve d'un peu trop d'enthousiasme, nous disait-il, quand les réponses loufoques de Sam déclenchaient des crises de fou rire dans les derniers rangs. Sam a au moins le mérite de participer – on ne pourrait pas en dire autant de tout le monde, dans cette classe !

Puis, dès qu'il avait la tête tournée, Sam faisait pivoter la sienne vers nous, pour nous tirer la langue.

Vous avez bien lu ! Il nous *tirait la langue*. Il avait beau passer toutes ses récrés à apprendre aux filles à parler, à marcher et à mâchonner comme une bande de cow-boys, Sam savait à la perfection se comporter comme elles. Il lui avait suffi de quelques jours pour adopter l'allure et les manières des filles. Cette façon qu'il avait de caqueter en jet continu, de se coller à ses amies dans la cour ou de leur poser la main sur le bras pour leur faire part des derniers bruits de couloir de la classe !

Et nous assistions en direct à cette consternante métamorphose ; c'était si troublant qu'aucun d'entre nous n'osait en parler, bien que nous en ayons tous été témoins. Sam avait changé du tout au tout. De jour en jour, on le voyait devenir plus agréable, plus civilisé, plus fréquentable.

Il *s'humanisait* !

Jake

Mais je restais sur l'idée qu'il pouvait encore retourner sa veste d'un instant à l'autre. Je n'avais pas oublié sa grande scène du Burger Bill's, déclenchée par cette malheureuse blague à propos de son père.

D'ailleurs, son influence n'avait rien de très positif sur les filles. Elles papotaient toujours autant, sauf que maintenant, elles arboraient toutes d'énormes montres de plongée. La vague de crétinisme aigu s'était répandue jusqu'en terminale !

S'il nous fallait encore une preuve de la débilité profonde des filles, là, on la tenait. Des montres de plongée plus grosses qu'elles... Le nouvel accessoire de la collégienne branchée... N'importe quoi !

Zia

Maintenant encore, rien que d'y penser, j'en ai la chair de poule.

A la récré, j'ai dit à Sam que j'avais réécouté mon CD des Doors. Elle a ri et m'a demandé quel était mon titre préféré.

– *People are Strange*, ai-je répondu.

– Sans blague ! Tu n'aimes pas *Light my Fire*, comme tout le monde ?

– Je préfère *People are Strange*. J'ai relevé les accords, et je sais le jouer à la guitare.

Là, elle m'a regardée comme si c'était la meilleure nouvelle de toute sa vie et, à ma grande surprise, elle s'est mise à chanter.

C'est une curieuse chanson, qui parle de solitude et dit que les gens vous paraissent très moches et très froids quand vous souffrez d'être seul au monde, rejeté de tous. La voix de Sam, à la fois aiguë et un peu rauque s'harmonisait parfaitement aux paroles et à la mélodie.

Et ça a été plus fort que moi. Je me suis laissée emporter par la musique, et je me suis mise à chanter la partie de guitare, superposant au chant le staccato rythmique du refrain, qui tranchait sur l'harmonie sombre et étrange du reste de la chanson.

A la fin du refrain, il y a eu quelques secondes de silence. Nous avions trouvé un bon équilibre entre nos deux voix, excellent même !

Presque gênée de ce succès, Sam a étouffé un éclat de rire avant d'attaquer le deuxième couplet. Et je l'ai à nouveau rejointe, mais cette fois d'une voix plus assurée.

On s'est souri, en chantant. Il s'est passé quelque chose de vraiment sidérant. Les têtes se tournaient vers nous, c'était bien la première fois qu'on entendait un duo de ce genre dans la cour de Bradbury Hill ! Mais avant même que les copains n'aient eu le temps de nous charrier ou de nous clouer le bec, la musique les a emportés à leur tour.

Lorsque nous avons repris le premier couplet, un petit attroupement s'était formé autour de nous et, à la note finale, il y a eu quelques applaudissements.

– Depuis quand avez-vous commencé à répéter ? a demandé quelqu'un.

– On n'a jamais répété, ai-je répondu.

– On fait ça d'instinct ! a conclu Sam, en secouant la tête.

Après quoi, nous nous sommes écartées l'une de l'autre, comme si nous avions besoin de temps pour comprendre ce qui venait de se passer.

Et depuis, impossible de penser à autre chose. Cette chanson m'a trotté dans la tête pendant toute la journée.

Crash

A l'aéroport, on a débarqué dans la grisaille. Dehors, il tombait cette pluie typiquement britannique, fine et indécise. Il y avait trop de monde partout, et quand on leur demandait le moindre truc, les gens nous lorgnaient comme si on était des Martiens.

– Voilà mon plan, j'ai dit à Ottoleen, pendant qu'on poireautait à la station de taxis. On se loue une bagnole. On retrouve la piste du gamin, on se le choppe et on fiche le camp de ce bourbier pour revenir *fissa* à la civilisation !

– Avant tout, j'ai besoin de dormir…

Ottoleen titubait légèrement. Elle n'a jamais pu tenir l'alcool, ma petite puce.

– Emmène-moi dans un hôtel, Crash…

D'habitude, quand j'entends ce genre de requête dans la bouche d'une superbe jeune créature, je ne fais ni une ni deux – leurs désirs sont des ordres ! Mais là, j'étais venu régler un problème de famille.

– On dépose nos bagages, on se loue une caisse, et puis…

Mais la tête d'Ottoleen s'était posée sur mon épaule. Elle me susurrait à l'oreille ces petites roucoulades auxquelles je n'ai jamais su résister :

– Miaooou, miaooou ! Au dodo, le minou…

– OK, OK. On va te trouver un hôtel.

– Miaou, miaou… ont murmuré ses jolies lèvres et, les yeux mi-clos, elle a hoché la tête avec gratitude.

J'ai jeté un coup d'œil à la famille de Rosbifs qui attendaient dans la file devant nous : papa, maman et leurs deux marmots rouquins qui revenaient de vacances, rouges comme des coquelicots, et nous mataient avec des yeux ronds.

– Vous avez un problème, m'sieur-dame ? je leur ai demandé, genre « Je-vous-déconseille-de-me-marcher-sur-les-pieds ».

Leurs trognes déjà rubicondes ont viré au vermillon, et ils se sont détournés, en marmonnant entre eux.

Ah, ces Anglais, je vous jure! aucune notion de savoir-vivre!

Mrs. Burton

Nous n'avons jamais eu le goût du secret. Chez nous, nous préférons généralement laver notre linge sale sur-le-champ, sans attendre. Mais cette fois, toute l'histoire de l'héritage de Sam, sans parler de la perspective de voir débarquer chez nous l'étrange individu qui lui tient lieu de père, commençait à nous poser un sérieux problème, à David et à moi.

L'année avait pourtant si bien commencé! Sam semblait s'acclimater à Bradbury Hill; Matthew s'était trouvé une charmante petite amie… Le moment nous semblait mal choisi pour les perturber davantage, à un stade aussi critique. Nous avons donc décidé qu'une mise au point s'imposerait, mais pas dans l'immédiat.

J'ai demandé à David de prévenir la police, juste pour qu'ils sachent qu'un Américain indésirable pourrait croiser dans le quartier. Il leur a demandé d'ouvrir l'œil, en soulignant les risques de tentative d'enlèvement, mais je ne suis pas certaine que sa requête ait été accueillie avec tout le sérieux que l'on aurait pu souhaiter.

Agent Chivers

J'ai pris note d'un appel émanant d'un Mr. Burton, qui a téléphoné pour attirer notre attention sur les agissements d'un certain Mr. Lopez. J'ai consigné l'appel dans la main courante, mais je l'ai avisé que l'hypothèse, peu vraisemblable, d'un Américain quadrillant les rues du secteur avec le projet d'enlever son fils n'avait pas de quoi mettre les forces de l'ordre sur le pied de guerre, et n'arrivait sûrement pas en tête de nos priorités, même si l'individu en question était, selon Mr. Burton, d'allure « plutôt patibulaire » !

Burton... Il me semblait bien avoir déjà entendu ce nom, récemment. Il m'a fallu quelque temps pour faire le lien avec l'incident du Burger Bill's.

Mr. Burton

En de telles occasions, le plus important est de garder son calme et de ne pas s'en faire une montagne. J'ai donc téléphoné au poste, mais j'ai dit à Mary que le mieux était de continuer à vaquer à nos occupations, comme si de rien n'était.

Convaincu que c'était la meilleure option, j'ai décidé de ne pas lui faire part d'un autre détail alarmant qui m'a sauté aux yeux : Sam s'épile les sourcils.

J'ai par ailleurs remarqué de subtils changements, dans toute sa personne. Il lui arrive à présent de frôler le bras de la personne à qui il parle. Sa voix s'est faite plus suave, et nettement moins abrasive que celle du Sam première manière. De temps à autre, il lui échappe des expressions telles que « Oh, mince alors ! » ou « Non, il ne m'a pas semblé... » ou « Cela ne me dit rien qui vaille... » Toutes choses qui détonnent violemment, dans sa bouche ! L'autre soir, il a même annoncé à la cantonade qu'il montait dans sa chambre pour rédiger son journal, et depuis il le fait chaque soir.

J'avoue avoir un peu de mal à croire que Sam Lopez soit du genre à tenir un journal !

Mark Kramer

Ça n'est qu'une fille, après tout ! C'est ce que je me répète depuis deux jours, chaque fois que je croise Sam : ça n'est qu'une gamine, pense à autre chose... !

Mais c'est plus fort que moi. J'ai ce petit pincement au creux de l'estomac. D'habitude, après le déjeuner, je sors discrètement de l'école le temps de griller une petite cigarette, mais là, je n'y ai même pas pensé. Je n'avais qu'une envie : voir Sam et lui parler.

Qu'est-ce qui m'arrive ? Moi qui pourrais me lever n'importe quelle fille de l'école, il faut que je flashe sur cette Yankee de quatrième, qui se fiche pas mal de moi.

Là, j'exagère peut-être un peu. J'ai remarqué que chaque fois que je suis près d'elle – c'est-à-dire aussi souvent que je peux m'arranger pour l'approcher –, ses copines se mettent à glousser comme des idiotes ; mais vu la manière dont elle me regarde, ma main au feu que Sam n'est pas si mécontente de l'attention que je lui porte !

Sauf qu'elle s'arrange toujours pour n'être jamais seule.

Il s'est écoulé vingt-quatre heures depuis que je lui ai fait passer mon message, via Elena Griffith, et à sa façon de se tenir, j'ai vu qu'elle l'avait reçu. Mark

Kramer n'a pas l'habitude d'être mis en liste d'attente, surtout par une fille ! Alors, tandis que la bande des quatre, dont Sam et Elena, partait au vestiaire en fin de journée, j'ai fait comme si je passais par là, par le plus grand des hasards.

– Salut Sam ! ai-je lancé, l'air de rien.

Elle m'a lorgné par-dessus son épaule, de ce regard sombre et appuyé qui a fait faire un triple saut périlleux à mon estomac.

– Ouais ? a-t-elle dit.

– Est-ce que tu as eu mon, euh… mon message ?

Elle m'a carrément présenté son dos.

– Possible, ouais, a-t-elle répondu, déclenchant dans le reste de la bande une vague de gloussements et de coups de coude.

– Et alors ? ai-je demandé.

– Salut, Sam, on te retrouve à la grille… a dit Elena en entraînant les deux autres vers la sortie.

Et tout à coup, on s'est retrouvés en tête-à-tête.

Enfin seuls ! Et je lui ai décoché *le* sourire. Celui auquel personne ne résiste.

Personne, sauf elle.

Elle s'est avancée d'un pas et j'ai cru une seconde qu'elle allait me balancer son poing dans la figure, mais elle s'est contentée de me tapoter le torse du bout de son petit index pointu.

– Écoute, mon pote, a-t-elle laissé tomber d'une voix basse, presque menaçante. Là, je crois que tu vas au-devant de très très gros ennuis !

Puis elle a reculé sans me quitter de l'œil, les mains aux hanches, comme une de ces fiancées de gangsters qu'on voit dans les vieux films.

– Bas les pattes ! a-t-elle ajouté. *Capito* ?

Après quoi, elle a fait demi-tour et a filé dans le couloir en fouettant l'air de sa queue de cheval, comme une pouliche furieuse. Cette nana... Elle me fait totalement craquer !

Ottoleen

Crash Lopez est le plus grand virtuose que j'aie jamais rencontré. Il est tellement, mais tellement déterminé. On devrait écrire un bouquin, tous les deux, je lui ai dit : le *Guide de Crash Lopez pour y arriver, même quand le monde entier vous met des bâtons dans les roues*. Enfin, il reste encore un peu de boulot sur le titre, mais le message est clair, puissant, et incroyablement porteur !

Voici, en bref, la méthode Lopez :

1) Commencez par définir ce que vous voulez faire.

2) Distribuez quelques bons coups de pied où-vous-savez.

3) Poussez une bonne gueulante.

4) Fendez-vous d'une autre tournée de coups de pied où-vous-savez.

5) Faites ce que vous voulez faire.

Me voilà donc dans cet hôtel pourri, près de l'aéroport. On a réussi à dormir un peu, mais on s'est réveillés barbouillés et avec un mal de crâne comack – bref, le décalage horaire dans toute sa splendeur !

Crash est descendu à la réception pour louer une voiture.

La réceptionniste, le parfait sosie de Morticia Adams, avec des cheveux trop noirs pour être naturels et une bouche en vous-savez-quoi de poule, a levé le nez de son ordinateur et lui a susurré :

– Une voiture de location ? Pour aujourd'hui, monsieur... ?

Faut pas lui faire ce genre de plan, à Crash. Vraiment pas ! Il n'était déjà pas dans son assiette...

– Non, qu'il lui a fait. Sûr que je vais rester moisir ici toute la semaine, juste pour le plaisir ! Évidemment, pour aujourd'hui... !

– Bien, monsieur, a répondu la bonne femme en poussant vers lui le téléphone qui était sur le comptoir. Si vous voulez bien téléphoner vous-même au service location... Ils se feront un plaisir de vous aider.

Crash m'a balancé un regard appuyé, genre : « Est-ce qu'ils parlent tous comme s'ils avaient un balai où je pense, dans ce foutu pays ? » Puis il a décroché et a demandé :

– Location de voiture ?

Il a parlementé avec eux pendant cinq bonnes minutes, en leur donnant toutes sortes d'informations. Il y a eu une grande discussion pour savoir combien ça coûterait, si ça serait un modèle familial, équipé ou non de l'air conditionné. Crash a fini par prendre une Nissan – il en avait déjà conduit une, à L.A. Il a demandé dans combien de temps elle serait livrée et ils ont dit une heure. Il a tchatché encore un peu, et ils ont dû lui dire que plus il leur tenait la jambe, plus il devrait attendre, parce qu'il a fini par raccrocher.

– Tu parles d'un bled ! a-t-il ronchonné en rendant son téléphone à la Morticia de la réception.

– Je vous remercie, monsieur, a-t-elle répliqué.

Une heure plus tard, on attendait tous les deux à l'entrée, quand on a vu arriver cette caisse minuscule, un cafard bleu sur quatre roues. Il en est descendu un jeune Noir, vêtu d'un superbe costard.

– Mr. Lopez ?

Crash a regardé la bagnole comme si la dure réalité s'imposait peu à peu à lui.

– Dites-moi que c'est une blague...

– Votre Nissan Micra, a répondu le jeune type.

– J'ai demandé une Nissan. C'est pas une Nissan, cette bagnole, ou alors, vous faites dans le modèle réduit !

Il a fait le tour de la Micra en larguant tout un chapelet de jurons. Le type de l'agence restait là, les bras ballants, l'air embarrassé.

Alors j'ai pris les choses en main. Ça risquait de durer longtemps et, de toute façon, ça n'était quand même pas comme si on se préparait à traverser toute l'Europe avec !

– Moi je la trouve très bien, ai-je déclaré. Elle est d'un chou ! Ça me va parfaitement.

– Pas question que Crash Lopez se trimballe dans cette boîte à savon !

Il est allé se planter devant le capot, mais je le sentais déjà fléchir.

– Allez ! ici, personne ne risque de te reconnaître ! On passera totalement inaperçus. On va nous prendre pour des Anglais !

– Et tu trouves qu'il y a de quoi en être fier ?

Puis il a paru se résigner et revenir à la raison. Il a contourné le capot pour ouvrir la portière côté conducteur. Pendant un bon moment, il a eu l'air complètement paumé.

– Où il est passé, ce bon sang de volant ?

– Si tu regardais de l'autre côté...

Il a mis pied à terre, a contourné le capot pour la deuxième fois, avec une nouvelle bordée de jurons, et s'est installé au volant en se tortillant comme un renard pris au piège.

– Ah! Filez-moi donc les clés! a-t-il râlé, la main tendue.

Le type de l'agence les lui a remises.

Crash a mis le contact et a fait ronfler le moteur, pendant que le bagagiste chargeait nos valises dans le coffre.

– Je sens que quelqu'un va payer pour ça! a grincé Crash, tandis que le coffre se refermait.

Le bagagiste revenait vers nous pour avoir un pourboire, quand Crash a passé la première – et nous voilà partis dans notre minuscule bagnole, qui rebondissait sur l'asphalte pire qu'un petit pois sauteur.

Encore une victoire de la méthode Lopez! Quand je vous dis qu'avec lui, ça ne traîne pas!

11.

Charley

A vrai dire, ça couvait depuis un bout de temps. Normalement, Elena et Z. sont les meilleures copines du monde, mais c'est surtout parce que je fais office de médiatrice dans notre petite association. Çà et là, l'abîme qui les sépare nous apparaît, pendant un jour ou deux, et on découvre que, bien que la diversité soit un ingrédient indispensable de la vie, dans un trio tel que le nôtre, les différences peuvent déclencher de sacrés problèmes.

Zia est une fille calme et sérieuse, aussi brillante que peu encline à s'épancher. Elena est plutôt exubérante et extravertie et, pour ce qui est de la culture générale, elle serait du genre à vous citer Hollywood comme capitale de l'Amérique.

Quand on était en primaire, leurs divergences étaient une intarissable source de rigolade. Mais à présent, ça coince de plus en plus. Le clash semblait inévitable. On n'attendait plus que la petite étincelle qui mettrait le feu aux poudres...

Et ce fut Sam Lopez.

Elena avait décidé de faire de Sam sa nouvelle lubie. Elle a le chic pour se trouver régulièrement de nouvelles passions : le roller, la photo, les collections d'autographes, le basket... Ça lui dure un mois ou deux, puis ça lui passe, et elle se trouve autre chose.

Du jour où elle a emmené Sam chez elle, pour la harnacher avec ce soutien-gorge rembourré, elle s'en est complètement entichée. En plus de son accent américain, la nouvelle avait ce je-ne-sais-quoi, cette vulnérabilité craquante, dissimulée derrière cette façade de confiance en soi. Elena en était dingue. Tout ça aurait dû voler en éclats quand cet abruti de Mark Kramer lui a demandé de lui arranger un rendez-vous avec Sam mais, bizarrement, ça a produit l'effet inverse. Ça les a rapprochées. Les hauts et les bas de leur relation avec Mark venaient s'ajouter à ce qu'elles avaient déjà en commun. Décidément, Sam était son truc du mois !

Sauf que, le même jour, il s'est passé autre chose.

Sam et Zia se sont découvert des affinités sur le plan musical. Au début, c'était amusant de les voir sillonner la cour en jacassant comme deux pies ou en énumérant des groupes de rock dont personne n'avait jamais entendu parler, mais au bout de quelques jours, en toute honnêteté, ça m'a un peu tapé sur le système. Pour le duo de choc de Bradbury Hill, le reste du monde avait cessé d'exister.

Elena l'a très, très mal pris. J'ai remarqué la manière dont elle les a surveillées toute la journée, avec ce regard furtif et sombre qui annonce l'orage. On avait prévu de se retrouver chez Zia, après les cours, mais Elena s'est défilée en prétextant une migraine.

– Vous m'avez filé un méga mal de crâne, avec vos chansons ! a-t-elle dit.

Le lendemain matin, elle semblait d'humeur plus enjouée, mais aussi plus combative. A la récré, Sam et Zia se sont remises à fredonner, comme d'hab, et Elena, pleine de bonne volonté, leur a demandé si elle pouvait se joindre à elles. Et c'est ce qui a précipité les choses.

Elena

OK ! Alors comme ça, paraît que je n'ai pas la voix du siècle ! Est-ce que c'est une raison pour s'écrouler de rire, comme si c'était le truc le plus comique qu'elles aient jamais entendu – et ça ne l'est sûrement pas !

Sam, je ne peux pas lui en vouloir. Elle est nouvelle dans le coin. Personne n'a pris le temps de lui révéler la face cachée de Zia – en apparence, une petite sainte mais, à y regarder de plus près, c'est une vraie peste, intrigante, calculatrice, snobinarde, méchante comme une teigne, hypocrite, tortueuse, préten-tieuse, bêcheuse, égoïste, fayote, faux-cul – bref, une horrible petite peau de vache !

Alors, oui, j'ai explosé. Direct, là, au milieu de la cour. Je lui ai dit que je n'avais jamais eu beaucoup d'estime pour elle et qu'elle me faisait pitié, avec sa petite famille modèle, ses bonnes notes et sa voix de siamois qui se serait pris la queue dans une porte. Quant à sa guitare, à peine si elle savait l'accorder. Et ça n'était qu'une mise en jambes !

J'y suis peut-être allée un peu fort. Tout à coup, j'ai vu Zia fondre en larmes et courir se réfugier dans la salle de cours, Charley sur les talons. Sam m'a balancé un regard effaré.

Je n'ai eu qu'un haussement d'épaules, du genre : «Quoi, j'ai encore dit quelque chose ?»

Jake

Buuut ! On a assisté à un grand clash dans la cour. On s'est discrètement approchés, avec Matthew et Tyrone, pour mieux voir. Et, incroyable… ! c'était une empoignade entre Elena et Zia, et apparemment à cause de Sam.

Quand j'ai vu Zia prendre ses jambes à son cou en chialant tout ce qu'elle savait, j'ai balancé à Sam un bon vieux clin d'œil de solidarité masculine, comme pour lui dire : «Continue, mon pote ! Tu tiens le bon bout ! »

Mais voilà le plus bizarre : il a fait comme s'il n'avait rien vu. Il a même pris un drôle d'air, catastrophé, comme s'il y avait une alerte à la bombe. Il m'a aussitôt tourné le dos pour courir sur les traces de Charley Johnson, en direction de la salle de cours, totalement investi de sa mission d'infirmier du SAMU émotionnel.

Zia

Je suis allée dans la classe. J'ai refermé la porte derrière moi et je me suis écroulée sur l'une des tables. J'aurais voulu mourir. J'avais toujours cru qu'Elena était une amie et, de découvrir la véritable opinion qu'elle avait de moi depuis l'école primaire, c'était comme si toutes ces années d'amitié s'étaient réduites à un énorme mensonge.

J'ai entendu la porte s'ouvrir dans mon dos. Je me suis redressée et j'ai pris un livre, en faisant semblant de relire mes cours.

– Est-ce que ça va ?

C'était Sam.

– Je suis…

Je voulais lui dire que ça allait, mais les mots ont refusé de franchir mes lèvres et c'est un gros sanglot, totalement incontrôlable, qui m'a échappé. Je suis restée un moment sous le choc, incapable de parler.

– Calme-toi… ça va passer…

Elle s'est assise près de moi et m'a pris la main.

– Ça va passer, m'a-t-elle répété.

Et elle s'est mise à me parler à mi-voix, très gentiment :

– Je ne t'ai jamais raconté l'histoire de ce garçon qui était à mon ancienne école… ? Un type sympa, très marrant, toujours entouré de sa petite cour. On était assez copains, mais il avait un sérieux défaut. De temps en temps, tous les deux mois, disons, il fallait qu'il balance une vacherie à quelqu'un. Un truc tellement atroce que ça déclenchait aussitôt des bagarres. Et le plus curieux, c'est qu'il s'arrangeait toujours pour provoquer des types nettement plus grands et plus costauds que lui. Ce qui fait qu'il se retrouvait régulièrement en charpie.

– Mais pourquoi ?

– C'était comme s'il avait craint que les choses aillent trop bien. Comme s'il éprouvait le besoin de tout faire cafouiller. Et de faire le vide autour de lui.

J'ai haussé les épaules. Je ne voyais pas le rapport que ça pouvait avoir avec la trahison d'Elena, qui venait de me montrer son vrai visage de garce, doublée d'une belle hypocrite.

– Alors, tu vois…

Sam s'est penchée en avant sur son siège, le front plissé, comme si la direction où l'entraînaient ses propres pensées avait quelque chose de presque douloureux.

– Je me suis demandé ce qui pouvait bien pousser ce type à se conduire d'une manière aussi destructrice et j'ai mené ma petite enquête. En fait, le véritable problème, ça n'était pas du tout ses amis.

Elle a paru hésiter un moment.

– C'était quoi, alors?

– Son père. Le père de ce copain était du genre incontrôlable, toujours en bisbille avec la police. C'était une de ces catastrophes ambulantes qui traversent la vie en force, sans jamais se préoccuper des conséquences de leurs actes. Les gens disaient que c'était un mauvais père mais, pour mon copain, c'était le sien. Il l'acceptait tel qu'il était.

– Ce que je ne comprends pas, c'est ce qui poussait ton copain à se bagarrer.

– Un jour, quand il avait cinq ans, son père a fait un truc si bête et si énorme que sa mère l'a fichu à la porte du mobile home où ils vivaient tous les trois, en lui disant qu'il était incapable de s'occuper d'une famille et qu'elle ne voulait plus jamais le revoir.

– Waouh!

– Et effectivement, elle ne l'a plus jamais revu, et mon copain non plus.

– Vraiment triste, ton histoire.

– Ce qui poussait mon copain à chercher la bagarre, c'était simple: il souffrait et il était furieux.

Chaque jour de sa vie, il repensait au départ de son père, et il s'en sentait coupable. Il se disait que c'était sa faute, si sa famille s'était brisée. Pour une raison qui lui échappait, il s'arrangeait pour se prendre des coups, pour se punir lui-même, tout en tâchant de faire souffrir les autres. En un sens, cette douleur – une vraie douleur, physique, bien réelle, contrairement à celle qu'il ressassait dans sa tête – le soulageait pendant un certain temps...

J'ai dévisagé Sam et j'ai vu cette expression qu'avait prise son regard, un air étrange et lointain, que je ne lui connaissais pas.

– Vous deviez être très proches, avec ce garçon. C'était ton petit ami ?

Elle a éclaté de rire et a paru retrouver ses esprits.

– Pas du tout, a-t-elle dit. Mais, si tu veux mon avis, Elena doit avoir ses propres problèmes. Peut-être pas chez elle, mais dans sa tête. Elle est tout simplement jalouse, de ta réussite à l'école, de tes amis, et qui sait ? de toi et moi, peut-être... de nos projets musicaux, tout ça. Elle essaie de te le faire payer !

Elle a posé les mains sur mes épaules et m'a regardée.

– Tu sais, il faut trouver sa propre voie, dans la vie. Suivre son propre sillon...

J'ai souri tout en remarquant que, pour une raison incompréhensible, mon pouls s'était accéléré. J'avais la bouche sèche.

– Tu dois avoir raison, ai-je dit. Cette pauvre vieille Elena...

– C'est la seule façon de s'en sortir, ma puce, suis ton propre sillon.

Ce n'est qu'à la maison, ce soir-là, bien plus tard, que j'y ai repensé. Ce mot qu'elle avait employé. Ma puce. *Ma puce* ?

Matthew

Sam était tout bizarre, aujourd'hui.

– Au Burger Bill's, les gars ! nous a-t-il lancé, en nous rejoignant à la grille de l'école. J'ai fait le plein d'émotions fortes pour la journée. Maintenant, il me faut de l'action !

– Tu rigoles, là ! s'est récrié Jake. Un avertissement de la police, ça nous suffit ! Sans compter que Bill ne nous laissera jamais entrer.

– Tu paries ? Suppose qu'une adorable jeune fille le lui demande, très gentiment.

– Parce que tu as l'intention d'y aller comme ça, avec cet uniforme ?

– Eh ! Tu crois peut-être que je vais prendre le risque de me griller ! Alors, qui est pour ?

Là, je dois faire un aveu. Je commençais à regretter l'ancien Sam, le diabolique. J'aurais franchement préféré qu'il redevienne le Sam qu'on s'était coltiné pendant les vacances. Je me suis dit que de l'accompagner dans un de ses délires, ça pourrait avoir un effet bénéfique sur lui. Ça lui rappellerait comme c'était bien d'être un garçon, même avec un uniforme de fille !

Jake s'est déclaré partant, mais Tyrone hésitait. D'habitude, c'est le plus optimiste et le plus positif de nous trois, mais ce jour-là, il avait passé toute la journée à broyer du noir, et il a fini par nous lâcher la vérité (il n'a jamais su tenir un secret) : il avait des problèmes chez lui, à cause de cette prétendue petite amie avec qui j'avais eu le tort de m'afficher.

En chemin, j'ai mis Sam au courant de la situation, mais la compréhension dont il avait fait preuve, quelques heures plus tôt pour Zia Khan, semblait s'être évaporée à présent qu'on se retrouvait entre garçons.

– Waouh! s'est-il exclamé. Ce qui fait que maintenant, Tyrone n'a plus qu'à se trouver une petite amie, lui aussi. La vache! Cette Simone m'a vraiment l'air d'une fille à histoires. Elle ne sème que des embrouilles, sur son passage!

Tyrone a rigolé et a pris la tête de la bande en direction de High Street. Ses sautes d'humeur ne durent jamais bien longtemps...

Crash

On est descendus dans un hôtel minable, à l'ouest de Londres, et on s'est aussitôt mis sur la piste de Sam. On a eu vite fait de trouver l'adresse des Burton...

Tyrone

L'atmosphère était électrique, ce soir-là. Quelle que soit la façon dont on prenait le problème, on avait vraiment monté une méga embrouille. A la fin de la semaine, quand Sam dévoilerait sa véritable identité, je voyais déjà la tête qu'ils feraient, à Bradbury Hill!

Mais entre nous, comment les choses allaient-elles se passer, au juste? A vue de nez, quand Sam débarquerait sans sa jolie petite jupe d'uniforme, sans sa queue de cheval et sans son soutien-gorge rembourré, il ne suffirait pas de crier : « Coucou, on vous a bien eus ! » On commençait à entrevoir l'ampleur du problème : on avait réussi à faire décoller ce projet grandiose, mais il restait encore à le faire atterrir sans trop de casse pour l'équipage !

Matthew

Sam a fait une entrée magistrale au Burger Bill's, comme s'il y descendait tous les jours. Il a poussé la porte, s'est laissé choir sur une banquette et a pris la pose en s'entortillant les doigts dans ses mèches blondes, comme nous l'avions déjà vu le faire un certain nombre de fois. Nous lui avons emboîté le pas, la tête basse, en rasant nerveusement les murs, et nous l'avons rejoint à sa table.

Bill était occupé à retourner des hamburgers sur le gril, derrière le comptoir. C'est sa fille, une grosse de dix-huit ans, pratiquement aussi large que son père, qui est venue prendre notre commande. Nous étions là depuis déjà cinq bonnes minutes quand Bill s'est aperçu de notre présence.

Il a aussitôt mis le cap sur nous, en essuyant ses grosses paluches sur son tablier. En le voyant rappliquer, Sam a murmuré :

– Laissez-le-moi, je m'en charge…

– Je croyais avoir été clair, a dit Burger Bill. Ici, quand je dis quelque chose, je le fais !

– Excusez-moi, monsieur, a répliqué Sam d'une voix timide.

– Ouais ?

– Je sais que ces trois garçons vous ont causé quelques problèmes par le passé, mais ça n'était pas entièrement de leur faute, m'sieur...

Il a froncé les sourcils, comme s'il lui revenait de sombres souvenirs. C'est à cause de mon frère, le garçon qui les accompagnait.

– A d'autres! a rétorqué Bill. Débarrassez-moi le plancher, tous autant que vous êtes!

– Il est reparti en Amérique, a aussitôt enchaîné Sam. Il est dans une famille d'accueil, mais faut dire qu'il a été... a-t-il ajouté, avec un reniflement pathétique, extrêmement perturbé...

Bill a croisé ses bras musculeux sur son imposant thorax.

– Non! Sans blague?

– Depuis que notre mère est morte dans un accident de voiture, m'sieur...

La voix de Sam s'est brisée.

– Simon est devenu intenable. Là, on était chez nos cousins, à Londres et, nuit et jour, on ne pensait plus qu'à une chose. A notre mère.

– Votre mère... dans un accident de voiture...

Bill a secoué la tête.

– Vous seriez prêts à inventer n'importe quoi, pas vrai, les mômes?

Et tout à coup, sous nos yeux horrifiés, ceux de Sam se sont remplis de vraies larmes. Il avait le regard fixe et vide, rivé sur un point qui se trouvait quelque part derrière Jake et moi comme si, en cet instant même, il avait vu se dérouler l'accident qui avait coûté la vie à sa mère. Puis, sans faire le moindre geste pour se cacher le visage, sans un sanglot, sans un bruit, il a abaissé les paupières. Et nous avons vu déborder une quantité phénoménale de larmes, plus qu'il n'en semblait humainement possible, qui ruisselaient le long de ses joues avant de dégouliner sur la table de Formica.

Un père de famille qui s'était installé à la table voisine avec ses deux gamines s'est retourné vers nous, l'air inquiet, tandis que Burger Bill plantait ses yeux dans les miens.

– C'est vrai, ça ? a-t-il demandé à mi-voix.

J'ai fait signe que oui.

Il a battu en retraite vers son comptoir en secouant la tête, comme si le fait de devoir se farcir des orphelins de fraîche date n'était qu'une autre des innombrables épreuves que lui réservait le destin, histoire de ne pas lui simplifier la vie.

Sam ne bougeait toujours pas. Il gardait les yeux fermés, les joues toujours inondées. Tyrone lui a mis la main sur l'épaule, et il a pris une profonde inspiration avant de s'essuyer le nez et les yeux d'un revers de manche.

– Pari tenu, hein ? a-t-il marmonné entre ses dents.

Bien sûr, on a pu rester mais, franchement, l'ambiance n'y était pas. La fille de Bill nous a apporté nos frites et nos hamburgers, mais le numéro de Sam nous avait un peu coupé l'appétit. Sam lui-même a laissé la moitié de son hamburger.

Puis, pendant qu'on cherchait de quoi payer, Burger Bill est revenu nous voir.

– Laissez ça, les gamins, a-t-il dit à mi-voix, pour ne pas se faire entendre des autres clients. Cette fois-ci, c'est pour la maison...

On a bredouillé quelques remerciements, et Bill a attendu que nous soyons levés.

– Euh... mademoiselle ! a-t-il dit à Sam. Mes sincères condoléances, pour votre mère, tout ça...

Sam l'a remercié d'un signe de tête et s'est frayé un chemin entre les portes vitrées de la sortie.

Burger Bill

Je plaide non coupable ! Quand une poignée de gamins se pointent chez moi et se mettent à faire les zouaves, ça fait partie de mon boulot, que de me faire respecter. Comment j'aurais pu deviner qu'il était complètement tourneboulé, le petit Amerloque, et par la mort de sa mère, en plus...

Bonne chose que sa sœur ait remis les pendules à l'heure. Une charmante petite... j'en ai eu le cœur gros pendant tout l'après-midi. Moi aussi, j'ai des gosses. Je peux comprendre ce genre de choses.

Tyrone

On est sortis du centre commercial, et on est arrivés dans High Street, une rue très animée. Il faisait beau et, probablement pour la dernière fois avant l'hiver, le marchand de glace avait garé sa camionnette tout près, dans une rue latérale.

Matthew a dit qu'on pouvait s'offrir une petite glace, puisqu'on venait d'économiser le prix de nos hamburgers et, bien qu'à peine remis de ce qu'on venait de vivre, on s'est placés dans la queue. Tandis que Jake passait sa commande, on a entendu Sam, qui était le dernier de la file, prononcer un mot à voix basse, un seul, avec une nuance d'incrédulité :

– Non !

On l'a regardé, Matthew et moi. Il avait les yeux fixés de l'autre côté de la rue, sur une petite voiture bleue, une Nissan, un de ces modèles minuscules, qui venait de se garer. On a vu en sortir une blonde coiffée comme une starlette de série B, et tellement moulée dans son jean qu'on l'aurait cru directement peint sur sa peau. Elle s'est accoudée au toit de la bagnole.

En face d'elle, sur le trottoir, un petit chauve sanglé dans un costard sombre, le visage dissimulé derrière de grosses lunettes noires, interceptait des passants comme pour leur demander son chemin.

– Non ! Ça ne peut pas être eux…

Le teint de Sam avait viré au vert. Il s'est avancé sur la chaussée, en direction du couple.

– Sam ! me suis-je écrié.

Et comme il ne faisait pas demi-tour, je l'ai rejoint.

On a longé la rue sur une vingtaine de mètres, puis on a traversé et il est parti d'un pas rapide vers l'endroit où était garée la petite Nissan bleue.

Alors que nous approchions, il a légèrement ralenti, pour pouvoir mieux regarder l'homme. J'étais moins fasciné par ses traits que par son accent, un accent yankee à couper au couteau. Après les avoir dépassés, Sam a feint un intérêt subit pour la vitrine d'un magasin d'électronique. Je voyais ses yeux se refléter dans la vitre, sombres et écarquillés, mais son visage, lui, ne reflétait qu'un grand vide.

– Tu le connais, ce type ? lui ai-je demandé.

Il a lentement hoché la tête.

– C'est mon père.

12

Ottoleen

Ah, ces crétins d'Anglais! Ils disent toujours oui, même s'ils pensent non! En Amérique, si vous demandez aux gens où se trouve une rue dont ils n'ont jamais entendu parler, ils se contentent de secouer la tête et passent leur chemin.

Ici, ils s'arrêtent. «Somerton Gardens... répètent-ils, en pesant bien chaque syllabe. Où est-ce que ça peut bien être?» Et ils mettent cinq bonnes minutes à reconnaître qu'ils n'en savent rien.

Moi, je flaire ça tout de suite, mais Crash, avec cette vieille manie qu'il a de croire tout ce qu'on lui raconte, il lui faut au moins un quart d'heure avant de se rendre compte qu'on n'est pas du tout dans la direction.

– Tu parles d'un bled!

Il s'introduit à grand-peine dans la Nissan, la chemise trempée de sueur, remet le contact et bye-bye!

Matthew

Rien qu'à voir la mine de Tyrone pendant qu'il traversait la rue pour nous rejoindre, j'avais compris qu'il se passait quelque chose de préoccupant. Il marchait auprès de Sam, juste derrière lui, à croire qu'il craignait de voir mon cousin se jeter d'une seconde à l'autre sous les roues d'une voiture.

Puis j'ai regardé Sam. Au naturel, il a le teint plutôt pâle, mais là, il était carrément blême. Son expression hagarde et figée m'a rappelé celle qu'il avait le fameux jour – j'ai l'impression que ça fait une éternité – où il a débarqué sur le seuil de notre porte en compagnie de ma mère.

– Qu'est-ce qu'il y a ? a demandé Jake, quand ils nous ont rejoints.

Tyrone lui a décoché un regard de mise en garde.

– Sam croit qu'il a vu son père.

– Je *crois* pas, a dit Sam, glacial. J'en suis sûr.

– Ici ? A Londres ? me suis-je étonné.

– C'était le type à la Nissan bleue, a fait Tyrone.

– C'était lui, ton père ?

Je percevais très nettement les efforts que déployait Tyrone pour faire correspondre le type en question, un petit chauve bien en chair, habillé comme les malfrats des séries télé, avec le héros en acier inoxydable dont Sam nous avait brossé le portrait.

– Il est, hum... vachement différent de ce que j'imaginais.

– Sans blague ? a fait Sam d'une voix blanche. Pour moi, il a tout l'air de ce bon vieux Crash, sauf qu'il a changé de petite amie.

– Mais qu'est-ce qu'ils fabriquent à Londres ? a demandé Jake.

Le regard de Sam est resté rivé au bout de la rue, là où la voiture bleue avait disparu.

– Une chose est sûre, c'est qu'ils ne sont pas venus jouer les touristes.

Jake et Tyrone sont partis de leur côté, et on a continué en direction du parc.

– C'est vrai, toute cette histoire, comme quoi ton père était en prison ? ai-je dit, pour briser le silence.

– Bien sûr.

– Mais tu avais l'air tellement… fier de lui, ai-je dit en choisissant bien mes mots.

Sam a réfléchi un bon moment.

– Tu peux être fier de quelqu'un, sans pour autant avoir envie de le voir, non ?

– Tu pourrais, toi ?

Sam a eu comme un petit sursaut de douleur et, l'espace d'une seconde, j'ai bien cru qu'il allait tout me raconter.

– C'est un peu plus compliqué que ça, a-t-il dit.

– Vaudrait mieux tout dire à mes parents.

Il m'a lancé un regard en coin, puis m'a gratifié d'un sourire radieux.

– La balle est dans ton camp, cousin !

Mr. Burton

J'étais à mon bureau, dans le salon, en train de relire des textes urgents, quand j'ai entendu les garçons chuchoter dans le couloir. Après quoi, l'un d'eux est monté au premier étage.

Quelques instants plus tard, j'ai vu entrer Matthew

et, à sa tête, j'ai immédiatement compris qu'il se passait quelque chose.

– Sam vient de croiser son père dans la rue, a-t-il attaqué.

– Ah !

J'ai fait une petite croix dans la marge pour marquer la ligne où j'en étais, et j'ai posé mes documents de côté sur mon bureau.

– Comme ça, Mr. Lopez serait parmi nous ?

– Tu n'as pas l'air spécialement surpris !

– Assieds-toi, Matthew, ai-je dit. Il est grand temps de te mettre au courant de quelques nouveaux rebondissements.

Et je lui ai tout raconté : le coup de fil de Durkowitz, l'héritage de Sam, les fortes probabilités qu'il y avait de voir son gibier de potence de père s'intéresser de plus près à sa nouvelle situation... Quand j'ai achevé mon histoire, Matthew a secoué la tête.

– Eh bien, moi qui me figurais qu'on n'avait aucun secret les uns pour les autres, dans cette famille !

– Dans des circonstances normales, on vous l'aurait dit. Mais ta mère et moi, on a jugé qu'il était plus important de laisser à Sam le temps de bien s'intégrer à sa nouvelle école, avant de lui assener des nouvelles aussi... déstabilisantes. Ça n'était qu'une question de jours.

– Lopez serait donc sur la piste de l'argent.

– A en croire ce que Gail en a dit à ta mère, ça n'a jamais été un père modèle.

– Sam était complètement retourné, quand il l'a reconnu. C'est curieux, parce qu'il n'arrête pas de nous en rebattre les oreilles, son père par-ci, son père par-là... Mais à en juger par ses réactions, il n'a aucune envie de retourner aux États-Unis avec lui.

– Ce qui pose un sacré problème, de toute évidence. Aucun tribunal ne nous autorisera à empêcher un père de retrouver son fils !

– Sam n'est pas prêt à prendre une telle décision, a dit Matthew. L'idéal, ça serait qu'il disparaisse quelque temps de la circulation.

– Écoute, Matthew, lui ai-je dit avec un sourire réconfortant, je crois qu'il s'agit à présent d'un problème d'adultes. Nous allons le résoudre au mieux, en tenant compte de toutes les personnes concernées. Laisse-nous faire, et...

– Non, a-t-il répliqué avec une fermeté surprenante. Ça n'est pas seulement un problème d'adultes. C'est le problème de Sam, avant tout. Je vais lui parler !

Le temps d'ouvrir la bouche pour lui proposer d'attendre le retour de Mary et de tenir un conseil de famille, il avait déjà quitté la pièce.

Matthew

J'ai retrouvé Sam assis sur son lit, les yeux perdus dans le vide.

Je me suis installé près de lui et, de ma voix la plus calme et la plus réaliste, je lui ai annoncé :

– On dirait qu'il s'est passé deux ou trois trucs, à notre insu.

– Ah, ouais ? a-t-il répondu, d'une voix lasse.

Je lui ai alors appris qu'il était riche et qu'il le deviendrait de plus en plus, tant que les disques d'un certain groupe nommé 666 continueraient à se vendre comme des petits pains. Je m'attendais à ce que la nouvelle produise son effet – mon cousin avait toujours fait preuve d'une grande vénération pour le dollar – mais là, il n'a poussé qu'un soupir, comme si tout ça n'était que très secondaire.

– Maman n'était donc pas si bête, finalement...

Je me préparais à aborder les détails les plus inquiétants de l'histoire, mais il m'a devancé :

– Mon père est au courant, c'est ça ?

J'ai confirmé d'un signe de tête.

– Ce qui explique qu'il ait pris le premier avion pour Londres. C'était juste pour récupérer le fric. Il ne tenait pas spécialement à me voir.

– Peut-être, mais peut-être pas...

– C'est plus que probable. Je le connais.

Je l'ai regardé sans mot dire. En de tels moments, Sam avait quelque chose de poignant. Toute son énergie, tout son aplomb l'abandonnaient et il ne restait plus de lui que ce pauvre enfant pâle et triste, aussi seul au monde, aussi paumé qu'on peut l'être.

– Il était vraiment atroce, comme père ?

A ma grande surprise, Sam a secoué la tête.

– Il n'était pas si mal. Bien sûr, il passait son temps à se disputer avec ma mère. Il allait traîner avec d'autres femmes et il avait toujours plus ou moins les flics aux trousses. Mais il avait aussi ses bons côtés.

– Comme par exemple ?

– Quand j'ai eu quatre ou cinq ans, on a passé un peu plus de temps ensemble. On sortait, juste lui, moi et ses copains, et un jour...

Un petit sourire lui a couru sur les lèvres.

– Eh bien, disons qu'il m'a initié à son art...

J'ai attendu la suite en silence.

179

– Un mouflet, ça peut être très utile, a-t-il murmuré. Si tu veux aller toucher un chèque volé par exemple, imagine que tu sois accompagné d'un bambin qui n'arrête pas de tout mettre sens dessus dessous. Le caissier a tendance à te filer le pognon sans poser de questions, juste pour avoir la paix. Ou si tu veux passer sous le nez des vigiles, dans un immeuble surveillé : ça te simplifie drôlement la vie, de traîner derrière toi un môme qui hurle qu'il veut aller aux toilettes. Ou s'il pleure sur le trottoir en faisant semblant d'être perdu, ça peut détourner quelques minutes l'attention des flics. Ce genre de truc...

J'étais horrifié, mais j'ai fait de mon mieux pour cacher mon jeu.

– Tu veux dire qu'il te faisait bosser pour lui ?

– Oui. Il m'a initié au business familial un peu plus tôt que d'ordinaire. Et tout allait bien, jusqu'à ce que...

Il a baissé les yeux et, d'une pichenette, a envoyé promener un père imaginaire.

– Jusqu'à ce qu'on se heurte à un mur.

– A un mur ?

Sam s'est tourné vers moi.

– S'il me force à rentrer avec lui, je me barrerai. J'irai retrouver mes potes du gang !

– Tu ferais une fugue ?

– Une fugue ? Sam Lopez ne fugue pas. Il se délocalise !

J'ai réfléchi à toute vitesse.

– Tu ne veux donc pas que ton père te retrouve ?

– Ça, j'ai bien l'impression que non, cousin.

Je lui ai expliqué mon plan. Je n'avais même pas fini qu'il était déjà écroulé de rire.

Mr. Burton

Mary était rentrée du travail et nous étions dans la cuisine, en grande discussion, quand Matthew nous a rejoints.

Il nous a annoncé qu'il avait eu une petite conversation avec Sam, qu'il lui avait appris l'existence de l'héritage que lui laissait Gail et qu'ils avaient trouvé une solution.

– Ça risque de vous prendre un peu à rebrousse-poil, nous a-t-il dit. Mais surtout, ne vous bloquez pas. Gardez votre ouverture d'esprit…

A vrai dire, nous étions déjà un peu sous le choc. Nous ne reconnaissions plus notre Matthew. Sam et ses problèmes l'avaient changé de fond en comble. Auparavant, c'était notre petit garçon, un enfant charmant, drôle, un peu gauche, et voilà qu'aujourd'hui il assumait non seulement les problèmes de son cousin, mais les nôtres !

Mobilisant en moi des trésors de tact, j'ai tenté de lui expliquer que nous lui étions très reconnaissants de son aide, mais qu'il était totalement exclu de cacher Sam, ne fût-ce qu'un week-end. Nous avions donc décidé qu'il valait mieux s'en remettre à la police, puisque tout indiquait que ce Mr. Lopez n'était pas des plus recommandables.

– C'est une affaire sérieuse, Matthew !

C'est alors que la porte s'est ouverte dans mon dos. Mary, qui se trouvait face à moi, a regardé par-dessus mon épaule.

Et n'a pu réprimer un hurlement.

Mrs. Burton

Je n'avais pas dû lâcher un tel cri depuis mon enfance, depuis mes onze ans, peut-être. Mais quand je l'ai découvert... *découverte*... sur le seuil de la cuisine, j'ai été saisie de stupeur, et même de panique.

C'était une fille sans être une fille, tout en ayant vraiment l'air d'en être une ! C'était Sam. Ça, du moins, j'en étais sûre. Mais en même temps, il semblait si posé et si naturel que c'était à vous couper le souffle. Comme si nous avions devant nous non pas un sosie de Sam, ou son double féminin, mais que cette version-ci était la vraie !

– Salut, la petite famille ! a-t-il fait, sans élever la voix.

– Bon sang de bonsoir ! a grogné David.

Sam s'est avancé dans la pièce à pas comptés, il est allé jusqu'au mur du fond, puis il a fait demi-tour avant de revenir s'asseoir sur une chaise.

– Z'avez le bonjour de Sam ! a-t-il dit.

– D'où vient cette tenue ? a demandé David.

– C'était l'uniforme de la sœur de Jake, a dit Matthew. On le lui a emprunté.

– Eh bien, ça alors...

David a grimacé un sourire.

– Tu as vraiment l'air d'être comme chez toi, là-dedans !

– Sans doute parce que je l'ai eu sur le dos pendant toute la semaine !

– Quoi ? nous sommes-nous exclamés en chœur, David et moi.

Matthew a eu un sourire finaud.

– Oui... c'était une idée qu'on avait eue. Une sorte de défi. Pour faire marcher les filles de notre classe !

– De toute ma vie, je n'ai jamais rien entendu d'aussi énorme ! me suis-je écriée. Et elles ont marché, on dirait !

– A votre avis ? a fait Sam, en ouvrant de grands yeux candides, avec un sourire d'une effrayante féminité.

– Ce qui explique la pince à épiler, a dit David. Tout comme l'existence de la fameuse Simone, je suppose...

– Ça, je n'en suis pas très fier, je vous prie de le croire.

J'ai pris le temps de le regarder de plus près et j'ai remarqué une chose, ou plutôt deux, qui m'avaient échappé jusque-là.

– Sam, est-ce que ce sont de vrais seins ?

Crash

Assez tard ce soir-là, nous avons fait un tour dans le quartier pour jeter un œil au 23, Somerton Gardens, un joli pavillon, aussi avenant qu'une tirelire pleine d'or. Les fenêtres étaient illuminées, et on apercevait les silhouettes des occupants qui vaquaient, comme n'importe quelle famille, sans soupçonner la présence de ces deux requins qui croisaient dans les eaux de leur petite piscine...

– Je sens déjà d'ici le parfum de l'oseille.

– Miaooooou ! a ronronné Ottoleen.

Ce soir-là, mon chaton était d'humeur folâtre.

Matthew

Ça, pour une surprise! Mes parents n'étaient pas très enthousiasmés à la perspective de voir Sam se transformer en fille vingt-quatre heures sur vingt-quatre, jusqu'à ce que son père ait renoncé et soit reparti d'où il venait. Ils ont trouvé des tas d'objections à nous opposer, d'ordre pratique, légal ou moral. C'était vraiment un sale tour à lui jouer... Mais plus on en parlait et plus la situation s'éclaircissait. Les enjeux étaient énormes, tout comme les risques. C'était un vrai défi, mais si tout le monde tenait convenablement sa partie, il y avait de bonnes chances pour que ça marche. Quant à savoir si cela en valait la chandelle, c'était à Sam et à lui seul d'en décider.

Ce soir-là, après le dîner, on est longtemps restés dans le salon à réfléchir. Un silence à couper au couteau s'était abattu sur notre petite assemblée.

– Le mieux est peut-être de jouer cartes sur table, a dit papa. Si nous portions l'affaire devant les tribunaux?

– Il suffirait d'expliquer honnêtement que Sam a trouvé une famille stable et équilibrée, a dit ma mère. Quant à Mr. Lopez, rien ne l'empêcherait de venir lui rendre visite, de temps à autre.

Mais Sam a secoué la tête.

– Vous n'avez pas percuté, les mecs, a-t-il dit, d'une voix calme. Crash n'est pas du tout du genre à jouer cartes sur table, et il n'a rien d'honnête. La seule fois où il a parlé devant un juge, c'est quand son avocat l'a laissé prendre la parole à la barre. S'il veut me récupérer, il trouvera forcément un moyen de le faire.

– Et toi, qu'est-ce que tu en penserais ? a demandé ma mère.

Sam a soutenu son regard un long moment, avec l'expression d'une statue de l'île de Pâques.

– La question serait plutôt de savoir ce que vous en penseriez, vous, Mrs. Burton.

Ma mère l'a regardé bien en face, puis elle a souri.

– Ça me ferait beaucoup de peine, Sam Lopez.

– A moi aussi, a dit mon père.

Ils se sont tous tournés vers moi.

– Eh ouais, ai-je fait, avec un haussement d'épaules, sans toi on aurait l'impression de s'ennuyer ! C'est comme si tu avais toujours fait partie de la famille !

Sam a imperceptiblement cligné les yeux comme s'il avait tout à coup une poussière dans l'œil, puis il a paru s'absorber dans l'étude d'un truc qu'il aurait découvert entre ses pieds.

– Eh bien, je crois... a-t-il commencé, sourcils froncés, je crois que c'est l'impression que j'en ai, moi aussi.

Maman s'est approchée. Elle s'apprêtait à lui passer le bras autour des épaules, quand Sam l'a esquivé, les mains levées, en un geste de feinte épouvante.

– Eh, doucement ! Brûlons pas les étapes, hein !

Toute une volée d'anges a eu le temps de passer, pendant que chacun d'entre nous tentait de retrouver ses marques, après la grande scène de réconciliation familiale que nous venions de vivre. Mon père a fini par briser le silence :

– Nous allons devoir réfléchir à ce que nous allons faire, a-t-il dit. Demain, c'est vendredi. Vous irez à l'école comme d'habitude. Et ce week-end, nous prendrons une décision définitive.

– OK. Ça me va, a dit Sam, en haussant les épaules. Mais dès qu'il aura votre adresse, a-t-il ajouté en se levant, ce vieux Crash va venir sonner à votre porte.

– A propos, pourquoi s'appelle-t-il Crash ? a demandé ma mère.

– Ça, vous le comprendrez bien assez tôt !

13

Elena

Comme toutes les balances, je suis d'une extrême sensibilité aux sautes d'humeur de mes proches. Le lendemain, en voyant arriver Sam, lessivée et à bout de nerfs, j'ai compris qu'il était arrivé quelque chose.

Il était grand temps de lui démontrer qui était sa véritable meilleure amie, c'est-à-dire... moi ! Elles ont beau s'entendre pour faire leur petit numéro de duettistes, elle et cette prétentieuse de Zia Khan, rien ne peut surpasser le tandem Elena-Sam.

Je me suis arrangée pour lui parler à un moment où elle était seule, après le premier cours.

– Alors, ma vieille, comment ça va ?

– Très bien, a-t-elle répondu. Pourquoi ça n'irait pas ?

– Je voulais juste te dire que je suis toujours là. Et si tu veux qu'on discute de choses et d'autres, je suis tout à fait capable de me taire et d'écouter ; c'est à ça que ça sert, une vraie amie.

– Merci, a-t-elle dit. Mais aujourd'hui, je me sens un peu larguée, tu vois ?

Je voyais, oui, ô combien ! Mon instinct me l'avait soufflé, comme d'habitude.

– Je pense que tu vas finir par découvrir que la clé de tes problèmes consiste en trois petites lettres, lui ai-je dit, et je les lui ai murmurées à l'oreille.

– Quoi ? a-t-elle fait.

– Ne t'en fais pas. Je vais te laisser quelques munitions dans ton casier, au cas où. C'est important d'être prête à faire front !

– Mais c'est quoi au juste, ce *SPM* ?

– Allez, je suis sûre que tu es au courant ! me suis-je esclaffée. Syndrome prémenstruel. Tu t'apercevras que quelques jours avant d'avoir tes règles, tu deviens particulièrement soupe au lait et irritable. Ça n'a rien d'extraordinaire. La plupart des filles ont ce genre de symptôme.

– Ah ouais ? a fait Sam. Alors là, je comprends tout !

J'ai rigolé.

– Ne t'inquiète pas. Je sais tenir un secret !

Charley

Sam les a eues ! C'est Elena qui l'a su la première. Elle en a touché un mot à Kate et à Donna et, quelques heures plus tard, toutes les filles de quatrième se repassaient la nouvelle : « Sam les a eues ! »

Ce jour-là, quand Steve lui a posé une question en cours et qu'elle a mis dix secondes à descendre de son nuage, il y a eu des regards entendus dans les rangs d'alentour. A la cantine, Sam a à peine touché à ses plats et Elena a articulé silencieusement le mot « crampes », à mon intention.

Bref, c'était le scoop du jour.

Mark

Est-ce que je serais vraiment accro, ou quoi ? C'est comme une mauvaise fièvre, une maladie qui a pris le contrôle sur mon corps et mon esprit. Impossible de me concentrer en cours – rien de bien nouveau, sur ce plan... mais les types de ma classe commencent à me chambrer. Ils se donnent des coups de coude et ricanent sur mon passage. C'est toute mon image qui est en danger !

L'Américaine ne donne aucun signe de dégel.

Je suis allé la voir, vendredi après-midi et je lui ai fait : « Salut, Sam ! » avec un pur sourire garanti cent pour cent Kramer. Elle a lentement tourné les yeux vers moi, comme si elle émergeait de ses pensées.

– Alors, tu t'es décidée ?

– Décidée à quoi ? a-t-elle répondu.

– A sortir avec moi.

– Sortir ? Avec toi ? Mais de quoi tu parles, là ?

– Je peux t'emmener dans un club ou à un concert, si tu préfères. Paraît que tu aimes la musique. On pourrait aller écouter un groupe de filles, quelque part.

Elle a secoué sa jolie tête, comme si elle avait mille sujets de préoccupation plus importants que de sortir ou pas avec Mark Kramer.

– Fiche-lui la paix, Mark ! a dit Charley Johnson, une de ses copines.

– Moi, je pourrais m'arranger pour venir danser avec toi, si tu veux... a gazouillé l'inévitable Elena.

Je n'ai pas relevé et je me suis approché de Sam, histoire de lui faire entendre la voix de velours de Mark Kramer. La voix qui tue.

– Alors Sam, qu'est-ce que t'en penses ? lui ai-je murmuré. C'est vendredi, aujourd'hui. Le vendredi, tout le monde a envie de sortir !

– Si tu tiens à le savoir – ça, c'était à nouveau cette loufdingue d'Elena – elle n'est pas dans ses bons jours. Demande à ta mère, si t'es pas au courant. Elle t'expliquera !

– Pas dans ses bons jours ? me suis-je esclaffé. Y a aucun problème féminin dont Mark Kramer ne puisse venir à bout !

C'est alors que Sam Lopez a paru s'intéresser à la conversation. Elle a sorti un objet de sa poche.

– Ouaip ! Écoute ce qu'on te dit : j'ai des problèmes féminins !

Elle m'a enfoncé dans le sternum ce truc qui ressemblait comme un frère à un de ces tampons dont se servent les filles.

– Et je suis pas du tout mais pas du tout, dans mes bons jours ! Pigé, crâne d'œuf ?

– OK, OK ! ai-je fait, les mains levées en signe de capitulation. Une autre fois, peut-être ?

Elena

Il y avait déjà un soutien-gorge entre nous, mais maintenant c'est mon stock de tampons que je lui ai fait partager. Qui pourrait prétendre que je ne suis pas la meilleure amie de Sam ?

Ceci dit, j'ai été un rien surprise par la façon dont elle a cloué le bec à Mark Kramer, cet après-midi.

Franchement, en laissant un paquet de tampons dans son casier, j'étais loin de me douter qu'elle s'en servirait comme d'une arme offensive !

Mais bon, c'est normal d'être un peu à cran, ces jours-là, pas vrai ?

Matthew

On est rentrés à la maison sans dire un mot.

Et j'ai fini par lui poser la question :

– Qu'est-ce que tu vas choisir, finalement ? Garçon ou fille ?

Sam a haussé les épaules.

– Je me tâte, a-t-il dit.

Ce soir-là, il a mis deux fois plus de temps que d'habitude à réintégrer sa tenue normale.

Ottoleen

Quand Crash se prépare à passer à l'action, il se fige comme une panthère s'apprêtant à sauter sur une gazelle, ou un truc du genre. Il faut admettre qu'il n'a pas tout à fait l'allure d'une panthère, ni du point de vue de la ligne, ni de celui du pelage – sans compter qu'on voit rarement les panthères faire craquer leurs jointures quand elles réfléchissent, m'enfin, vous voyez ce que je veux dire : quand il est dans cet état, je préfère me faire oublier.

Ce jour-là, on est restés à l'hôtel. Sauf à midi, pour déjeuner dans un McDo.

Et là, tout en mastiquant son Big Mac, il m'a annoncé qu'il avait l'intention de rendre une petite visite à Mr. et Mrs. Burton en début de soirée.

– Au moment où les enfants seront encore debout, c'est ça ?

– Non, a-t-il répondu. Au moment où tout le monde est devant la télé. Les voisins n'entendront pas les cris.

Cette histoire de cris ne m'inspirait pas des masses.

– Je croyais qu'on y allait juste pour voir si ton cher petit Sam était bien chez eux, lui ai-je fait remarquer.

– Ouaip. Comme ça, les voisins n'entendront rien, a-t-il répété, comme si je n'avais rien dit.

Crash était donc fin prêt.

Mrs. Burton

Il était sept heures passées de quelques minutes quand le coup de sonnette a retenti. Quelque chose m'a aussitôt fait pressentir qu'il s'agissait du fameux Crash Lopez – entre autres, le fait que le bouton soit resté enfoncé dix bonnes secondes de plus que ce que préconise la politesse, en la matière.

Je me sentais parfaitement sûre de moi. Bon sang, j'étais quand même dans ma propre maison ! Mais j'ai cru remarquer que David n'en menait pas très large. J'ai dit aux garçons de monter dans leur chambre et je suis allée ouvrir.

Crash

J'étais tendu à craquer, plus crispé qu'un index sur la détente. Mais en façade, je n'étais qu'un inoffensif touriste américain, un bon père de famille à la recherche de son fiston.

J'avais sorti pour l'occasion un costard, une chemise blanche et une limace qui me serrait le cou. Quant à Ottoleen, l'après-midi même, elle m'avait montré ce qu'elle comptait mettre : un jean super moulant, avec le T-shirt à l'avenant.

– Trop sexy, ai-je dit.

Elle a passé une minijupe noire.

– Encore pire !

On est donc allés faire quelques emplettes. On lui a acheté deux ou trois trucs style anglais, avec des fleurs, et on a tout pris deux ou trois tailles au-dessus de ce qu'elle met d'habitude.

– Tout le monde doit faire des sacrifices ! ai-je décrété.

Nous voilà donc devant la porte des Burton, le bon goût et la respectabilité mêmes.

Une femme est venue ouvrir, une grande brune, qui nous a décoché un sourire de circonstance.

– Bonjour, a-t-elle fait.

– Mrs. Burton ?

– Elle-même.

– Je suis Anthony Lopez. J'étais le mari de votre défunte sœur, Galaxy.

– Oh ! a-t-elle dit. Pour une surprise… !

– Je vous présente ma femme, Mrs. Lopez.

– Enchantée, a dit Ottoleen, d'une voix de petite fille, avec sourire assorti.

– Comment allez-vous ? a demandé Mrs. Burton.

– Pas mal, et vous ? a répliqué Ottoleen, aussi sec.

On est restés plantés sur les marches un certain temps, avant que la mère Burton ne se décide.

– Mais je vous en prie, entrez donc !

Nous avons donc franchi le seuil. Le hall était

décoré dans le pur style ringard, avec au mur des gravures représentant des fleurs, et des appliques qui auraient été plus à leur place dans un vieux film en noir et blanc.

– C'est mignon chez vous, a gazouillé Ottoleen.

La mère Burton a fait la sourde oreille et nous a pilotés vers le salon. J'ai discrètement cligné de l'œil en direction d'Ottoleen, avant de lui emboîter le pas. Dans le salon nous attendait le père Burton, un genre de petit rat de banlieue en cardigan, le nez dans son journal.

Re-salamalecs. Tandis qu'on s'asseyait sur le sofa, Ottoleen a réussi à placer son jeu de jambes, retroussant sa jupe un peu plus haut que ne le justifiait la situation.

Mr. Burton nous a proposé un verre, que j'ai décliné.

– Mais une tasse de thé, ça ferait parfaitement mon affaire ! a pépié Ottoleen.

Et j'ai eu peine à en croire mes yeux, quand j'ai vu le type se lever pour aller préparer le thé dans la cuisine.

On a commencé à palabrer avec des mines compassées, concernant notre regrettée Galaxy. J'y suis allé de mon petit laïus, comme quoi c'était vraiment un sacré numéro, cette chère Gail, qu'il aurait même fallu l'inventer si elle n'avait pas existé, et qu'ils avaient dû casser le moule après l'avoir faite...

– Toute ma vie, je regretterai de n'avoir pu assister à son enterrement, ai-je dit. J'avais dû m'absenter pour affaires. Ce n'est que bien plus tard que j'ai appris sa fin tragique...

Quand le père Burton est revenu avec son plateau et s'est mis à nous servir le thé, j'ai plongé dans le vif du sujet :

– J'ai appris que, depuis, vous vous êtes occupés de mon fils Sam, ai-je attaqué.

– Votre fils ? Mrs. Burton m'a lancé un regard réfrigérant par-dessus sa tasse de thé. J'avais cru comprendre qu'il était dans un foyer d'accueil...

J'ai souri pour planquer ma grimace de surprise.

– Il ne me semble pas. Vous étiez à l'enterrement et vous êtes repartie avec lui. Mais à présent, je suis venu le chercher.

– Seigneur ! Je crois qu'il s'agit d'une terrible méprise, a dit Mrs. Burton en me lorgnant toujours de son œil frigorifique. J'ai assisté aux funérailles de ma sœur, c'est un fait, mais j'en suis revenue seule.

– Une terrible méprise ? Vous vous foutez de moi, ou quoi ?

– Pas une seconde, Mr. Lopez. Je ne me... fous pas de vous. Je vous conseille vivement de poursuivre vos recherches auprès des autorités juridiques compétentes.

Là, la moutarde m'est montée au nez.

Ottoleen

J'ai senti Crash se raidir, près de moi, comme s'il faisait un effort surhumain pour ne pas sortir de ses gonds. « Crash... » ai-je murmuré, mais trop tard. J'ai vu s'abattre sa main, celle qui tenait la tasse de thé. Les éclats de porcelaine ont volé partout, sur la table et le tapis.

– C'est mon fils ! a-t-il crié.

Les Burton ont ouvert de grands yeux horrifiés, mais n'ont pas soufflé mot.

– C'est à cause du fric, pas vrai ? a rugi Crash. Vous

essayez de faire pression sur moi pour en palper votre part ! Mais écoutez-moi bien : je me demande si vous avez bien compris où vous mettez le doigt. C'est de ma famille qu'il s'agit. De l'argent de ma famille ! Et, pour moi, la famille, c'est sacré.

Burton a contemplé la tasse cassée avec la mine d'un type à deux doigts de s'oublier dans son pantalon, mais sa femme n'a pas sourcíllé.

– Je n'ai pas la moindre idée de ce dont vous parlez, a déclaré Mrs. Burton.

Crash

J'ai bondi sur mes pieds, et le père Burton a fait la grimace, comme s'il s'attendait à recevoir mon poing dans la figure.

– Vous voulez qu'on règle ça entre hommes ? ai-je dit. En ce cas, vous savez où me trouver !

J'ai filé hors de la pièce et je suis allé jeter un œil dans la cuisine. Puis j'ai monté quatre à quatre l'escalier qui menait à l'étage.

Là, j'ai vu trois portes, toutes fermées. La première donnait sur une grande chambre, vide. La seconde était celle d'une chambre d'adolescent. Un garçon était assis devant un écran d'ordinateur. Il a sursauté quand j'ai ouvert.

– Où est Sam ? ai-je demandé.

– Qui ça ? a-t-il dit.

Derrière la troisième porte, j'ai entendu de la musique. Je l'ai poussée.

Et j'ai découvert une petite blonde qui se brossait les cheveux devant son miroir. Elle m'a dévisagé avec le plus grand calme.

– Je peux vous aider ? m'a-t-elle dit.

– Tu t'appelles comment, toi ?

– Simone. Et vous ?

Ottoleen

Crash avait presque retrouvé son sang-froid, quand il est revenu au salon.

– Y a deux gamins, là-haut, m'a-t-il dit, comme si les Burton n'avaient pas existé. Mais pas trace de Sam !

– Deux gamins ?

– Ouais ! Un môme, un Anglais, et une fille, une certaine Simone.

Là, Mrs. Burton s'est fendue d'un sourire.

– Ah, oui, c'est une amie canadienne, a-t-elle expliqué. Elle vient passer quelques mois chez nous dans le cadre d'un programme d'échange.

Mr. Burton s'est levé et nous a dit :

– Désolé. Vous vous êtes déplacés pour rien.

Crash lui a conseillé d'aller se faire voir où il pensait, lui et ses regrets, avant de leur tirer sa révérence.

– Merci pour le thé ! leur ai-je dit, et je suis sortie sur ses talons.

Les choses ne se présentaient pas du tout comme prévu.

Matthew

Slam ! Ça, c'était la porte d'entrée. Slam ! Slam ! Et ça, c'était deux portières de voiture. Puis on a entendu le ronflement d'un moteur, suivi d'un crissement de pneus. Et silence.

J'ai ouvert la porte de la chambre de Sam. Il était assis sur son lit, avec son chemisier et sa jupe. Dix minutes plus tôt, quand on était montés, il était version garçon. Il avait eu la présence d'esprit de se changer, pendant que les adultes discutaient au salon.

– C'est donc ça, ton père !

Il avait les yeux dans le vague, droit devant lui.

– Ouaip, a-t-il laissé tomber.

– Alors, ta décision est prise ?

– Ouaip.

Mes parents nous avaient rejoints.

– Bien joué, Sam ! a dit ma mère d'une voix qui tremblait légèrement. Tu as été formidable !

Mon père est allé s'asseoir près de lui sur le lit et lui a passé un bras autour des épaules.

– Alors, ça va aller mon garçon ? a-t-il demandé.

Sam a esquivé son bras d'un haussement d'épaules, avec une grimace de dégoût non feint.

– Et si vous me fichiez la paix ? a-t-il dit.

Papa s'est levé et nous sommes restés là dans la petite chambre, ne sachant trop que faire.

– Bon, ça va, nous a-t-il dit d'une voix lasse. Cassez-vous, maintenant.

Tyrone

J'ai reçu un SMS signé Matt : CRASH A DÉBARQUÉ – OPÉRATION SAMANTHA PROLONGÉE 24H/24.

Un autre jour, j'aurais essayé d'en savoir plus, mais là, j'avais mes propres problèmes.

Après l'école, ma mère m'a emmené chez les Lavery pour me présenter la fille dont elle a décidé de faire ma petite amie.

Je vais essayer de décrire la scène le plus charitablement possible. Juliana n'est pas tout à fait mon type : une grande maigre, qui fait dix centimètres de plus que moi, avec la tronche en biais. Après le thé, Mrs. Lavery a proposé à ma mère de monter au premier pour lui montrer une nouvelle paire de rideaux qu'elle s'était fait faire (Waouh, le pied !), me laissant en tête à tête avec sa fille.

Les minutes qui ont suivi ont été les plus longues de ma vie. Je n'aime pas spécialement Juliana et je n'ai pas l'air de l'intéresser des masses non plus. On n'a rien en commun. Au bout de trente secondes, la conversation a lamentablement capoté et après le passage d'un ange qui a pris plus que son temps, Juliana a trottiné (j'ai horreur des trottinettes et de tout ce qui trottine !) jusqu'au piano, sur lequel elle s'est mise à cogner avec ardeur.

Quand nos mères sont revenues, elles nous ont regardés d'un air attendri, elle au piano et moi sur le canapé, et elles ont échangé des sourires entendus, comme si elles assistaient à la scène la plus romantique depuis Roméo et Juliette.

– Alors, a demandé la mienne, de mère, quand on a enfin réussi à mettre les voiles. Qu'est-ce que t'en dis ?

– Non, ai-je répondu. Non, non et non ! Voilà ce que j'en dis.

Ma mère a eu cet atroce petit sourire de connaisseur.

– Normal, a-t-elle dit. Ça prend du temps, ces choses-là !

14.

Matthew

Sam a au moins une qualité : une fois sa décision prise, il s'y tient.

Ce samedi matin, il est donc venu prendre son petit déjeuner en uniforme, comme si être une fille était pour lui la chose la plus naturelle au monde.

– Alors, quand c'est qu'on fait les courses ? a-t-il demandé à ma mère.

– Les courses ?

– Ben oui, les courses ! Et essayez pas de me fourguer des babioles de Prisunic ! Simone, c'est la classe. Elle ne porte que ce qui se fait de mieux.

Maman a froncé les sourcils.

– Je t'alloue un budget de cent livres. Ça me semble amplement suffisant pour t'acheter une jolie robe, un chemisier et des chaussures.

– Cent cinquante, a marchandé Sam. Il me faut aussi un sac correct et un minimum de maquillage.

– Mais ça n'est pas du tout de ton âge ! a protesté maman.

– Cent cinquante livres ou rien, a riposté Sam.

Vaincue, ma mère a attrapé son sac.

– Finalement, je me demande si je ne te préférais pas en garçon…

Zia

J'ai passé le week-end dans ma chambre, à écrire des chansons. La voix de Sam a dû réveiller quelque chose en moi. J'avais trouvé le son que je voulais obtenir. En surface, c'est de la guitare acoustique bien rythmée, mais avec en dessous quelques accords plus riches et plus dissonants, des *septièmes mineures* diminuées – tout ça au moment où on s'y attend le moins.

Dans ma tête, j'entends encore la voix de Sam, aiguë et bien timbrée, mais avec cette petite fêlure qui lui donne une touche de tristesse et de mystère. Ça peut paraître idiot, mais j'ai la certitude qu'avec Sam au chant et moi en deuxième voix, mes chansons devraient frapper juste et fort.

Mes chansons parlent de solitude, d'attente de l'être aimé, du sentiment d'être différent, d'une personne qui est tellement absorbée par ses propres problèmes qu'elle ne voit même plus ce qui se passe autour d'elle – clin d'œil à Elena Griffith, en passant… Ce n'est pas vraiment le genre de chanson qui respire la joie de vivre, il y en a même deux ou trois qui sont carrément tristes, mais je n'ai jamais rien écrit d'aussi bon.

Le dimanche soir, j'avais terminé cinq nouveaux titres : *Inside my room, Mr. Perfect, Private Cloud, Invisible* et *The ego has landed.* J'avais enregistré la partie de guitare (ainsi que la deuxième voix) sur une cassette, et saisi les paroles sur l'ordinateur de papa.

Lundi matin, Sam ne va pas en croire ses oreilles !

Jake

Vous savez quel effet ça fait, quand on vous raconte une blague qui n'en finit pas... ? Vous commencez à avoir des crampes aux zygomatiques, et vous vous retenez de dire : « OK, on a pigé, maintenant envoie la chute, qu'on en finisse ! »

C'est exactement le sentiment que j'ai eu samedi, quand on est allés sur High Street, Tyrone, Matthew et moi, en compagnie de l'officielle Miss Sam Lopez.

Dire qu'on était si contents de notre super idée... envoyer une taupe chez les filles pour les saper de l'intérieur ! A présent, le problème dépasse largement la personne d'Elena Griffith et de ses copines. Sam est bien parti pour devenir une vraie fille, et aucun d'entre nous ne pourrait dire combien de temps il s'écoulera avant qu'il puisse redevenir un garçon.

Mais il y a un facteur aggravant : l'arrivée de ce vieux Crash-Bang-Kaboom qui, à en croire Matthew, est une sorte de De Niro, mâtiné de Terminator. Si Sam retombait dans les pattes de son paternel, ce serait toute sa vie qui basculerait.

Ce samedi-là, le jour où tout a changé, Sam était différent. Toujours aussi à l'aise dans son personnage de fille tandis qu'il allait de boutique en boutique, essayant diverses robes, gazouillant à tue-tête et menant une vie d'enfer aux vendeuses. Sauf que de temps à autre, je surprenais ce regard, dans ses yeux, un éclat acéré et dur, qui me laissait craindre le retour du vrai Sam.

On était au Burger Bill's, qui était redevenu notre repaire favori depuis que Sam avait réussi à convaincre Bill qu'il était la réincarnation de Cosette, en plus tragique. On trônait dans le grand box, entourés de paquets et de sacs de courses et, grâce à l'argent dont Sam avait les poches pleines, on s'était tous commandé des Burger Bill de luxe, les plus chers du menu.

– Alors, a demandé Sam, qu'est-ce que ça donne ?

On l'a regardé. Il avait les cheveux relevés en queue de cheval, et de grandes boucles d'oreilles représentant des scorpions – son signe astrologique. Il s'était mis des faux ongles, laqués d'un joli vernis rose vif à paillettes, et son petit débardeur laissait apparaître quelques centimètres de peau nue, au-dessus de son pantalon kaki.

– Impec ! a décrété Matthew. Sauf les ongles. Ma mère va sûrement les trouver trop voyants.

Sam s'est regardé dans un miroir.

– J'aurais jamais cru que je porterais un jour ce genre de truc, mais ça, c'est la vie, hein... Comment savoir ce qui vous va vraiment, tant qu'on n'a pas essayé ?

Mon regard a croisé celui de Matthew, et il a imperceptiblement froncé le nez. Une *fashion victim*, maintenant... c'était le pompon !

– Tu ne crois pas que tu te prends un peu trop à ton propre jeu, Sam ? ai-je demandé, incidemment.

Il m'a balancé un coup d'œil qui m'a rappelé notre première bagarre à cette même table, à la fin des vacances d'été.

– Ça veut dire quoi, ça, au juste ? a-t-il répliqué.

J'ai intercepté les regards alarmés que me lançaient Matt et Tyrone, mais j'ai décidé de passer outre :

– Ces fringues, ta voix, ta conduite évaporée. C'est bien mignon, tout ça, mais tu ne préférerais pas être enfin normal ?

– C'est quoi, être normal ? a-t-il crié.

J'ai éclaté de rire.

– Ne pas sortir déguisé en fille, par exemple.

Il a serré les poings, puis il a paru se détendre un peu et a allongé la main, pour admirer ses ongles.

– Tout est différent, quand on est une fille. On peut faire un tas de trucs qui sont interdits aux garçons. Ça peut être tordant, des fois. T'aurais un problème avec ça, mon pote ?

Je l'ai regardé d'un peu plus près. Les néons du Burger Bill's me révélaient quelque chose qui m'avait échappé jusque-là.

– Un problème ? Rien à côté du tien, chérie !

Et de l'index, j'ai tapoté sa lèvre supérieure.

– Craquant, cette moustache qui commence à te pousser !

Sam s'est caché la bouche derrière sa main.

– Eh ! Pas la peine de prendre la mouche comme ça ! a-t-il marmonné, en se levant et en mettant le cap sur la caisse. L'addition est pour moi, Mr. Bill, a-t-il annoncé.

– Ça, c'est le monde à l'envers ! s'est exclamé Bill en nous balançant un grand clin d'œil. Alors, bande de garnements, ça ne vous dérange pas de vous faire inviter par une jolie demoiselle ?

Sam a sorti un rouleau de billets de sa poche arrière et lui en a tendu un gros.

– Les jolies demoiselles, c'est du passé, Mr. Bill ! De nos jours, ça s'appelle de la discrimination sexiste !

Bill a eu l'air prêt à répliquer, mais peut-être parce qu'il se souvenait des problèmes familiaux de sa jeune cliente, il a finalement préféré garder ses réflexions pour lui, et lui a rendu la monnaie avec un « Et voilà, trésor ! » un tantinet crispé.

Tyrone

On était au Burger Bill's, avec Jake qui cherchait désespérément un moyen de se prendre des gnons (mais cette fois, il s'en est tiré sans y laisser de plumes), quand m'est venue une chouette petite idée.

J'en ai fait part à Sam, pendant qu'on traversait le resto en direction de la sortie.

A ma grande surprise, et à ma grande joie, il a accepté.

Ottoleen

Ce week-end, Crash tourne en rond. Il n'arrête pas de répéter :

– Mais où il peut bien être, ce petit c... de Sam, s'il n'est pas chez ces gros c... de Burton ?

On a même pensé que cette bande d'Anglais péteux chez qui on a débarqué l'avaient caché quelque part. Mais comment auraient-ils pu savoir qu'on allait se pointer ce jour-là et à cette heure ? Crash a passé quelques coups de fil à ses contacts en Amérique, qui lui ont confirmé qu'aux dernières nouvelles le gamin était toujours à Londres.

Alors il s'est remis à ruminer tout ça, en mâchant son chewing-gum, le regard vissé de l'autre côté de la vitre, dans la grisaille du paysage londonien.

Et là, j'ai eu une idée.

– Et si on téléphonait à deux ou trois écoles, pour voir ?

– Pour interroger les profs en leur mettant la pression ? a dit Crash. Ça pourrait le faire.

– Mais non. Il se pourrait très bien que ton môme ait atterri dans une autre famille du coin, dont on n'a pas l'adresse. Mais de toute façon, il doit bien aller à l'école, pas vrai ?

Crash a fait craquer ses jointures.

– On pourrait débarquer dans le bureau du principal, et puis...

– D'accord, Crash, mais le principal de quelle école ?

Il a froncé les sourcils et a médité un instant là-dessus.

– Là, tu marques un point, mon chou.

J'ai ouvert le tiroir de la table de nuit dont j'ai tiré un annuaire téléphonique, et j'ai cherché la rubrique « écoles ».

J'ai décroché le téléphone et j'ai composé un numéro.

– Suis-je bien à l'école Saint-Peter ? ai-je demandé de ma plus jolie voix, celle qui ferait fondre un iceberg. Voilà, j'ai un enfant en âge d'être scolarisé et je viens d'emménager dans le secteur. Votre école m'a été recommandée par un ami de mon fils, Sam Lopez. Ah – vous n'avez aucun Sam Lopez parmi vos élèves ? Désolée de vous avoir dérangée, madame...

J'ai raccroché et Crash m'a balancé un regard

sceptique, limite méprisant, comme pour dire :
« Qu'est-ce que tu t'y connais, toi, en boulot de détective ? »

Mais cette fois, j'ai décidé de l'ignorer royalement, et je suis passée au numéro suivant.

Mrs. O'Grady

Bradbury Hill étant une école très honorablement connue, nous recevons d'innombrables demandes de renseignements émanant de parents d'élèves, mais il se trouve que je me rappelle avoir répondu à une jeune dame qui s'exprimait avec un fort accent américain.

Quand elle a mentionné le nom de Sam Lopez, j'ai bien failli lui dire qu'une trublionne américaine, ça suffisait, dans cette école. Mais tout compte fait, j'ai préféré laisser à la patronne le soin de prendre ce genre de décision.

– Je suis ravie d'apprendre que Sam nous a recommandés auprès de vous, ai-je répondu de ma voix la plus professionnelle. Mais dans notre établissement, toute demande d'inscription doit faire l'objet d'un courrier.

Crash

Comme toutes les femmes, Ottoleen a toutes sortes d'idées loufoques sauf que, selon la loi des probabilités, sur le nombre, il s'en trouve parfois une qui marche.

Je faisais la sieste dans notre chambre, bercé par la voix de ma femme qui téléphonait à toutes les écoles de la ville, quand j'ai été réveillé en sursaut par un ululement de triomphe.

Elle était au pied du lit et agitait un papier.

– Ben, quoi ? ai-je fait.

– Je l'ai trouvé ! a-t-elle dit avec un grand sourire. J'ai trouvé l'école où ton gamin est inscrit !

J'ai pris le papier et j'ai lu ce qu'elle avait écrit de sa petite écriture entortillée. *Lycée et collège de Bradbury Hill.*

J'ai souri.

– Tu sais que t'es pas totalement idiote, toi, pour une fille ?

– Ben tiens ! Merci, Crash... qu'elle a dit.

Mrs. Sherman

Nous avons d'excellentes relations, mon fils et moi. Très ouvertes, voyez-vous. Quand Tyrone a quelque chose sur le cœur, il sait qu'il peut se confier à sa mère. Et de mon côté, quand je m'inquiète un peu de tout ce temps qu'il passe avec ces deux énergumènes mal dégrossis, incapables de s'exprimer à haute et intelligible voix, et cancres de surcroît, je peux lui en faire part avec une sollicitude toute maternelle.

– Eux aussi, ils ne disent que du bien de toi, maman ! riposte-t-il (car il a de la répartie, ce cher Tyrone ! Je ne serais pas autrement étonnée qu'il ait l'étoffe d'un politicien !)

Ce qui fait que, lorsqu'il m'a annoncé, dimanche matin au petit déjeuner, qu'il voulait inviter quelqu'un à prendre le thé, je n'ai pu m'empêcher de lancer, sur le mode plaisant :

– L'un de tes collègues de Cro-Magnon, je présume ?

Il a croqué dans un toast.

– Pas du tout. Ça n'est ni un collègue ni un homme de Cro-Magnon, a-t-il dit, sans cesser de mastiquer.

– Un maniaque de la console vidéo, communiquant de temps à autre au moyen de divers borborygmes et grognements, c'est bien ça, non ?

– En fait, ce n'est pas un garçon, a déclaré Tyrone avec un naturel confondant. Et elle ne grogne jamais.

– Elle ?

Je me suis soudain souvenue que ma tasse se trouvait à mi-chemin de mes lèvres, quand cette extraordinaire nouvelle a fait mouche.

– Tu as bien dit *elle* ?

– Ouais !

– Mais ça n'est pas Juliana, n'est-ce pas ? ai-je demandé, à tout hasard.

Tyrone a mimé un haut-le-cœur.

– Alors, qui est-ce ?

– Surprise !

– Tu serais en train de me dire que tu as une petite amie, Tyrone ?

Il a paru réfléchir à la question.

– Pour le moment, disons qu'on est juste copains. Je ne veux surtout pas la brusquer. Tu sais comment ça marche, ce genre de truc.

– Bien sûr que je sais ! Et si je faisais des crêpes pour le thé... ou alors des châtaignes ! On pourrait les faire griller sur les braises, dans la cheminée ?

– Maman !

Il m'a lancé un de ses regards excédés.

– Tu préfères que je m'éclipse, c'est ça ? Tu as honte de ta propre mère !

– Mais non. Au contraire, puisque je veux te la présenter. Mais vas-y mollo avec ton sketch de la petite famille réunie autour de la cheminée. Elle est plutôt du genre timide.

– C'est parfait, ai-je dit. Parfait !

Tyrone

C'était donc mon idée. On avait tiré Sam du pétrin ; maintenant, à son tour de me renvoyer l'ascenseur.

Et ça allait marcher. Comme sur des roulettes !

Mrs. Sherman

Quelle tenue choisir pour la visite de la première petite amie de votre fils ? Je sais bien que les parents devraient le savoir d'instinct mais, pour moi, ces choses-là n'ont jamais été si évidentes. Après plusieurs essais infructueux, j'ai opté pour un ensemble pantalon à la fois habillé et décontracté, avec des tennis violettes pour bien montrer que je suis une mère moderne et jeune d'esprit.

Finalement, il s'est avéré que j'avais eu tort de m'inquiéter. Quand elle est arrivée, j'ai découvert que Sam était une jeune fille charmante. Rien à voir avec ces drôlesses braillardes que l'on croise dans les rues de cette ville !

J'ai servi le thé sous la véranda et Tyrone est automatiquement passé en mode « mâle silencieux », tandis que je m'efforçais de mettre Sam à son aise.

Elle est américaine, ce qui est à mes yeux un atout. J'ai toujours trouvé les Américaines plus dynamiques et plus entreprenantes que la moyenne des Européennes.

– Avez-vous déjà une idée de ce que vous ferez plus tard, ma chère Sam ? lui ai-je demandé.

– Je veux devenir avocate, m'dame, a-t-elle répondu avec un grand sourire. J'ai décidé de me faire engager dans un grand cabinet juridique, pour pouvoir envoyer des tas de malfaiteurs moisir en prison, voire frire sur la chaise électrique ! Et je compte aussi m'inscrire au club de golf le plus cher du coin, me faire des montagnes de fric, tout le tintouin.

– Excellent ! ai-je dit. Si seulement vous pouviez convaincre Tyrone de s'intéresser d'un peu plus près à sa future carrière !

Mon fils a marmonné quelques exclamations indistinctes et s'est rencogné contre le dossier du sofa.

– En fait, à l'école, on n'arrête pas d'en parler, de sa carrière !

– Vraiment ?

– Il rêve de passer l'examen d'entrée à une grande école de commerce. Mais je lui ai dit qu'il devait commencer par décrocher un diplôme de comptabilité. Dans la vie, c'est tellement important d'être bien armé, question diplômes, n'est-ce pas, Mrs. Sherman ?

– C'est indispensable ! ai-je dit, déplorant que mon fils n'ait pas jugé bon de me faire part de ses projets, mais tout de même ravie de l'excellente influence que semblait avoir sur lui cette adorable jeune Américaine.

Comme si elle lisait dans mes pensées, elle a enchaîné :

– Tyrone cache bien son jeu. Il fait mine de n'attacher aucune importance à son avenir, et de ne s'intéresser qu'à faire la fiesta. C'est un vrai tombeur. Il fait des ravages parmi les filless. Il les attire toutes, pire qu'un aimant, mais quand on le connaît mieux, on découvre que, chez lui, ça ne se limite pas au physique !

Cette fois nous étions deux, Tyrone et moi, à la lorgner avec des yeux ronds. J'ai beau adorer mon fils, je ne l'avais jamais vu sous un tel jour.

– Un tombeur ? N'est-il pas un peu, euh, disons... enveloppé, pour ce genre de chose ?

Sam a eu un sourire charmant de modestie.

– En ce moment, les gros ont le vent en poupe, Mrs. Sherman. Les garçons bien en chair, on se les arrache. Toutes les filles en pincent pour Tyrone. J'ai vraiment dû jouer des coudes pour leur faire lâcher prise ! Elles le surnomment T- Bone*, à cause de son côté... généreux.

Mon fils a poussé un gémissement sourd et a marmonné entre ses dents quelque chose qui ressemblait à : « Ça, tu vas me le payer, Sam ! »

J'ai éclaté de rire. Quel délicieux sens de l'humour et de badinage ! Puis, m'avisant que le jeune couple désirait peut-être se retrouver en tête à tête, je me suis excusée et je suis montée au premier étage.

J'étais en train de téléphoner à quelques amies (je n'avais rien d'urgent à leur dire, mais les nouvelles de Tyrone me brûlaient les lèvres), lorsque j'ai entendu des éclats de voix provenant du salon. Ils avaient l'air de se disputer un peu, en bas – signe infaillible de la solidité de leur relation.

---

* Côte de bœuf (pour deux).

Tyrone et Sam ! Tyrone et son adorable petite Américaine ! Ce jour-là, je nageais dans la fierté et le bonheur.

Tyrone

Voilà le hic avec Sam ! Il accepte de vous aider, mais en même temps, c'est plus fort que lui. Il ne peut pas s'empêcher de vous enfoncer, et plus profond que jamais !

Après la visite de ma petite amie américaine, je me retrouvais donc devant une situation mitigée : d'un côté, ma mère ne me voyait plus comme un pauvre gosse à problèmes, incapable de décrocher un job ou de se trouver une copine. Mais, de l'autre, elle ne se sentait plus. La satisfaction et l'orgueil lui montaient à la tête. Elle a passé toute la soirée à téléphoner et, derrière la porte de sa chambre, j'entendais fuser des bribes de phrases révélatrices, telles que « cette charmante jeune Américaine », « décrocher un diplôme en analyse financière », ou « les garçons bien en chair, on se les arrache ! »...

Enfin ma mère était fière de moi... mais à quel prix !

Encore merci, Sam...

Matthew

La nature se montre parfois cruelle. A peine Sam avait-il décidé d'être une fille à plein temps pour échapper à son père qui nous tournait autour comme un vautour affamé, que son corps a commencé à n'en faire qu'à sa tête.

Ce soir-là, j'ai attiré l'attention de ma mère sur son problème de moustache et, à ma grande surprise, elle s'est aussitôt mobilisée pour nous aider. Elle se trouvait même en possession d'une cire épilatoire dont (ça va, m'man, épargne-moi les détails!) elle se servait elle-même.

On s'est installés dans la chambre de ma mère. Sam s'est assis devant le miroir de la coiffeuse, la lèvre supérieure enduite de ce truc rosâtre.

– Tu es prêt à le tenir pendant que j'enlèverai la cire, Matthew? a-t-elle plaisanté. Il risque de le sentir passer!

– C'est ça, ouais! a ricané Sam de la voix la plus gouailleuse que lui a laissé prendre la petite crêpe de cire rose qu'il avait sous le nez. Ça fait sûrement pas mal, puisque c'est pour les filles!

– Parfait, a dit ma mère. Te voilà prévenu...

Elle a tiré délicatement sur l'extrémité de la cire.

– Aïïïe! a glapi Sam, tandis que les premiers poils cédaient. Doucement, hein!

Et, comme il tentait de se défiler, maman en a profité pour tirer un grand coup. Toute la moustache est venue.

– Aaaaïe, aaaïe, ouaille!

Les mains crispées sur sa lèvre, Sam a bondi et s'est mis à sauter à pieds joints autour de la pièce.

– Tu vois... a fait ma mère en lorgnant, non sans une certaine satisfaction, les poils blonds englués dans la cire.

– Comment les filles peuvent supporter ÇA?

Sam avait hurlé ces mots, mais ce qui nous a tiré des exclamations horrifiées, à moi et à ma mère, ce n'était pas tant la phrase elle-même que la façon dont il l'avait dite. Le mot *ça*, en particulier, avait jailli de son gosier sur une note de basse explosive, on ne peut plus masculine.

– Oh oh ! a fait maman. Voilà qu'il se met à muer, maintenant !

– Quoi ? Pas question ! a dit Sam, de sa voix habituelle.

– Eh si ! Tu vas devoir tenir ta langue…

– Ça, faut pas rêver, ai-je marmonné.

15.

Steve Forrester

En quatrième, il se passe un phénomène étrange. Les chahuteurs de l'an dernier, contre lesquels luttaient les quelques rares élèves motivées qui devaient s'accommoder d'un arrière-plan sonore plus que perturbant, m'ont l'air d'avoir changé. Ils sont devenus presque, oserai-je le dire ? matures.

Le fossé qui séparait les filles des garçons semble s'être comblé. De temps à autre, quand je lève le nez de mon bureau après avoir donné un exercice, je découvre un spectacle ahurissant, totalement inhabituel dans cette classe : le sommet de leurs crânes. D'ordinaire, mon regard rencontrait toujours trois ou quatre visages levés, les yeux perdus dans le vide ou vagabondant de l'autre côté de la fenêtre. Quand ils n'essayaient pas de distraire les autres garçons – car le problème concernait essentiellement les garçons. Ce n'est plus le cas.

A présent, quand les filles répondent à une question, leurs camarades masculins les écoutent. Il arrive même qu'ils lèvent la main, et pas uniquement pour faire des remarques incongrues.

Jusqu'ici, je me suis bien gardé d'y faire allusion, ne serait-ce que pour ne pas rompre le charme. Mais presque malgré moi, je m'interroge. Qu'est-ce qu'ils mijotent ? J'ai l'impression de vivre l'un de ces moments d'accalmie qui précèdent la bagarre, dans les westerns. Comme John Wayne à Fort Alamo, je me dis : « Tout est calme – trop calme ! »

Elena

Et tout à coup, voilà que Zia se prend pour l'enfant prodige du rock ! Lundi, on l'a vue arriver avec l'air hagard et déjanté de quelqu'un qui vient de passer son week-end à concocter des trucs trop fantastiques pour avoir le temps de manger, de dormir ou même d'aller aux toilettes !

Charley lui a demandé pourquoi elle n'avait pas donné de ses nouvelles, samedi ou dimanche, et elle a répondu qu'elle avait bossé sur des trucs. Après quoi, quand Sam est arrivée, avec Matthew et les autres, Z. a carrément piqué un sprint pour la rejoindre. Elle a sorti plusieurs feuilles et une cassette d'un sac plastique qu'elle tenait à la main, et les lui a données.

– Eh bien, c'est une affaire qui roule, leur tandem musical !

– Tant mieux, a dit Charley. Tant mieux pour toutes les deux.

Mais j'ai bien vu qu'elle partageait mon inquiétude.

Kramer

Moi, les défis, ça me booste. Des fois, au foot, quand la balle n'arrive jamais jusqu'à moi, ou que je me retrouve face à un défenseur qui joue presque à mon niveau, je me dis : « OK, Kramer – maintenant, on passe la vitesse supérieure ! » Je vais me placer dans la zone de jeu, et là, les choses se précipitent. Passe, interception, et bang ! Encore un but signé Kramer !

C'est exactement comme ça avec la petite Américaine, ma future copine. J'ai pensé à elle tout le week-end. Comment l'éloigner un peu de ses amies pour lui donner un aperçu de ce que pourrait être la vie avec un homme, un vrai... Je suis donc venu me placer dans la zone de jeu, la zone des quinze mètres autour de Sam.

Ce lundi, à la pause de midi, je me suis pointé pendant qu'elle bavardait avec ses copines.

– Tiens, Sam. C'est pour toi, lui ai-je dit, en lui tendant une enveloppe.

– Qu'est-ce que c'est ?

– Un billet pour le grand match de mercredi soir. City contre United.

– Waouh ! s'est exclamée Elena. Impressionnant ! Comment tu l'as eu ?

– J'ai quelques contacts à la billetterie, ai-je dit, sans quitter Sam des yeux. Alors ce rendez-vous... ?

Elle a hésité. L'effet Kramer commençait à faire son œuvre.

– Je vais réfléchir, a-t-elle répondu. Pour tout te dire, le foot, c'est pas mon truc.

– Réfléchis, poupée, mais vite. Je connais des gens qui tueraient pour avoir cette enveloppe !

J'ai fait demi-tour, sans me démonter, puis j'ai regardé par-dessus mon épaule pour lui envoyer un clin d'œil, mais elle avait déjà tourné la tête vers ses copines, et s'était remise à papoter.

– Elle va finir par voir où est son intérêt, ai-je dit à Ben et à Jason, deux types de ma classe qui avaient assisté à la scène.

– En ce cas, t'es plutôt mal barré, mon pote ! a lancé Jason, avec un petit ricanement.

Et là, j'ai compris que désormais la partie ne se jouait plus seulement entre elle et moi. Si elle continue à me rembarrer, je risque de me retrouver dans de sales draps. Les gens commencent à se payer ouvertement ma tête.

Et ça, Mark Kramer n'apprécie pas.

Zia

Je m'attendais à ce que Sam fasse preuve d'un peu plus d'enthousiasme pour mes chansons. J'y ai passé tout le week-end. Je les ai écrites pour elle, et elles sont excellentes.

Mais aujourd'hui, elle ne m'a pas paru dans son assiette. Elle avait manifestement autre chose en tête.

– Ouais, super, a-t-elle dit, en faisant disparaître mes paroles et ma cassette dans son sac. J'écouterai ça ce soir.

– On pourra peut-être répéter, plus tard dans la semaine ?

– Si ça te dit, a-t-elle répondu.

Et puis, un peu plus tard, quand Mark Kramer est venu avec un billet pour je ne sais quel match débile, elle a eu l'air ravi, comme si ça lui plaisait bien plus que mes cinq chansons. J'ai peur de m'être complètement plantée sur le compte de Sam. Je ferais peut-être mieux de garder mes chansons pour moi.

Charley

D'habitude, Zia est un modèle de bonne humeur, mais aujourd'hui elle s'est payé une séance de morosité, et une belle. Quand on s'est mises à discuter avec Sam, Elena et moi, pour savoir si elle devait accepter ou non l'invitation de Mark Kramer, Zia s'est carrément fichue en boule. Bizarre, parce qu'on avait toutes trois convenu que ce serait super si l'une d'entre nous parvenait à sortir avec Mark Kramer.

– Ma parole, mais elle est jalouse ! a dit Elena avec tout le tact qui la caractérise.

– Jalouse ? Et pourquoi je devrais être jalouse de Mark Kramer ?

Il nous a fallu une seconde ou deux pour filtrer. Elena avait supposé que c'était la déception de voir Mark inviter une autre qu'elle qui avait mis Zia de mauvaise humeur mais, bizarrement, ce qui la chiffonnait, ce n'était pas que Mark sorte avec Sam mais que Sam sorte avec Mark !

– Ce n'est pas tout à fait ce que j'ai voulu dire... a répliqué Elena, soufflée.

Ottoleen

Je commence à m'y faire, moi, à ce patelin...

Ce matin, on a décidé d'aller prendre un pot dans un pub, au bord de la Tamise. On s'est installés en terrasse, avec ce qu'ils appellent ici le soleil. On voit passer des bateaux dans la brume matinale, avec des rameurs qui s'escriment sur leurs rames. A la table voisine, il y a un jeune couple avec un bébé. Un petit vieux se balade sur l'allée qui court au bord de l'eau. Il nous adresse un petit salut.

– Bonjour ! nous dit-il, comme si on était de vieilles connaissances.

– Ouais, salut !

Crash regarde couler la rivière. On dirait qu'il est à mille lieues d'ici.

– Quoi ? dit-il.

– Rien, mon chou. J'ai juste dit bonjour à quelqu'un qui passait.

Je souris et je ferme les yeux.

– On n'est vraiment pas mal, ici... je murmure.

– Tu rigoles ! On récupère le môme, et on se casse aussi sec ! répond Crash, mais quelque chose dans sa voix me laisse penser qu'il ne me désapprouve pas tout à fait.

Finalement, ça ne lui fait pas de mal de se reposer un peu, à huit mille kilomètres de Los Angeles. Ici, personne ne connaît Crash Lopez, roi du business et champion des gros bras. Il peut enfin redevenir lui-même. De temps à autre, ce regard dur et fixe qu'il a vingt-quatre heures sur vingt-quatre, en Amérique, laisse place à quelque chose de bien différent, quelque chose de gentil, de presque *tendre* (moi, j'ai vraiment dit un truc pareil ?) Çà et là, j'entraperçois un autre Crash Lopez : ce n'est plus cette boule de nerfs et de colère, mais un homme qui a fini par admettre qu'il n'a plus vingt ans et qu'il n'est pas indispensable de semer la terreur pour se sentir exister.

– Alors, Crash, quel est ton plan ?

– Je vais appeler l'école. On leur rend une petite visite et, au passage, on regarde si on ne voit pas mon fils.

Il prend une lampée de bière et secoue la tête, refusant de se faire à l'idée que les pubs d'ici ne servent pas des tas de cocktails de toutes les couleurs.

– Quand on lui aura mis la main dessus, il ne restera plus qu'à le ramener avec nous, de son plein gré. Faut qu'on ait l'air de véritables… parents !

– Et nous, dans le genre parents, on se pose là, toi et moi !

Il fronce les sourcils, comme s'il n'avait pas entendu.

– Il a intérêt à faire preuve d'un peu de gratitude, ce morveux. Tout ce mal qu'on se donne pour lui !

– Il viendra, Crash. Après tout, tu es son père, non ?

– On faisait des tas de trucs ensemble, quand il était petit. (Son regard balaye lentement la Tamise.) Galaxy râlait, parce qu'elle trouvait que ce n'était pas de son âge et que je le traitais comme un des gars de la bande, et non comme un moutard de cinq ans. Mais ça, c'était la méthode d'éducation Lopez, pas vrai ? J'aurais pu savoir, moi, que le gosse était un peu largué ?

Un peu largué… J'ai failli lui demander ce qu'il entendait au juste par là, mais à sa tête, j'ai vu que ce n'était pas le moment.

– Tout ça, c'est de l'histoire ancienne, ai-je dit.

– Oui. Il a dû pas mal changer, depuis.

J'ai doucement rigolé.

– Sans compter qu'il est devenu millionnaire, ton rejeton…

– Tout juste, sans compter ! a répliqué Crash – mais quelque chose me soufflait qu'il ne pensait pas qu'au fric.

Zia

Je n'arrête pas de me répéter que l'essentiel pour moi, c'est la musique. J'avais projeté de chanter quelque chose en solo au concert de l'école, mais depuis que j'ai entendu Sam chanter mes chansons, depuis que nous avons mis au point ce duo qui marche si bien, je n'ai plus qu'une idée : monter quelque chose avec elle.

Je commençais à me demander si Mark Kramer et ses satanés matchs de foot ne l'intéressaient pas plus que mes chansons, mais j'ai finalement découvert que j'avais tort de m'en faire. Le lendemain matin, vingt-quatre heures après que je lui ai donné la cassette, elle est venue me rejoindre dans la cour et m'a fredonné le refrain de *Private Cloud* à l'oreille.

J'ai été émerveillée. Même chanté à mi-voix par Sam, c'était mille fois mieux que tout ce que j'avais pu imaginer.

– Et si on se retrouvait chez toi, ce soir, pour répéter ?

J'ai froncé le nez. En fait, mes parents n'aiment pas follement m'entendre jouer de la guitare.

– Chez moi, il y a un petit problème de surpopulation… ai-je dit.

– Allons chez moi, en ce cas. Tu apporteras ta guitare et ton magnéto. On va enregistrer un titre ou deux.

– Tu crois que les parents de Matthew seront d'accord ?

– Bien sûr, m'a-t-elle dit. Ils sont adorables. Des vraies crèmes !

Et elle m'a décoché un large sourire, en me regardant droit dans les yeux, comme si elle me connaissait mieux que je ne me connais moi-même.

Ça m'a fait un curieux petit choc, au creux de l'estomac. « C'est la musique, me suis-je dit. La musique, un point, c'est tout ! »

Mais au fond de mon cœur, je sentais bien qu'il y avait autre chose.

Matthew

Bizarrement, on dirait que l'arrivée de son père, qui s'aperçoit soudain de son existence après tant d'années, a eu un effet apaisant sur Sam. Il ne ressent plus le besoin d'être constamment au centre de la scène. Entre les cours, il passe pratiquement autant de temps avec nous qu'avec Elena et son gang, ce qui entraîne forcément une détente globale, dans les deux camps.

Un exemple. Un soir de la semaine (il me semble que c'était mardi), on rentrait de nos cours tous les quatre et on parlait du soulagement que c'était pour Tyrone, ce changement de cap de sa mère, qui est devenue bien plus cool depuis qu'il lui a présenté sa prétendue petite amie. La seule ombre au tableau, c'est qu'elle ne l'appelle plus que « mon petit T-Bone chéri », et qu'elle ne cesse de lui demander des nouvelles de sa « charmante jeune amie américaine ».

Mrs. Sherman

Cette semaine, j'ai décidé de laisser un peu la bride sur le cou à mon fils. Finalement, tout indique qu'il est capable de faire son chemin dans le monde sans l'aide de sa vieille maman. Quant à son petit problème de tour de taille, ça n'est somme toute pas si dramatique. Quel soulagement pour nous deux !

Il me restait cependant une chose à faire. Maintenant que Tyrone avait résolu de se lancer dans les affaires quand il serait grand, il devenait urgent de lui assurer une petite longueur d'avance sur ses camarades.

Je me suis donc mise en quête d'un professeur qui pourrait lui donner des cours privés en comptabilité et en droit commercial. Évidemment, je prépare tout cela dans le plus grand secret, jusqu'au jour où je pourrai faire la surprise à Tyrone.

Je vois sa tête d'ici !

Matthew

Jake a été d'une humeur de chien, ces jours passés. Il n'avait prêté qu'une oreille distraite à toutes nos histoires : les aventures de Tyrone et de sa petite amie, la descente de Mr. et Mrs. Crash Lopez chez moi, la compréhension époustouflante dont avaient fait preuve mon père et ma mère en acceptant de laisser Sam dans sa version fille. Comme si les aventures d'un type qui se déguise en fille pour échapper à son gangster de père, c'était bien le cadet de ses soucis.

Sam s'en est aperçu, lui aussi. Pendant qu'on traversait le parc, il lui a lancé :

– Alors Jake, ça baigne sur ta planète ?

Jake a dû détecter un soupçon d'ironie, dans la question de Sam, car il s'est mis sur la défensive :

– Qu'est-ce que ça peut te faire, à toi ?

– Oh, rien ! a répondu Sam, sans se formaliser. Tu avais juste l'air un peu largué et je me demandais si tout allait bien pour toi.

– Un pour tous, tous pour un, c'est ça ? s'est exclamé Jake avec un ricanement peu convaincant. T'es mal placé, mec. Ça fait trop longtemps que tu traînes du côté des filles !

– Du calme, Jake, a fait Tyrone. Il te demande juste comment tu vas.

– Je commence à en avoir ras le bol de vos histoires de famille, a marmonné Jake, pendant que nous passions devant le banc où les Sheds se réunissaient naguère.

Ça faisait un certain temps qu'on ne s'y était pas arrêtés, mais ce jour-là Sam est allé s'y asseoir et, tout en lissant sa jupe d'un air songeur, il a dit :

– Pas autant que moi, Jake. Pas autant que moi...

D'un coup de pied, Jake a envoyé un caillou contre le mur.

– Et ton père, comment ça va, ces temps-ci ?

Jake a grommelé un juron puis, en labourant le sol du bout de sa chaussure, il nous a raconté la façon dont ça se passait chez lui.

Finalement, avec nos histoires de pères et de mères, nous avions totalement perdu de vue les ennuis de Jake. Depuis que Mr. Smiley n'habite plus avec eux, Jake vit dans une maisonnée exclusivement féminine, entouré de sa mère et de ses deux sœurs. L'ambiance est plutôt lourde, depuis que le couple a éclaté.

226

Maintenant qu'il est le seul homme de la maison, sa mère semble l'avoir pris comme bouc émissaire. Elle ne cesse de le harceler, se plaignant de tout, depuis l'état de sa chambre jusqu'à ses résultats scolaires, en passant par sa manière de parler ou de s'habiller.

Quant à ses sœurs, qui ont sept et seize ans, elles se sont carrément liguées contre lui et se relayent pour lui empoisonner la vie.

– Je ne peux plus faire un pas hors de ma chambre sans me faire immédiatement engueuler !

– Parce que t'es un garçon, a dit Sam. Ta mère passe ses nerfs sur toi parce qu'elle en veut à ton père, et tes sœurs se mettent au diapason.

– Eh, tu te prends pour qui, toi ? Pour un psy ? a dit Jake avec un petit rire sans joie.

– Et ton père, qu'est-ce qu'il en dit ? lui ai-je demandé.

– Où ça, un père ? Ça fait plus d'un mois que je ne l'ai pas vu. Il m'appelle une fois par semaine, c'est tout.

Il y a eu un moment de silence puis, comme s'il craignait soudain de nous en avoir trop dit, Jake s'est levé.

– Bon. Faut que j'y aille, a-t-il annoncé.

– Tu sais ce que tu devrais faire ? a dit Sam, en levant les yeux vers lui. Appelle ton père. Dis-lui que tu veux le voir pour discuter de tout ça.

– C'est pas à moi de faire le premier pas, a dit Jake. C'est lui, le père. C'est lui qui nous a plaqués.

– Crois-moi, a insisté Sam. Il doit se sentir tellement coupable de tout ça qu'il a honte de t'en parler. Il n'ose pas te dévoiler ses sentiments. Peut-être même que ta mère le lui a défendu. Appelle-le, ou envoie-lui un SMS. Tu verras bien ce qui se passera.

Mais Jake avait déjà tourné les talons et s'en allait, les mains dans les poches, les épaules voûtées, en ruminant sa solitude et son chagrin.

Crash

Voici les trois mots-clés de la méthode Lopez : observer, comprendre, agir vite et fort, et prendre le large (finalement, ils sont quatre…). Cette semaine, on a fait un repérage. On a croisé dans le secteur, on a quadrillé le quartier dans cette voiture pourrie, en tâchant de se fondre dans le paysage, et de choper la façon de parler des indigènes : « Après vous, mais je vous en prie, je n'en ferai rien… ! »

J'avais toujours l'irritante impression que les Burton, cette bande de faux-culs, me cachaient quelque chose. Alors, le mardi soir, on a passé la soirée à faire le guet dans leur rue, planqués dans la voiture, derrière des journaux.

Ce soir-là, ils ont eu de la visite. Une copine au fils Burton et à la Canadienne. Un genre de petite Indienne, qui a débarqué avec un étui à guitare. Et un peu plus tard, on a entendu des chansons.

– Ça doit être les filles, a dit Ottoleen. Pas mal, hein ?

Je lui ai répondu que d'ici et à travers deux ou trois murs, ça pouvait aller, mais que de près on serait sûrement déçus.

– Une petite famille paisible… a dit Ottoleen, de cette voix rêveuse qui a le don de me filer la chair de poule.

– N'y pense même pas, lui ai-je dit. On récupère mon fils, un point c'est tout !

– Mais j'ai rien dit, Crash ! a-t-elle répondu. Je n'ai absolument pas parlé de fonder notre propre famille. Je n'ai pas dit que ce serait génial, ni que ça me rendrait follement heureuse !

Et quand j'ai glissé un œil dans sa direction, elle m'a balancé ce sourire auquel on n'a pas encore trouvé d'antidote.

– Écoute, bébé, fonder une famille, c'est un truc sérieux. C'est pas aussi simple que de faire démarrer une bagnole sans les clés, ou de déclencher une bagarre dans un bar !

– Oh... ça ne me paraît pas si compliqué que ça, a-t-elle dit en posant la main sur mon genou.

Dans la maison, les chansons se sont arrêtées quelques minutes, avant de reprendre de plus belle.

– Je supporte pas d'être là, à me tourner les pouces, ai-je dit. Moi, il me faut de l'action !

– Bien sûr, Crash, a ronronné Ottoleen en se rapprochant. On a tous besoin d'un peu d'action, de temps en temps !

Zia

J'ai passé une soirée formidable. Sam et moi, on a laissé Matthew en bas devant la télé, et on est montées dans sa chambre.

J'ai sorti ma guitare et je l'ai accordée.

– Par laquelle on commence ?

– Qu'est-ce que tu dirais de *Private Cloud* ? C'est notre futur *single*, non ? a répondu Sam.

J'ai éclaté de rire en attaquant les accords de l'intro, puis je me suis arrêtée. Jouer pour une salle pleine de monde, c'est une chose ; mais jouer devant une ou deux personnes, c'est très intimidant.

Et puis Sam s'est mise à chanter. Elle avait la mélodie dans l'oreille et pouvait continuer seule :

Paraît qu'il ne faut surtout pas s'frapper
Et qu'il faut laisser le temps passer
Paraît qu'on ne peut vivre
Qu'un instant à la fois
Et qu'un jour, le vent m'emportera
Tout là-bas...

Chanté par Sam, ce premier couplet sonnait si bien que mes doigts se sont remis à jouer presque malgré moi. Quand elle a attaqué le refrain, je l'ai suivie une tierce au-dessus, en contre-chant. On a souri et, les yeux dans les yeux, on a enchaîné :

Je serai dans le ciel, tout là-haut
Sur mon petit nuage perso
Où tous mes rêves se réaliseront
Et ma vie coulera... comme une chanson.

Là, j'ai dû m'arrêter, car j'avais les larmes aux yeux. Mais Sam attaquait déjà le deuxième couplet.

Une soirée magique ! Je m'en souviendrai toute ma vie.

Matthew

J'étais en bas devant la télé quand j'ai entendu de la musique au premier. Au début, j'ai cru qu'ils écou-

230

taient un disque. J'ai baissé le son de la télé pour mieux entendre. Et c'étaient eux – enfin, elles... – qui chantaient, avec Zia à la guitare et c'était... eh bien, c'était tout simplement in-croya-ble !

16.

Mrs. Cartwright

J'étais dans mon bureau, un matin, au cours de la deuxième semaine du trimestre, quand j'ai reçu un coup de fil d'un certain Mr. Stevenson, ressortissant américain. Il m'a expliqué qu'il venait s'installer dans les environs et qu'il avait un « gamin » qu'il souhaitait inscrire dans notre établissement. Il désirait donc « venir jeter un œil » à Bradbury Hill.

Tout à fait entre nous, sa façon de s'exprimer laissait fort à désirer. Je l'ai averti qu'il devrait se conformer à un certain nombre de procédures.

– Des procédures ? s'est-il insurgé. Je ne vois pas ce qu'il y a à procédurer, là-dedans ! On veut juste visiter votre école, ma femme et moi. Qu'est-ce que vous diriez de demain ?

Je lui ai expliqué que nous avions institué des visites guidées et commentées pour les parents d'élèves candidats à l'inscription. Le prochain jour était fixé au jeudi suivant, c'est-à-dire huit jours plus tard. Ce jour-là, à partir de sept heures du matin. A cette occasion, lui et sa femme pourraient me rencontrer personnellement, ainsi que quelques membres de l'équipe enseignante.

Je l'ai entendu en discuter brièvement avec Mrs. Stevenson.

– Nous conseillons généralement aux parents de venir accompagnés du futur élève. A propos, s'agit-il d'un garçon ou d'une fille ?

– Euh… un garçon, a répliqué Mr. Stevenson. Il s'appelle… euh, Angelo, a-t-il ajouté après une seconde d'hésitation.

– Eh bien, Angelo sera tout à fait le bienvenu.

Il a marmonné quelque chose qui ressemblait à : « C'est ça, ouais… » avant de raccrocher.

J'ai lentement reposé le combiné, et je me souviens d'avoir croisé les doigts, en mon for intérieur, pour que cet Angelo ait de meilleures manières que son père… s'il tenait à s'acclimater chez nous.

Matthew

Là, y a vraiment un truc que je ne pige pas ! Comme si la vie de Sam n'était pas assez compliquée, voilà qu'il a accepté un rendez-vous et, en plus, il trépigne de joie à l'idée d'y aller !

– Tu peux encore tout annuler, tu sais… lui ai-je dit sur le chemin de l'école, le matin de la fameuse soirée qu'il devait passer avec Mark Kramer.

– Mais pourquoi je ferais un truc pareil ? a-t-il répliqué en faisant danser ses longs cheveux.

– Parce que tu as assez de problèmes comme ça !

– Te bile pas. Je contrôle la situation.

– Et aussi parce que trouver des prétextes pour se dédire, c'est une grande spécialité des filles !

– Pas de celle-ci !

– Mais t'es pas une fille, nom d'un chien !

Je m'étais presque oublié, au point de crier ces derniers mots.

Il a secoué la tête avec un sourire.

– Ce que tu peux être vieux jeu, des fois !

Charley

Elle peut dire ce qu'elle veut, n'empêche que Sam est totalement emballée à l'idée de cette soirée avec Mark Kramer. Tout le monde dans la classe sait que Mark l'a invitée au match et, même si certaines des filles la charrient un peu, ça saute aux yeux que tout le monde est très impressionné.

Qu'un garçon de terminale s'intéresse à une fille de quatrième, en soi c'est déjà extraordinaire, mais qu'il s'agisse, en plus, de Sam et de Mr. Supercanon en personne, c'est un événement !

Dans la cour, aux interclasses, on a toutes trois remarqué les coups d'œil d'envie que les grandes jettent vers Sam, comme si elles se disaient : « Qu'est-ce qu'elle a de plus que moi, cette gamine ? »

Sam semble prendre tout ça très cool, même si je vois bien que ça ne lui déplaît pas d'être au centre de toute cette attention. Mais nous (à une exception près, peut-être) on est vraiment fières d'elle !

Elena

Pourquoi en faire tout un plat ? Il va probablement lui poser un lapin – s'il n'arrive pas au bras de Tasha, comme il l'a fait avec moi.

D'ailleurs, entre nous, où est-ce qu'elle en serait, cette pauvre Sam, sans mon soutien-gorge rembourré, hein ?

Mr. Burton

Matthew nous a annoncé que Sam avait accepté une invitation d'un jeune homme nettement plus âgé, pour un match de foot, et que cette idée l'inquiétait. Nous nous sommes aussitôt concertés, Mary et moi, pour trouver le meilleur moyen de gérer la situation.

De toute évidence, pour toute personne non avertie, cela poserait un problème : il serait manifestement déplacé de laisser une si jeune fille sortir avec un garçon qui a quatre ou cinq ans de plus – d'autant que le garçon en question est précédé d'une certaine réputation...

D'un autre côté, Sam n'est pas une fille. Ce qui va se passer, c'est tout simplement que deux garçons iront ensemble à un match de foot et, somme toute, quelle différence si l'un d'eux y va déguisé en fille ?

Mais à nos yeux, il y en a quand même une, et nous sommes tous un peu inquiets. Tout cela ne nous inspire franchement pas !

Mrs. Burton

Nous ne l'avons pas clairement formulé, ni l'un ni l'autre, mais nous avions tous deux la même idée en tête : tout cela ne pouvait être totalement anodin. Sam allait trop loin. Il se délectait trop ouvertement de la situation.

Il s'épilait les sourcils, il apportait un soin maniaque à sa toilette et il s'était mis à glousser comme une fille. Franchement, s'il nous avait annoncé qu'il avait décidé de nous cuisiner pour le dîner un bon petit plat végétarien dont on lui avait donné la recette, et que plus tard, il projetait d'ouvrir un salon de coiffure, nous n'en aurions pas été autrement surpris! *Gay* – personne n'avait encore prononcé le mot, mais il était sur toutes les lèvres. Non pas que nous ayons quoi que ce soit contre les *gays*...! Mais tout de même. C'était préoccupant.

Kramer

Maintenant que j'y réfléchis, on aurait vraiment mieux fait d'aller dans la tribune réservée aux familles, ou alors plutôt dans l'enceinte sud, n'importe où, mais pas au Trou. Parce que le Trou, c'est le lieu de rendez-vous des pires hooligans du coin. Ça n'est pas une place pour les filles. Sauf que toutes les autres places étaient prises d'assaut. Il ne restait plus que le Trou. Sam a dit qu'elle aimait qu'il y ait un peu d'ambiance.

Elle n'a pas été déçue.

On est tous un peu différents, une fois franchies les portes de l'école mais, ce soir-là, Sam Lopez était limite méconnaissable. La foule se pressait déjà devant l'entrée principale, quand je l'ai vue arriver. Sans ses longs cheveux blonds, je l'aurais à peine reconnue. Elle se frayait un chemin dans la cohue des supporters en jouant des coudes avec une sorte d'énergie froide, les yeux écarquillés, un demi-sourire carnassier aux lèvres. Elle avait mis pour l'occasion un jean et des baskets, avec une grosse veste de satin violet, dans laquelle elle semblait encore plus petite.

– Waouh ! s'est-elle exclamée, quand je suis venu à sa rencontre. Va y avoir de l'action !

– Je savais que tu finirais par aimer le foot.

– Rien à voir avec le foot, a-t-elle dit, en promenant son regard autour d'elle. Ce qui me plaît, c'est la castagne. Je sens dans l'air comme un parfum de baston !

– Ne t'en fais pas, lui ai-je dit de ma voix la plus rassurante. Je suis là !

Elle a levé les yeux vers moi et a éclaté de rire. Un rire bizarre. Un peu comme si elle était franchement désolée pour moi...

On est allés s'asseoir et, au coup d'envoi, je commençais déjà à m'en mordre les doigts. Autour de moi, j'ai reconnu quelques têtes familières, la bande habituelle des brutes et des dingues qui font le spectacle, les jours où l'action se déroule hors du terrain.

Sam ne suivait pas le match. Elle regardait autour d'elle, tandis que les spectateurs s'échauffaient, ovationnant, braillant des hymnes de provocation destinés aux supporters d'en face, ceux de la tribune nord.

Et au bout de quelques minutes, elle est entrée à son tour dans la danse. Elle s'est mise à hurler des injures avec autant de conviction que les plus déterminés. D'habitude, je fais ma petite part de chahut, moi aussi, mais plus Sam s'égosillait à mes côtés, plus je regrettais de ne pas l'avoir emmenée au cinéma ou au restaurant – n'importe où, sauf ici dans le Trou, un soir de derby.

Parce que les spectateurs d'alentour n'ont pas tardé à la remarquer, cette petite blonde déchaînée, qui jurait comme trois charretiers américains !

– Vas-y, ma poule ! a crié l'un d'eux, tandis qu'elle se levait pour balancer un chapelet d'injures choisies en direction de l'autre camp.

– Doucement, Sam, lui ai-je glissé à l'oreille.

Elle m'a jeté un regard noir et j'ai vu briller une inquiétante étincelle dans ses yeux.

– T'as un problème, *hombre* ? a-t-elle dit.

J'ai haussé les épaules sans répliquer.

Mais c'est à cinq minutes de la fin du match que les ennuis ont vraiment commencé. Le camp adverse a marqué un but et, comme les joueurs dansaient de joie, une poignée de supporters adverses sont descendus sur le terrain à moins de cinquante mètres de nous, pour se joindre à la fête.

Pour certains d'entre nous, c'en était trop. A leur tour, ils ont bondi de leur siège et, avant même que le service d'ordre ait pu lever le petit doigt, ils se sont précipités sur le terrain.

Je me tournais vers Sam pour lui dire qu'il valait mieux rentrer, quand je l'ai vue sauter sur ses pieds et se précipiter dans l'allée. Après quoi, elle a enjambé la petite balustrade et a foncé vers la grappe humaine qui grossissait à vue d'œil, près de nos buts.

Ensuite, les choses ont rapidement dégénéré. Les joueurs ont quitté le terrain et on a vu arriver une colonne de plusieurs dizaines d'officiers de la police montée, munis de leur équipement antiémeute, qui arrivaient à cheval depuis l'autre bout du terrain, prêts à charger les supporters déchaînés.

Qu'est-ce que je pouvais faire ? Aller repêcher Sam en bas, dans la mêlée ? La ramener de force ? C'était trop tard. Elle était déjà au cœur de la bagarre, là où pleuvaient les coups. J'ai préféré l'attendre sur place. Au moins, elle saurait où me retrouver quand ça se serait un peu calmé.

Mais elle ne donnait aucun signe de vouloir revenir. Quelques fans de l'équipe adverse ont paru hésiter sur la ligne de front, face à cette frêle gamine. Erreur fatale, qu'elle leur a fait regretter d'un coup de pied bien ajusté, ou d'un direct dans le nez.

Les chevaux s'efforçaient de séparer les deux groupes de supporters. La plupart d'entre eux ont décidé qu'ils avaient eu leur compte et ont regagné leurs places, la mine réjouie, en boxant l'air comme pour en découdre avec des ennemis invisibles. Il ne restait plus sur le terrain qu'une petite vingtaine d'acharnés, parmi lesquels, comme on s'en doute, Sam Lopez.

J'ai couru jusqu'aux premiers sièges et j'ai hurlé son nom derrière le rang des vigiles qui formaient une ligne infranchissable, épaule contre épaule, pour empêcher d'autres spectateurs de descendre sur le terrain.

Là encore, trop tard ! Les derniers combattants étaient cernés par les chevaux. Une équipe de maîtres-chiens est arrivée et, sous les flashes des journalistes qui mitraillaient la scène, ils se sont fait épingler l'un après l'autre, et traîner sous les huées et les ovations des supporters des deux camps, en direction des cars de police qui les attendaient hors du stade.

C'est la dernière image que j'ai gardée d'elle, durant cette mémorable soirée : Sam se faisant sortir du terrain par deux policiers, des armoires à glace qui pesaient trois fois son poids et l'entraînaient vers les fourgons, sous les crépitements des flashs.

Ce soir-là, de toutes les personnes réunies dans le stade, joueurs, entraîneurs ou supporters, nul n'a fait plus grande impression que Sam Lopez.

Mr. Burton

Il était environ dix heures quand Kramer a appelé.
– Il est arrivé quelque chose, m'a-t-il dit.

Et il m'a donné le nom du poste de police où Sam avait été emmené.

Je l'ai assuré que j'y allais sur-le-champ.

Matthew

Vous voulez que je vous dise ? J'ai été presque soulagé quand on a reçu le coup de fil de Kramer nous apprenant la triste conclusion de cette fameuse soirée en tourtereaux.

En fait, ça aurait pu être pire. Tôt ou tard, Mark aurait tenté sa chance ou fait quelque chose qui aurait placé Sam devant ce choix douloureux : soit lui rouler un patin, soit tout lui révéler. Qu'elle se soit fait embarquer par la police lors d'une émeute sur un terrain de foot, c'était un moindre mal, et ça avait au moins l'avantage d'avoir résolu ce problème !

Le vrai Sam était de retour. Ce soir-là, il avait balancé sa pince à épiler et était allé au stade avec la ferme intention, pour reprendre ses propres termes, de « distribuer quelques pains », comme en Amérique, au bon vieux temps.

On peut toujours affubler un mec d'une jupe et le faire vivre entouré de filles, comblé de tout ce dont peut rêver une demoiselle, un garçon, ça reste un garçon !

Et cette idée ne m'est pas vraiment désagréable.

Agent Chivers

La nuit a été rude. On a emballé tous les supporters, on les a entassés dans les cellules, on a inculpé les meneurs et on a relâché les autres avec un bon avertissement, au bout de quelques heures, après leur avoir laissé le temps de cuver un peu.

Évidemment, on avait quelques scrupules à laisser cette jeune fille en compagnie des plus dangereux récidivistes que nous avions coffrés, mais nous n'avions pas le choix. D'ailleurs, les deux officiers qui l'avaient embarquée étaient d'accord sur ce point : la gamine avait du répondant !

Peu après onze heures, nous avons vu arriver un certain Mr. Burton qui a demandé à la récupérer. Nous l'avons fait patienter dans la salle d'interrogatoire. Nous avons amené la jeune Lopez et nous les avons tous deux avisés que, vu son jeune âge et vu qu'elle s'était probablement laissée entraîner par certains des individus peu recommandables qu'elle avait côtoyés, nous allions la relâcher.

Mr. Burton a paru soulagé, mais la gamine nous a fusillés du regard, comme si tout ça était de notre faute.

On s'apprêtait donc à les laisser partir, lorsque l'un des agents de service a suggéré que, puisque Mr. Burton n'était pas le père, nous devions préalablement nous assurer qu'il était bien le responsable légal de la petite.

J'ai donc passé un coup de fil au numéro que m'a indiqué Mr. Burton. Son épouse m'a expliqué la situation, mais a paru furieuse d'apprendre ce qui était arrivé. Nous avons donc relâché Miss Lopez et, entre nous, j'aurais donné cher pour être une souris, et voir l'accueil qu'elle allait recevoir en rentrant chez elle !

Curieusement, ce n'est que bien plus tard que j'ai réalisé que sa tête me disait quelque chose. J'avais déjà croisé cette blondinette, en compagnie de quelques gamins de son âge.

Entre nous, la jeunesse actuelle… c'est vraiment à se demander…

Mrs. Burton

Ils ne sont rentrés que bien après minuit et, au premier coup d'œil que j'ai lancé à Sam, j'ai vu qu'il devenait urgent de tirer tout cela au clair.

Son jean était en lambeaux et sa veste de satin violet, dont il était si fier, était à présent pleine de boue et de poussière. Il avait la joue zébrée d'une grosse estafilade rouge et, autour de son œil boursouflé, commençait à s'épanouir un joli coquard.

Il a filé droit vers la cuisine, comme si j'avais été transparente.

– Je meurs de faim ! a-t-il grogné en ouvrant le tiroir à pain dont il a sorti deux tranches qu'il a fourrées dans le toaster.

– Tu es sûr que ça va ? a demandé Matthew.

– Pas mal et toi ?

– On en reparlera demain, ai-je fait d'un ton lourd de menaces, avec un regard comminatoire en direction de David et de Matthew.

– En reparler ? De quoi ? a dit Sam.

Les toasts ont sauté. Il les a attrapés et a entrepris de les beurrer, sans même prendre la peine de sortir une assiette. Puis il y a mordu à belles dents.

– Alors… ? a-t-il ricané, en nous englobant tous d'un coup d'œil incendiaire. Ça, c'était du foot, hein ?

(Il disait *soccer*, évidemment.) Après quoi il a gardé le silence un moment, absorbé par sa mastication.

– Eh bien, si vous voulez que je vous dise, en fait, j'en raffole !

17.

Mrs. Cartwright

La journée avait mal commencé. A peine étais-je arrivée dans mon bureau que Mrs. Burton avait téléphoné pour m'informer que Sam Lopez s'était trouvée mêlée à ce qu'elle avait appelé une « situation problématique ».

La situation en question s'est révélée être une émeute provoquée par les supporters lors d'un match de football particulièrement houleux. J'ai appris, non sans inquiétude, que Sam s'y était rendue en compagnie de Mark Kramer, l'un des élèves les moins recommandables de toutes les terminales.

J'ai donc dit à Mrs. Burton, tout en soulignant que Bradbury Hill n'était en aucun cas responsable de ce que faisaient les élèves en dehors des heures de cours, que je tenais à avoir une petite conversation à la fois avec Sam et avec son camarade Kramer.

J'ai raccroché. Franchement, je n'avais pas besoin de ça ! A Bradbury Hill, nous nous sommes toujours opposés avec fermeté à toute forme de hooliganisme et, jusqu'à présent, j'espérais que ce genre de virus nous épargnerait. Eh bien, il faut croire que je me faisais des illusions. Les gamines de treize ans elles-mêmes peuvent se conduire comme des vandales !

Je me suis souvenue du jour où j'avais surpris un groupe de filles en train de jouer au football américain sous la conduite de Sam Lopez – laquelle m'avait jeté un regard d'une rare insolence, qui avait déclenché le voyant rouge dans ma tête. Et, comme c'est si souvent le cas, mon instinct ne me trompait pas. Cette jeune fille a toujours été particulièrement vulnérable. Rien de surprenant à ce qu'elle se soit laissé influencer par les garçons plus âgés, et ce que j'appellerais leurs fâcheux penchants !

J'en étais là de mes réflexions, quand on a frappé à la porte. C'était Karen O'Grady, ma secrétaire, qui m'apportait le journal.

– Désolée de vous déranger, madame la principale, mais j'ai pensé que vous souhaiteriez être tenue au courant de ceci..., a-t-elle dit, en déposant le journal devant moi.

Sous un titre accrocheur, *L'Ange de l'Enfer*, s'étalait, presque en pleine page, une photo représentant une scène d'émeute : une mêlée confuse de policiers et de supporters jouant des pieds et des poings. Au cœur de l'action, le pied levé pour frapper, les yeux dissimulés par les longues mèches blondes qui lui balayaient le visage, on apercevait une frêle silhouette féminine, dont la présence aurait été totalement déplacée, si son pied n'avait pas été dirigé vers une silhouette sombre, tombée à terre.

– Les journalistes ont commencé à appeler, m'a dit Karen. Ils n'ont pas le droit de publier son nom, mais il a dû y avoir des fuites du côté de la police. Quelqu'un leur a sans doute indiqué qu'elle était inscrite chez nous...

J'ai eu un moment de panique.

Toutes ces années de dur labeur, que j'ai consacrées à cette école, étaient menacées d'anéantissement. Ma carrière. Ma renommée de chef d'établissement. Tout risquait d'être balayé par cette publicité indésirable.

– Dites-leur que nous ne ferons aucun commentaire, et rappelez-leur que l'école n'est pas responsable des élèves en dehors des heures de cours !

– Bien, madame la principale.

– Et je veux voir immédiatement Sam Lopez et Mark Kramer dans mon bureau, après l'assemblée générale !

– Bien, madame la principale.

– Et, Karen... vous seriez gentille de me donner cinq minutes.

Elle a hoché la tête.

– Placard, madame la principale ?

– Oui, Karen, placard !

Elena

Je n'en croyais pas mes oreilles. En arrivant à l'école ce matin, Charley et moi, on a entendu dire que Sam et Mark s'étaient fait pincer dans la mêlée des supporters de foot. Dans toute la cour, de petits groupes s'étaient formés autour de la photo de Sam qui s'étalait à la une des journaux.

– La voilà ! s'est écrié quelqu'un, tandis que Sam franchissait les portes de l'école en compagnie de son cousin.

Même à une centaine de mètres, j'apercevais le coquard sombre et tuméfié qui entourait son œil gauche. Ils ont traversé la cour, sans se presser et, dès que Sam a senti les regards converger vers elle, on a vu un sourire acide lui crisper les lèvres. Une fille d'une petite classe a crié :

– Bravo Sam ! En plein dans le mille ! et l'interpellée lui a fait signe de la main, façon super héros saluant ses fans.

S'il y a un truc qui m'horripile, c'est bien l'exhibitionnisme.

– Ma parole, elle boit du petit-lait ! ai-je glissé à Charley. Après ce genre d'exploit, n'importe qui d'autre raserait les murs.

Sam s'est arrêtée près de Jake et de Tyrone, et a envoyé quelques coups de poing et de pied vers des adversaires imaginaires pour leur mimer la scène, avec un grand éclat de rire destiné à la galerie.

– Alors, c'est quoi notre position, à nous ? m'a demandé Charley. Copine ou ex-copine ?

– Un truc de sûr, c'est que c'est un vrai hooligan.

– Exact, a dit Charley. Et j'ai horreur de la violence.

– Et moi donc !

Sam arrivait droit sur nous. Les élèves s'écartaient sur son passage et, à voir sa mine épanouie complétée par cet œil au beurre noir qui aurait fait la fierté d'un panda, je n'ai pu réprimer un sourire. Charley s'est tournée vers moi avec un haussement d'épaules résigné.

– Salut, Sam ! lui avons-nous dit, avec un bel ensemble.

Matthew

Sam était aux anges. Il avait encore réussi à faire une de ces entrées dont il avait le secret, et son heure de gloire avait sonné, une fois de plus.

Toute l'école (les élèves, du moins) était éperdue d'admiration. Cette photo montrant Sam Lopez en pleine action à la une des quotidiens avait fait de lui une véritable star. « Hé, salut, l'Ange de l'Enfer ! » criait-on sur son passage, tandis qu'il se rengorgeait en faisant virevolter sa jupe.

Je me disais : « Attendez une seconde... il s'agit tout de même d'un type qui en a frappé un autre, tombé à terre, sans même le connaître et sans l'ombre d'une raison. Y a-t-il vraiment de quoi s'extasier ? »

Mais visiblement, Sam ne se posait même pas la question. La gloire l'avait effleuré de son aile, peu importait pour quelle raison !

Et quand on a vu débarquer Mrs. O'Grady, venue lui annoncer qu'elle était convoquée au bureau de la principale, ça n'a fait qu'ajouter à son bonheur.

Mrs. Cartwright

Quelle bénédiction que ce placard ! D'autres chefs d'établissement ont recours à toutes sortes de thérapies, voire aux anxiolytiques. Personnellement, je préfère de loin aller crier de temps à autre dans le secret de mon placard.

Karen, ma secrétaire, une femme charmante qui travaille avec moi depuis plus de dix ans, a très bien saisi l'importance de ces moments libérateurs.

D'ailleurs, je ne la rends nullement responsable de la façon dont les choses se sont passées.

J'étais donc dans mon placard, environnée de cette obscurité protectrice, et j'appliquais ce que j'appelle la routine. Pendant un long moment, j'ai laissé mon esprit se remplir de mes sources de stress, que j'ai laissées s'accumuler comme autant de vulgaires tas de poussière sur lesquels il me suffirait ensuite de souffler... Puis j'ai pris une profonde inspiration.

J'ai pensé... aux supporters de foot.

– Aaaaah !

J'ai marqué une pause, le temps de reprendre mon souffle, et j'ai pensé aux journalistes de la presse à scandale.

– Aaaaah !

Je me sentais déjà beaucoup mieux. Un dernier cri, et je serais totalement délivrée de tous mes maux.

J'ai pensé à... Sam Lopez.

– Aaaaaaaaah !

C'était un cri parfait, nourri, équilibré, puissant. L'un de mes plus réussis ! Après l'avoir poussé, je me sentais une autre femme, en pleine possession de mes moyens, rétablie dans ma dignité de chef d'établissement. J'ai vivement secoué la tête et redressé les épaules avant d'ouvrir la porte du placard, et de me retrouver nez à nez avec Sam Lopez.

– Alors, ça va mieux, Mrs. Cartwright ? m'a-t-elle lancé depuis le fauteuil où elle s'était installée, le visage illuminé d'un large sourire, explosant d'insolence.

– Eh bien... je cherchais des papiers, ai-je dit.

– C'est ça, oui, a-t-elle répliqué. Ça fait du bien, de temps en temps, de se lâcher un peu, pas vrai ?

Pour toute réponse, je me suis contentée de m'installer à mon bureau, et je lui ai brandi le journal sous le nez.

– Vous auriez des explications à me fournir ?

Elle a haussé les épaules en portant la main à son œil droit, qui était presque fermé par l'enflure.

– Eh bien, faut croire que j'avais un peu de vapeur à lâcher moi aussi !

J'ai pris mon souffle pour lui faire quelques remarques bien senties sur la violence et l'irresponsabilité mais, vu les circonstances, je n'étais plus au sommet de ma forme. Au bout de deux minutes, je lui ai enjoint d'aller me chercher son camarade Kramer.

– Z'avez rien à craindre, pour ce vieux Mark, a-t-elle dit en se levant. Il est totalement *clean* !

Je lui ai répondu que ce n'était pas à elle d'en juger.

– Mais je vous en laisse juge, m'dame ! a-t-elle répliqué en clignant de son œil valide. Ça, je vous en laisse juge !

Zia

J'étais un peu en retard, ce matin-là. Quand je suis arrivée, les papotages allaient bon train. Il n'était question que de Sam, de Mark Kramer et de leur match de foot.

Je ne lui ai pas parlé, mais elle semblait littéralement aux anges. Comme une princesse qui aurait retrouvé son royaume, une insupportable peste qui se serait rachetée...

Et toute la journée, ces mots m'ont trotté dans la tête : *Bad girl... Un vrai poison, une sale peste, imbuvable et fière de l'être...* Ça ferait une chanson géniale.

Ottoleen

Crash tourne comme un ours en cage. Ça l'agace, tout cet argent que nous dépensons pour l'hôtel et la Nissan, sans espérer rentrer un jour dans nos frais. De temps à autre, il parle de monter un coup, histoire de palper un peu d'oseille fraîche et de se refaire. Mais nous avons finalement préféré nous faire oublier jusqu'à ce qu'on puisse enfin mettre un pied dans l'école.

On peut dire que les mœurs anglaises lui restent en travers, à ce vieux Crash. Cette semaine, un matin où nous étions attablés devant un de ces immondes petits déjeuners qu'on nous sert à l'hôtel, il m'a tendu une page du journal qu'il lisait.

C'était une ânerie intitulée *Même les filles s'y mettent !* Mais ce qui le troublait, c'était la photo. Ça représentait une petite blonde, occupée à bourrer de coups un type nettement plus âgé qu'elle, durant une de ces émeutes qui se produisent pendant les matchs. Elle ne devait pas avoir beaucoup plus de douze ans, treize, grand maximum.

– Mais c'est une gosse, nom d'un chien ! Et une fille en plus ! a-t-il fait, en secouant la tête, l'air consterné. Tu parles d'un bled !

Puis il a regardé la photo de plus près.

– Sa tête me dit quelque chose. Où est-ce que je l'ai déjà vue, cette gamine ?

Crash

J'en savais assez. Il était grand temps d'agir. Mon fils n'avait décidément rien à faire dans cette école !

Le matin même, j'ai téléphoné à la principale.

On voulait visiter sa boîte dans les plus brefs délais, lui ai-je expliqué. Nous allions devoir nous absenter quelque temps. Ça commençait à urger...

Au bout du fil, la dirlo m'a paru distraite et préoccupée, comme si elle avait d'autres chats à fouetter.

– Peut-être la Nuit des Révélations serait-elle une bonne occasion, m'a-t-elle dit. Tous les élèves et tous les professeurs y assisteront, ainsi que la plupart des parents.

La Nuit des Révélations ? Qu'est-ce que j'en avais à cirer de ces âneries ? C'était pour les gosses ! Mais j'ai réfléchi : la foule, la cohue, la mêlée générale, avec des trucs qui se produiraient dans tous les coins, ça me laisserait amplement le temps de fouiller les lieux pour y retrouver mon fiston.

– Formidable ! ai-je dit. Ça sera vraiment une excellente opportunité..., et j'ai raccroché, en faisant la grimace.

Une «excellente opportunité», c'était vraiment moi qui avais sorti ça ? Il était plus que temps que je mette les voiles – avant qu'il soit trop tard !

Steve Forrester

J'ai eu une grande décision à prendre, cette semaine. Sam, notre petite nouvelle, s'est trouvée impliquée dans une situation épineuse, lors d'un match de football. Je suspecte Mark Kramer, un garçon de terminale, d'en être le vrai responsable car, malgré son assurance, cette petite Sam reste une enfant très influençable, ce qui, bien sûr, n'atténue en rien la gravité des faits. La violence c'est la violence, quelles que soient les circonstances !

Pendant le cours, j'ai jugé préférable de ne faire aucune allusion aux fâcheux événements de la veille, tout en manifestant clairement ma désapprobation à Sam, par mon attitude.

Cela a dû lui servir de leçon, car elle semble s'être radicalement calmée. Elle passe de plus en plus de temps avec Zia Khan. J'ai même cru comprendre qu'elles avaient des projets musicaux communs.

Zia

Finalement, tout tombe à pic ! Quand j'ai donné à Sam les paroles et la musique de *Bad Girl*, elle était exactement dans les dispositions nécessaires pour trouver la couleur vocale un peu tendue que je cherchais.

Le lendemain, on a fait quelques essais chez les Burton. Avant même d'avoir totalement mémorisé la mélodie, elle l'a chantée avec cette nuance hargneuse, agressive, limite menaçante qui me donne des frissons dans le dos. Restait un petit problème... Pour le refrain qui commençait par un riff latino hip-hop, il nous fallait d'autres voix, qui auraient chanté ou plutôt crié, en arrière-plan. J'aurais pu le faire moi-même, mais l'idéal aurait été d'avoir un petit chœur, voire un petit gang de filles, genre « seules contre le monde entier », c'était à étudier...

Depuis son rendez-vous avec Mark Kramer, Sam était à cran mais, quand on s'est retrouvées dans sa chambre pour chanter, elle s'est détendue et a même eu une idée formidable.

Elle chantait le dernier couplet à pleine voix, quand il s'est produit un truc imprévu. Sur la note la plus élevée de la dernière phrase, au lieu de grimper dans l'aigu comme d'habitude, sa voix a craqué en produisant une sorte de grognement. On aurait cru entendre hurler un chien… Je me suis arrêtée de jouer.

– Qu'est-ce qui t'arrive ? lui ai-je demandé.

Elle s'est éclairci la gorge, l'air gêné.

– Rien, rien…

– C'est trop haut pour ta voix ? On peut descendre d'un ton, si tu préfères.

– Non.

Elle s'est à nouveau raclé la gorge.

– Je l'ai fait exprès. J'ai pensé que ça serait intéressant, un hurlement, à cet endroit.

– Un *hurlement* ?

– Ouais ! Un peu comme les Warren Zevon, dans *Werewolves in London*, tu connais ?

J'ai fait non de la tête ; elle n'arrête pas de me citer des groupes d'avant le déluge, et des chansons dont je n'ai jamais entendu une seule note.

– Oui. Ça serait génial, a-t-elle dit. On va chanter ça avec des hurlements !

J'ai repris, en changeant certains accords, et sur un tempo plus lent, pour qu'elle puisse atteindre sa note. Mais, cette fois, je l'ai accompagnée en chantant un contre-chant où j'ai introduit une harmonie plus étrange et plus inquiétante.

A la troisième reprise, on tenait vraiment notre truc. La porte s'est ouverte, et on a vu entrer Matthew, les mains sur les oreilles.

– Qu'est-ce que vous fabriquez ? Vous êtes en train de torturer un chat, ou quoi ?

Sam m'a regardée, avec ce grand sourire qui me fait fondre.

– Là, je crois qu'on tient un super filon ! a-t-elle dit.

Elena

Jeudi, à la pause, j'étais avec Charley quand on a vu arriver Z. et Sam. Rien qu'à voir leurs mines réjouies et les sourires qu'elles tentaient vainement de réprimer, j'ai su qu'elles nous couvaient quelque chose.

– Vous savez quoi ? a annoncé Sam. Notre petit génie ici présent a composé une super chanson qu'on va chanter au concert des Révélations.

– Je croyais que Zia devait chanter en solo, ai-je objecté, méfiante.

– J'ai laissé tomber l'idée, a dit Zia. Sam et moi, on va chanter un truc qui s'appelle *Private Cloud*, mais on aimerait aussi faire une chanson de groupe.

– Sans blague ! a dit Charley. Et c'est qui, au juste, votre groupe ?

Charley

Ça, pas question ! J'ai jamais entendu une idée aussi dingue ! D'abord parce qu'il ne nous restait plus qu'une journée et demie pour répéter, et surtout parce que la voix d'Elena, c'est à vous filer la chair de poule, pire que des ongles sur un tableau noir !

Elena

Une chance que j'aie une bonne voix (selon moi, du moins), alliée à une formidable présence scénique ! Pour Charley, je suis beaucoup plus sceptique. Elle n'a pas du tout l'étoffe d'une star. Mais à nous trois, on la couvrira.

Charley

Ce soir-là, chez moi, Zia nous a fait écouter un enregistrement de sa chanson. C'était plutôt bizarre, mais ça se laissait écouter.

– Alors, qu'est-ce que tu veux qu'on fasse ? lui ai-je demandé.

– Vous reprenez le refrain en criant aussi fort que possible !

– En criant ? a demandé Elena. Je croyais que tu voulais nous faire chanter !

Là, Zia s'est lancée dans de grandes explications comme quoi le timing de la chanson était vraiment subtil, et que le moment fort c'était justement ce refrain où il fallait crier.

– Et si je chantais le deuxième couplet ? a proposé Elena.

Il y a eu une seconde de silence, et j'ai bien cru que quelqu'un allait se décider à lui dire que, si elle s'avisait de chanter quoi que ce soit en solo, la salle se viderait en dix secondes chrono mais, à mon grand étonnement, c'est Sam qui a sauvé la mise :

– Tu aurais trop de paroles à apprendre pour après-demain, a-t-elle dit. On pensait plutôt te demander de nous faire un peu de danse *funky*, pour apporter une note plus sexy, plus glamour…

Elena a paru y réfléchir sérieusement.

– Sexy ? Glamour… ouaip ! Je vois ce que tu veux dire… Effectivement, c'est dans mes cordes !

Jake

Il y a des choses dont on ne peut pas parler à ses potes. Matt et Tyrone ont compris que ça n'est pas tous les jours facile, chez moi. Je le vois rien qu'à leur façon de me regarder ou de me parler. Ces jours-ci, quand ils me disaient « Alors, vieux, comment va ? », c'était plus qu'un simple salut. Mais c'est vraiment pas facile d'en parler, de ce genre de choses.

Pourtant mes problèmes me pèsent sur les épaules, pire que si je me trimballais un sac de ciment. Avant, quand j'avais une vraie famille, je pouvais toujours me confier à ma mère ou à ma sœur Chrissie ; mais ça n'est plus qu'un lointain souvenir.

Maintenant, chez nous, la moindre conversation tourne à la dispute, avec toujours les mêmes vieux arguments qui traînent, comme un tas de chaussettes sales dans la salle de bains, comme quoi je ne fiche jamais rien à la maison, comme quoi je pourrais faire un effort pour parler davantage, passer plus de temps avec ma petite sœur Lily, me secouer un peu. Mieux travailler à l'école. Bref, me rendre plus utile…

– Le petit macho typique ! conclut ma mère.

– C'est vraiment une attitude de garçon ! reprend ma sœur, dans la foulée.

Et elles éclatent de rire, bien que personne ne trouve ça particulièrement drôle.

Ce vendredi, à la pause de midi, je soufflais un peu tout seul dans la cour, quand Sam Lopez, la star du jour, m'a repéré et m'a mis le grappin dessus.

Il a commencé à me parler de choses et d'autres. La façon dont ça se passait pour lui, leurs projets de chansons au concert du lendemain soir, avec Zia, et ainsi de suite. A quoi j'ai répondu par des grognements polis. Pour tout dire, les aventures du cousin Sam recyclé en fille, ça commence à bien faire.

– Comment il va, ton père ? m'a-t-il demandé, de but en blanc.

– Oh, je crois que ça va… ai-je répondu machinalement.

– Ce qui veut dire que tu ne lui as pas parlé depuis un certain temps, je me trompe ?

– Ce qui veut dire qu'il n'a pas appelé. Mon père est un homme très occupé !

Il m'a regardé sans se démonter, en plissant les paupières.

– C'est exactement ce que je te disais : il y a des cas où il ne faut pas hésiter à faire le premier pas.

– Merci du conseil, monsieur l'expert en thérapie familiale !

Seulement deux semaines plus tôt, Sam aurait sans doute déconnecté, après ce genre de remarque, mais cette fois, il s'est contenté de sourire.

– Tu viens au concert, demain soir ?

J'ai haussé les épaules.

– J'aurais préféré éviter ça, mais ma mère a lourdement insisté. Elle adore se montrer à ce genre de truc. Ça lui donne l'impression d'être un vrai parent d'élève.

– Décommande-la.

– Quoi ?

– Tu n'as qu'à la décommander. Il y a des tas d'autres occasions où elle pourra venir. Invite ton père.

– Un samedi soir ? Il a dû prévoir autre chose.

– Dix dollars qu'il accepte !

– Ça m'étonnerait.

– Il faut parfois se montrer plus adulte que les adultes.

C'est à cet instant que j'ai aperçu Mark Kramer qui arrivait droit sur nous, en compagnie de deux copains à lui, Dan Collins, et Liam Murphy.

Mark

Ras-le-bol, les commentaires ! Voilà deux jours que je me fais charrier par toute ma classe pour ma fameuse soirée avec Sam. Ils m'accusent d'être resté planté dans les tribunes pendant qu'elle fonçait dans la mêlée, au coude à coude avec les hooligans déchaînés. Et ils disent que ce n'est pas la peine de jouer les durs dans la cour, si c'est pour se faire ridiculiser par une gamine de treize ans. La prochaine fois, ajoutent-ils, j'ai plus qu'à tenter ma chance avec une fille de cinquième... La plaisanterie a assez duré !

Strictement entre nous, l'idée d'une deuxième tentative de sortie en compagnie de Sam ne m'emballe plus des masses. Sa conduite pendant le match m'a un peu refroidi. J'ai peut-être un côté rétro, sur ce plan du moins, mais quand j'ai le choix – et en général, croyez-moi, je l'ai ! – je préfère sortir avec des filles qui se conduisent plutôt comme des filles.

D'un autre côté, j'ai des principes. Mark Kramer ne se laisse pas rouler dans la farine devant tous ses copains par une petite maigrichonne de quatrième.

J'ai donc monté un plan. Je vais l'inviter à nouveau ce week-end, et nous irons dans un endroit tranquille, où elle n'aura aucune chance de provoquer une bagarre. Là, bon gré mal gré, je l'emballerai et, le lendemain, je la largue !

Comme ça, la semaine prochaine, toute l'école sera au courant que Mark Kramer a remis les pendules à l'heure avec Sam, que l'ordre naturel est rétabli, et que le tombeur est de retour.

Matthew

Vous avez peut-être remarqué la manière dont réagissent ces grands troupeaux d'animaux sauvages qu'on voit dans les documentaires. On dirait qu'ils ne forment qu'un immense corps. Eh bien, il en va exactement de même dans une cour d'école. Personne n'a besoin de tirer la sonnette d'alarme. Le danger semble planer dans l'air et, bien avant qu'il se soit déclaré, tout le monde est déjà en état d'alerte.

Je discutais tranquillement avec Tyrone quand j'ai vu arriver Kramer, flanqué de deux copains. Il a mis le cap sur Sam et Jake. Quelque chose m'a fait tiquer, dans la façon dont Mark marchait entre ses deux potes, comme s'il s'apprêtait à attaquer Sam. En tout cas, une chose était sûre, c'est qu'il ne venait pas leur parler de la pluie et du beau temps.

On s'est dit qu'il valait mieux y aller.

Zia

On cherchait Sam dans la cour, avec Charley et Elena, pour fixer l'heure de la répétition du soir. Mais pas trace d'elle...

On l'a enfin aperçue, près du bâtiment S, cernée par un groupe de garçons.

Mark

Je n'avais pas la moindre intention de l'intimider ni de la menacer. Tout ce que je voulais, c'était des témoins. Deux types qui puissent constater *de visu* que Mark Kramer n'avait pas perdu la main.

D'accord, ils s'étaient placés à ma gauche et à ma droite, quand je suis venu lui parler. Et alors ? On n'allait quand même pas se mettre à la queue leu leu, si ?

– Salut, poupée ! je lui ai fait, sympa et tout.

Son regard s'est brièvement détourné de son petit camarade, rappelez-moi son nom...

– Dégage, bavure ! m'a-t-elle lancé.

– Ça va mieux, ton œil, on dirait ?

– Ouais. Mais c'est pas tes oignons.

Et elle s'est retournée vers son copain.

– Qu'est-ce que tu fais samedi soir, poupée ?

Elle a fait la sourde oreille.

– Tu veux que je t'emmène dans un club ?

– Samedi soir, je suis prise, a-t-elle dit. Ah, tiens, à propos... y a une petite mise au point qui s'impose : je ne suis pas ta poupée.

J'ai éclaté de rire, et j'ai fait un clin d'œil à Matthew et Tyrone, deux garçons de quatrième qui s'étaient joints au groupe et écoutaient la discussion.

– C'est pas ce qu'elle disait, l'autre soir !

La remarque a mis quelques secondes à filtrer dans la charmante petite tête de Sam, puis elle a fait un pas vers moi.

– Et si tu me lâchais les baskets, hein ? a-t-elle grincé entre ses dents. Demain, je chante au concert, mais même si j'étais libre, je préférerais crever la gueule ouverte que de m'afficher avec un tocard dans ton genre !

– Tiens, sans blague !

Je me suis désespérément creusé la cervelle pour trouver une réplique digne de ce nom mais, bizarrement, je suis resté sec.

– Et on peut savoir pourquoi ?

Elena

Un sourire a couru sur ses lèvres, tandis que ses yeux restaient fixés sur Mark.

– Pourquoi ? Pourquoi je ne sortirai pas avec toi ? Parce que je sors déjà avec quelqu'un d'autre !

On a ouvert de grands yeux, Charley et moi. Ça c'était un scoop !

– C'est ça, ouais ! a ricané Mark, l'air mauvais. Et tu pourrais nous dire qui c'est ?

Sam a eu un haussement d'épaules désinvolte, en se tournant vers le candidat le moins probable de tout Bradbury Hill.

Tyrone

Quoooooi ?

Matthew

Tyrone a fait une grimace qui se voulait un sourire. Quand Sam lui a passé le bras autour des épaules, il a fait le geste de se dégager, mais Sam a tenu bon.

– Non, j'y crois pas ! a dit Charley. Tyrone ? Il est tellement... tellement... Tyrone !

– Elle bluffe, a dit Mark. Qui voudrait sortir avec ce gros plein de soupe ?

– T'es jaloux, a dit Sam. Mais tu ne fais pas le poids, face à Tyrone. Il en vaut deux comme toi !

Soudain, tous les regards ont convergé vers Tyrone, le nouveau séducteur de l'école.

L'intéressé a eu un peu de mal à déglutir.

– Je crois que ça suffit comme ça ! a-t-il déclaré, d'une voix qui tremblait un peu. Si tu fichais la paix à ma copine ?

Mark l'a totalement ignoré et s'est tourné vers Sam.

– Toi, poupée, autant dire que t'es morte ! a-t-il grincé, avant de tourner les talons, drapé dans sa dignité froissée, toujours flanqué de Dan et de Liam.

– Toutes mes félicitations ! a dit Jake en secouant la tête, l'air émerveillé. L'amour, toujours l'amour !

– Je n'en reviens pas ! a dit Charley.

– On ne se méfie jamais assez de l'eau qui dort ! ai-je ajouté.

– Incroyable... (Le murmure venait de Zia.) Ça, c'est vraiment incroyable !

Mrs. Cartwright

A Bradbury Hill, la Nuit des Révélations est un événement formidable. C'est à la fois pour les élèves une excellente occasion d'exprimer leur talent et, pour leurs parents, une manière de prendre la température et de tester l'atmosphère de l'école. Je m'arrange toujours pour inviter quelques journalistes et quelques personnalités influentes. C'est notre vitrine en quelque sorte.

Ceci dit, je n'étais pas sans un soupçon d'inquiétude, concernant la soirée de cette année.

Ce début de trimestre avait été particulièrement tumultueux – cette bagarre, dans la cour, dès le premier jour, ce caprice des filles de quatrième qui prétendaient se conduire comme des garçons, puis cette émeute à laquelle se sont malencontreusement trouvés mêlés deux de nos élèves – sans compter que mes informateurs de terminale me laissaient entendre que Mark Kramer nous préparait encore un tour à sa façon !

Je ne suis pas du tout partisane de la technique du bouc émissaire, mais le dénominateur commun de tous ces problèmes me crevait littéralement les yeux.

Cette satanée petite Américaine ! Où avais-je la tête, le jour où j'ai accepté de l'inscrire dans mon établissement ?

Tyrone

Elle était bien bonne ! Hilarante, même ! Merci, Sam. Il commence par convaincre ma mère que je suis un vrai tombeur, et que j'ai la secrète ambition de devenir un grand financier. Puis il s'arrange pour faire de moi l'ennemi n°1 de Mark Kramer et de sa bande, en me désignant comme son remplaçant en titre.

Mais ça n'était pas tout. Il restait encore un peu de place pour une petite aggravation...

– Et ta si gentille petite amie, comment va-t-elle ? m'a demandé ma mère, vendredi soir. On dirait que tu ne la vois plus beaucoup, ces temps-ci !

J'ai haussé les épaules.

– Eh bien, je préfère me faire désirer. Tu sais ce qu'on dit : « Suis l'amour il te fuit, fuis l'amour il te suit ! »

Erreur.

– Écoute un peu, Tyrone Sherman, a fait ma mère en passant aussitôt en mode sermon. La puissante attraction que tu exerces sur le sexe opposé ne t'autorise pas à malmener quelqu'un qui est sensible à ton charme. Je ne vais sûrement pas te laisser te conduire comme un... butor !

– Je ne suis pas un *butor*, maman, ai-je dit, en désespoir de cause. En fait, Sam fait partie d'un groupe de musique. Ces derniers jours, elle n'a pas cessé de répéter pour la Nuit des Révélations, qui a lieu demain soir...

Deuxième erreur ! L'expression de ma mère ne m'a pas laissé le moindre doute là-dessus.

– La Nuit des Révélations ? Demain soir ? Dire que j'allais l'oublier !

– Mais, maman... on n'est quand même pas obligés de... ?

– Silence, Tyrone Sherman ! Tu vas aller soutenir le moral de ton amie, point final ! C'est vraiment la moindre des choses. D'ailleurs, je meurs d'envie de l'entendre chanter !

Génial. Manquait plus que ça !

Charley

C'était bizarre. Depuis que Sam nous avait sciées à la base par ses révélations, pour elle et Tyrone, Zia ne cessait de broyer du noir.

– Laissez tomber ! s'est-elle écriée, tandis qu'on enfilait nos manteaux après les cours. Le groupe, c'est fini. Je chante en solo.

– Mais qu'est-ce qui te prend ? On est formidables, toutes les quatre !

Elle a secoué la tête.

– Tu ne peux pas comprendre.

– Et tout ce boulot qu'on a fait, a protesté Elena. Moi qui comptais étrenner mon nouveau top en lamé !

– Désolée, a dit Zia. Ça n'est plus possible. Je ne peux pas vous expliquer.

C'est à cette seconde que Sam a débarqué.

– Je te cherchais, a-t-elle dit à Zia. Faut qu'on parle.

– Et si tu allais plutôt parler à ton cher et tendre Tyrone ? a dit Zia.

– Non. C'est à toi que je veux parler.

– Laisse tomber ! a dit Z.

– Viens, je te raccompagne. J'ai vraiment un truc à te dire.

Pour la première fois, j'ai subodoré qu'il se passait quelque chose d'inhabituel et j'ai décidé de la jouer fine.

– Bon, ben... on se rappelle plus tard, d'ac ?

Sam et Zia sont parties ensemble. Sam parlait et Z. l'écoutait en hochant la tête. On aurait dit... je ne sais pas, mais on aurait dit un vrai petit couple.

– Là, je pige pas, a dit Elena. C'est quoi, son problème, à cette fille ?

– Aucune idée, ai-je répondu.

J'étais chez moi depuis cinq minutes quand le téléphone a sonné. C'était Zia.

– C'est au sujet de la répète, a-t-elle dit. C'est demain, à dix heures, chez Sam.

– Je croyais que le groupe était dissous !

– Il ne l'est plus.

– Qu'est-ce qui a changé ?

Elle a éclaté de rire, à l'autre bout du fil.

– Ce qui a changé ? Mais tout : la vie, l'amour, la musique… tout !

Et moi qui la prenais pour une fille à peu près équilibrée !

Ottoleen

Le courant ne passe pas très bien entre moi et la cuisine anglaise. Tous les matins, je me réveille barbouillée, avec la tête qui tourne. Le temps a viré au grisâtre et, entre nous soit dit, Crash n'est vraiment plus le même homme.

Il s'est mis à boire de la bière anglaise. Voilà plus d'une semaine qu'il n'a mis de beigne à personne. Une fois, en ville, quelqu'un lui a fait une queue-de-poisson et il a dû freiner en catastrophe, mais il s'est contenté de secouer la tête : « Ah ! Ces sacrés Rosbifs ! » s'est-il esclaffé, d'un ton presque attendri.

Là, y a quelque chose qui cloche. Ce n'est pas normal. Ça n'est plus le Crash Lopez que j'ai épousé !

La veille du concert organisé par l'école, il a soudain déclaré qu'il tenait à faire bonne impression sur les profs et à se présenter comme un père sérieux et responsable. Un bon candidat à l'inscription. Il est allé s'acheter ces trucs épouvantables : un blazer bleu marine et un falzar gris à revers.

– Crash ! Tu ne vas tout de même pas te déguiser en vieux colonel anglais ! me suis-je exclamée, pendant qu'il faisait ses essayages, le vendredi soir, dans notre chambre d'hôtel.

– C'est un camouflage, mon chaton ! Il faut se fondre dans le paysage. Ici, la mode, ils ne connaissent pas. Ils ont ça en horreur, c'est même ce qui fait leur célébrité !

– Tu veux dire que tu vas sortir sans tes lunettes ?

Il s'est regardé dans la glace, a ôté une seconde ses lunettes, histoire de voir ce que ça donnait puis, après avoir cligné les yeux deux ou trois fois, les a aussitôt remises.

– Ça, non. Je ne vois rien sans !

J'ai noué mes bras autour de son cou.

– Quand est-ce qu'on pourra enfin rentrer aux États-Unis ? lui ai-je murmuré à l'oreille. Je commence à avoir le mal du pays.

– Patience, a-t-il dit. Demain, à cette heure-ci, on sera en train de faire nos valises. Tous les trois, avec un joli pactole sur notre compte en banque.

– Formidable...

Sauf que, quand j'y réfléchis, je ne trouve pas grand-chose de formidable à tout ça, surtout pas à la perspective d'être trois. Vous connaissez le dicton : « Deux ça va, trois, bonjour les dégâts ! »

Zia

Elle m'a tout dit – *Il* m'a tout dit – ce soir-là, en me raccompagnant chez moi. J'aurais dû être folle de colère, mais pas du tout. J'étais folle de joie. Jamais je n'avais été aussi heureuse !

Elle, c'était lui, et nous, c'était nous ! Quant à moi, j'avais le sentiment de vivre les paroles de ma chanson…

Dans le ciel, tout là-haut,
Moi, depuis mon petit nuage perso,
Je regarde la Terre… !

18.

Jake

J'ai retardé le plus possible le moment d'appeler mon père, en me disant qu'il suffisait parfois de laisser mijoter un problème pour qu'il se résolve de lui-même. Mais samedi matin, c'était le moment ou jamais. Je me suis donc enfermé dans ma chambre avec le téléphone et j'ai composé son numéro.

– Jake !

Mon père a eu l'air stupéfait, et pour tout dire, pas très heureux d'avoir de mes nouvelles. Il a commencé par me poser les questions d'usage sur mon boulot à l'école. N'importe quoi pour éviter de parler de ce qui se passait vraiment dans sa vie et dans la mienne. Je l'ai aussitôt arrêté dans son élan :

– Eh, p'pa, ce soir, y a un concert à l'école. Est-ce que tu peux venir ?

– Un concert ? A l'école ? Mais... (il a étouffé un petit rire) tu n'as jamais joué d'aucun instrument !

Ça, c'est tout mon père. Toujours le mot qu'il faut pour vous encourager...

– Non, mais c'est des amis à moi qui jouent. Et pour toi, ça serait une bonne occasion de rencontrer mes profs.

– Tu crois que c'est vraiment nécessaire ? a-t-il dit, pour gagner du temps. Et ta mère ?

– Je voudrais que tu viennes, papa. S'il te plaît.

Silence à l'autre bout de la ligne. J'étais à deux doigts de lui dire de laisser tomber, quand il a fini par répondre :

– Ça me ferait vraiment plaisir, Jake... mais je crains que ça fasse encore un drame, avec ta mère.

– Et si elle est d'accord ?

– En ce cas, je viendrai, avec plaisir.

Quand je suis redescendu, j'ai retrouvé ma mère et Chrissie dans la cuisine.

– M'man, ai-je dit. Qu'est-ce que t'en dirais, si j'allais au concert de l'école avec papa, ce soir ?

Elles ont toutes deux ouvert de grands yeux et m'ont regardé comme si j'avais dit une énormité.

– Jake... tu oublies que c'est moi qui y vais ! a dit ma mère. C'est convenu depuis des semaines.

– Mais papa voudrait venir.

Ma mère a éclaté de rire.

– Parce qu'il sait que ça va me contrarier. C'est vraiment cousu de fil blanc !

– Absolument, a repris Chrissie. D'ailleurs, ça serait bien la première fois qu'il s'intéresse à un concert de l'école !

– C'est moi qui le lui ai demandé, ai-je dit.

– Trop aimable ! a murmuré ma mère d'un ton amer.

– Maman s'en faisait une fête, a dit Chrissie. Vraiment, vous autres, les garçons, vous ne pensez qu'à vous. A croire que personne d'autre n'existe !

Ma mère m'a regardé un long moment et j'attendais qu'elle abatte sa dernière carte, celle de la culpabilité. Mais pas du tout. Elle a souri, courageusement.

– Non. Finalement, c'est une bonne idée. Je vais sûrement me trouver autre chose à faire. Je m'occupe de toi toute la semaine, et le week-end ton père s'occupe de tes loisirs, ça reste dans l'ordre des choses, n'est-ce pas ?

– C'est juste que je ne l'ai pas vu depuis plus d'un mois...

– Aaaah ! s'est écriée Chrissie. Arrête, Jake. Tu vas nous faire pleurer !

Maman n'a pas relevé. A ma grande surprise, elle a hoché la tête.

– D'accord, a-t-elle dit. Mais c'est pour toi que je le fais, pas pour lui, hein ! Pour toi.

– Merci, m'man ! ai-je dit. Et, sans lui laisser le temps de réagir, je lui ai planté un gros baiser sur la joue.

Matthew

J'ai subodoré qu'il se passait quelque chose quand Sam m'a dit de venir assister à la répétition. Pourquoi les filles tenaient-elles tant à ma présence ? J'ai flairé un problème extra-musical.

Le samedi matin, mes parents vont faire les courses pour toute la semaine. On avait donc la maison pour nous tout seuls. Les filles sont arrivées ensemble. Zia avait apporté sa guitare. Elle souriait aux anges, comme si elle venait d'apprendre la nouvelle la plus géniale de tous les temps.

Je leur ai sorti des boissons du frigo puis, tandis que la petite troupe s'ébranlait en direction du salon, Sam leur a tranquillement annoncé que j'allais assister à la répétition.

– Ça, ça m'étonnerait ! a dit Elena avec un coup d'œil en direction de Zia.

Mais Zia a haussé les épaules et s'est assise sur le canapé, en ouvrant son étui à guitare.

– Je n'y vois pas d'inconvénient, a-t-elle dit. Au contraire : ça peut être intéressant d'avoir un avis extérieur.

– Zia ! Elena s'est levée, les mains sur les hanches, l'air profondément choqué. Tu ne crois pas que c'est au groupe tout entier d'en décider ?

Zia a jeté un coup d'œil vers Sam et a souri.

Sam lui a renvoyé son sourire, un sourire tout à fait masculin, sans l'ombre d'une hésitation. Et soudain, j'ai compris.

Il s'est levé.

– Les filles… a-t-il attaqué.

Quelque chose dans la façon dont il l'avait dit a dû alarmer Charley et Elena, qui ont échangé un coup d'œil inquiet.

– Les filles ? Qu'est-ce que tu entends par là ?

– C'est à moi que tu parles ? a demandé Elena.

Sam a écarté les bras, en ménageant bien ses effets. Il avait l'air de savourer chaque seconde.

– J'ai un truc à vous dire…

Charley

Ça, non ! Pas question ! Impossible ! Ça ne pouvait être qu'une espèce de blague tordue, à l'américaine.

Puis, pendant que Sam parlait, j'ai jeté un coup d'œil vers Zia, d'abord, et ensuite vers Matthew.

– C'est vrai ? ai-je demandé.

Matthew a hoché la tête.

– Eh oui, a-t-il dit. Sam est un garçon. Il n'a jamais été autre chose. Disons qu'à la base, c'était une petite blague qui a un peu dérapé.

– Dérapé ! (L'exclamation venait d'Elena.) Tu parles d'un dérapage ! Tu nous as complètement roulées dans la farine, espèce de crétin ! Moi qui croyais que tu étais dans notre camp !

– Mais je suis dans votre camp. Écoute, Elena...

Mais Elena n'était pas d'humeur à écouter.

– Quand je pense à tout ce que j'ai fait pour toi ! Tous les secrets que je t'ai fait partager, le temps que je t'ai consacré, les tuyaux de maquillage... et jusqu'à ce soutien-gorge que je t'ai prêté !

Sam a lorgné vers sa propre poitrine.

– Je crois que c'est ce que je vais regretter le plus : mes roploplos gratuits !

– Sans parler de mes tampons ! C'est quand même pas un truc qu'on partage avec le premier venu !

– Surtout pas si c'est un garçon ! a ajouté Zia, candide.

– Tu m'as vraiment... exploitée, pressée comme un citron !

– Mais je t'en suis très reconnaissant, a dit Sam. Grâce à toi, mes problèmes avec Mark Kramer ont été à moitié résolus. Il savait qu'il avait intérêt à se faire oublier, quand c'était un jour avec !

– Ouais... et à propos, où tu en es, avec ce cher Mark ? ai-je demandé, en m'efforçant de détourner la conversation d'Elena et de ses tampons.

Sam a haussé les épaules en souriant.

– Tout à fait entre nous, c'était une relation sans lendemain...

– Il va piquer sa crise, quand il découvrira que sa dernière petite amie était un garçon !

Et nous avons gloussé un bon moment, en imaginant la tête de Mr. Bourreau-des-cœurs.

– Et maintenant, qu'est-ce qu'on fait ? ai-je demandé.

– On prépare ce qu'on doit jouer ce soir, a dit Sam. Après, on mettra au point notre plan d'action.

Zia commençait déjà à plaquer quelques accords sur sa guitare.

– Dire que je croyais qu'on était un vrai groupe de filles ! a grogné Elena. Je me demande si je suis vraiment partante pour jouer les simples choristes derrière ce... garçon !

– Tu n'as qu'à t'imaginer que je suis toujours une fille. Allez, fais ça pour moi !

– Et pour moi, a ajouté Zia, avec un petit sourire.

– Allez El, s'il te plaît...

Elena

Et voilà, toujours la même histoire ! L'avenir de notre groupe repose sur les épaules d'Elena Griffith, comme d'habitude. Pourquoi est-ce toujours à moi de prendre les grandes décisions ?

Ils m'ont littéralement suppliée car, en un sens, je suis la composante essentielle de notre numéro. Sans moi, il n'y aurait pas de groupe ; ils en sont tous bien conscients.

– Je ne sais pas. Faut voir, ai-je commencé par dire.

Puis, en voyant leurs visages s'assombrir, je me suis décidée. Pour cette fois, je ferais passer l'intérêt général avant mes propres sentiments...

– OK, ça va, ai-je vivement répondu. Répétons !

Et Zia a envoyé les premiers accords de *Bad Girl*.

Matthew

Intro de guitare, puis premier couplet chanté en solo par Sam, avec Zia au contre-chant, jusqu'à l'entrée des deux autres filles qui arrivaient en force sur le refrain. La chanson était construite sur un grand crescendo.

L'effet d'ensemble ? Pas terrible, en toute honnêteté. Les quatre interprètes semblaient avoir un mal de chien à se mettre d'accord sur la tonalité et le tempo. Elena et Charley contemplaient la moquette entre leurs pieds, l'air gêné. Leurs interventions criées faisaient penser à une bande de marmots se chamaillant dans le bac à sable du jardin d'enfants. Zia grattait sa guitare avec un entrain un tantinet forcé et susurrait sa ligne de chant. Sam lui-même avait l'air d'avoir envie d'être n'importe où, sauf là.

– Super ! ai-je diplomatiquement déclaré, quand ils sont enfin parvenus au bout de leur chanson.

– Tu crois, vraiment ? a demandé Zia, sceptique.

– C'était... eh bien, c'était pas mal du tout.

Et je me suis empressé de changer de sujet :

– A propos, c'est quoi le nom de votre groupe ?

Regards perplexes.

Ça, c'était la meilleure ! Elles avaient formé un groupe, et n'avaient même pas pris la peine de lui trouver un nom !

Tyrone

Ça n'est que samedi, en fin d'après-midi, quand ma mère est rentrée de sa tournée des boutiques, que j'ai compris. J'avais comme un petit problème, et mon problème s'appelait Sam.

J'étais sur mon lit, le nez dans un bouquin, quand elle a débarqué dans ma chambre avec un air inhabituellement enjoué, qui m'a aussitôt fait dresser l'oreille. Elle a pivoté sur elle-même et m'a regardé comme si j'étais censé en penser quelque chose.

– Alors ?

– Alors quoi ?

– Alors, qu'est-ce que tu en dis, de mon nouvel ensemble, spécial Nuit des Révélations ? Ne me dis pas que tu n'as rien remarqué !

– Ce truc... c'est tout neuf, non ?

– Ah ! Les hommes... vous n'avez vraiment pas le sens de l'observation. Je te parie que Sam va le remarquer du premier coup d'œil, ce soir !

Je me suis redressé sur mon lit. Maman s'était dégoté une nouvelle tenue. Une sorte de grande tunique à franges avec la jupe assortie, le tout ayant l'air d'avoir été taillé dans de la vieille toile à sac.

– Sam est une fille avisée, et elle a l'œil ! Alors j'ai choisi une tenue qui fasse passer le message : « La mère de Tyrone, bien qu'élégante et distinguée, est aussi une femme créative et résolument moderne. » Tu crois que c'est ce qu'elle captera, Tyrone ?

– Mais elle sera sur scène, maman ! Tu penses bien qu'elle aura d'autres chats à fouetter !

– Bien sûr, mais après... quand on se retrouvera tous les trois, face aux autres parents : moi, mon fils et ce petit phénomène qu'il a pour amie. Tout le monde aura les yeux fixés sur nous. Il faut absolument que j'aie le profil du rôle !

– Ah, je vois. J'oubliais les autres parents...

– Ils vont être verts de jalousie ! s'est-elle esclaffée, avant de se figer, sourcils froncés. J'espère au moins que Sam n'aura pas l'impression que j'essaie de l'éclipser, avec ce nouvel ensemble ! Qu'est-ce que tu en penses ? Les jeunes filles sont si susceptibles sur ce chapitre...

Je me suis replongé dans mon bouquin. Ma mère pouvait se préparer à recevoir la douche écossaise de sa vie. Pour une fois qu'elle espérait être fière de moi, elle allait être servie !

– T'en fais pas, m'man. Je suis sûr qu'elle va l'adorer, ton ensemble.

Matthew

La Nuit des Révélations, c'est tout un truc. Selon la mère Cartwright, l'idée est de fournir aux élèves une occasion de s'exprimer, de faire connaître leurs talents de musiciens et d'acteurs, et patati et patata. Mais la vérité vraie, c'est que tout ce cirque est exclusivement destiné aux adultes.

L'objectif est de montrer aux parents comme leurs chères petites têtes blondes se débrouillent bien, ainsi que de leur faire rencontrer les professeurs qui, pour l'occasion, se dispersent dans la foule en faisant semblant d'être des spectateurs normaux. Et par-dessus tout, il s'agit de prouver aux futurs parents d'élèves, ainsi qu'à quelques notables, que Bradbury Hill School a le vent en poupe et qu'elle est devenue une école modèle, sous le règne inspiré de notre principale.

Du showbiz donc. Du pur showbiz !

Ce qui fait qu'à moins d'être un redoutable nombriliste, ou un super chouchou béni des profs, le mot d'ordre, concernant la Nuit des Révélations, est simplissime : abstention totale !

L'an dernier, je faisais mes débuts dans l'établissement et mes parents ne pensaient qu'à étaler leur zèle de parents modèles. C'était déjà une épreuve de devoir regarder jusqu'au bout certains des numéros qui étaient présentés, mais le pire, et de loin, c'était les efforts désespérés que faisaient les profs pour la jouer sympa. Je m'étais juré de succomber à une grippe particulièrement foudroyante, plutôt que de retomber dans le piège de la Nuit des Révélations.

Et me revoilà, le même, un an plus tard... tout ça à cause de mon cousin d'Amérique !

Les premières personnes qu'on a croisées en arrivant, ce soir-là, ont été Jake et son père. En temps normal, je me serais attendu à ce que Jake nous fasse son numéro habituel, style je boude dans mon coin en regrettant de ne pas être à cent lieues d'ici. Mais ce soir-là, pas du tout. Dès qu'il nous a vus franchir les portes de l'école, il est venu à notre rencontre.

– Mrs. et Mr. Burton... très bonne soirée ! a-t-il dit, comme le garçon le mieux élevé de tout le quartier. Salut Matthew, salut Sam !

Et Sam a émis ce curieux petit gloussement :

– Hey ! Salut, mon vieux Jake !

– Sam, je te présente mon père, a-t-il dit avec un petit mouvement de tête sur le côté, en direction de Mr. Smiley.

D'habitude, son père arbore toujours le look cadre sup, le nec plus ultra en la matière. Mais, surprise : ce soir, il avait oublié de mettre sa cravate, et même, à y regarder de plus près, son costume.

– Bonjour, jeune demoiselle, a répondu Mr. Smiley, en échangeant une poignée de main avec Sam. J'ai beaucoup entendu parler de vous. Je n'ignore plus rien de vos aventures !

– Ça, à votre place, je n'en serais pas si sûr, Mr. Smiley ! s'est esclaffé Sam.

Puis son attention a semblé attirée par quelque chose, à l'autre bout de la cour.

– Excusez-moi, je vais devoir y aller, a-t-il dit avant de s'éclipser.

Quelques instants plus tard, c'est Mrs. Sherman qui a fait une entrée remarquée, dans une robe totalement loufoque, façon toile de tente, lestée de plusieurs kilos de bijoux. Tyrone marchait dans son sillage, les traits crispés par l'embarras. Comme ils nous rejoignaient, Mrs. Sherman a passé le bras autour des vastes épaules de son fils.

– Et si tu courais retrouver Sam, pour lui souhaiter bonne chance ! s'est-elle exclamée, assez fort pour en faire profiter tout le monde.

Tyrone a vaguement marmonné quelque chose où il était question de trac et de formules porte-bonheur.

– Oh ! mais je suis sûre que ça lui fera grand plaisir ! s'est-elle récriée, en nous jetant un coup d'œil appuyé. Je sais comment sont les filles ! Et un petit baiser, pour lui porter chance… ?

Mes parents ont dû sursauter à l'idée de Tyrone roulant un patin à Sam avant son entrée en scène, car Mrs. Sherman s'est tournée vers nous.

– Amour, amour, quand tu nous tiens… ! a-t-elle dit, avant d'éclater de rire.

Je me suis empressé de suggérer qu'il était temps d'aller réserver nos places, dans l'espoir de détourner l'attention, mais la mère de Tyrone était lancée. Plus rien ne pouvait l'arrêter.

– Ne me dites pas que vous n'êtes pas au courant, pour Tyrone et Sam ! a-t-elle lancé à mes parents.

– Au courant de quoi ? (Ça, c'était ma mère.)

– Mais de leur idylle !

Mrs. Sherman a eu un sourire débordant d'orgueil.

– Décidément, ils passent leur temps à nous faire des cachotteries, ces chers petits !

– Ah, vous trouvez ? a fait mon père.

– Mais si, je vous assure : Tyrone est le petit ami en titre de Sam, pas vrai, Tyrone ?

Mrs. Sherman

J'ai été légèrement prise de court par la stupeur qu'ont affichée les Burton, lorsque je leur ai révélé la grande nouvelle :

– Il paraît que mon fils à la réputation d'être un véritable petit bourreau des cœurs ! ai-je dit, non sans un soupçon de fierté maternelle. Toutes les filles en sont folles, et surtout, bien sûr, notre chère petite Sam !

– M'man, je t'en prie… a gémi Tyrone.

– C'est très… très intéressant, a dit Mrs. Burton, d'un ton légèrement pincé.

– Mais il est grand temps d'aller prendre place… a ajouté la petite souris qui lui tient lieu d'époux.

Je leur ai emboîté le pas, toujours radieuse. Étaient-ils vraiment obligés d'afficher si clairement leur dépit ?

19.

Matthew

Le compte à rebours était lancé. La salle était déjà pratiquement pleine, mais on s'est déniché des places au cinquième rang. On s'est assis, alignés en rang d'oignons, trois familles, sept personnes, et deux fois plus de quiproquos potentiels... tandis que la salle commençait à faire silence.

La soirée avait mal commencé, et ça n'allait pas aller en s'améliorant !

Ottoleen

On est arrivés en retard. Incroyable, non ? Après avoir passé tant de jours et de semaines à l'attendre, ce satané soir, on a bien failli louper le début du show !

Nos tenues, c'était l'éternel problème. Crash tenait absolument à se fondre dans le paysage. Ça faisait une bonne semaine qu'il me bassinait avec les règles du bon goût et les fautes à éviter, si on voulait avoir l'air d'un couple *really british*. Résultat, il a passé tellement de temps devant le miroir qu'on est arrivés à la dernière seconde.

Mais dans l'ensemble, on a fait du bon boulot. A nous voir, personne n'aurait pu dire qu'on n'était pas deux sympathiques Anglais à la recherche d'une école pour leur fiston.

A présent, il ne nous reste plus qu'à dénicher Sam.

Matthew

J'ai senti que ma mère me pinçait le bras. Les yeux écarquillés, muette de panique, elle m'a indiqué d'un signe de tête la porte du grand hall.

Et j'ai vu s'encadrer Mr. et Mrs. Lopez, l'air de débarquer de Mars. Crash était sanglé dans un blazer marine, façon yachtman, que contredisaient violemment ses lunettes noires de gangster. Quant à Mrs. Lopez, affublée d'un grand chapeau et d'une robe à fleurs, elle avait l'air de s'être échappée d'un film des années 50.

– Qu'est-ce qu'ils fichent là ? ai-je chuchoté. Ils ne peuvent pas savoir que Sam est à Bradbury Hill !

D'autres têtes se sont retournées, tandis que les Lopez fendaient l'assistance en direction de deux chaises restées libres, au troisième rang.

– Pas de panique, ils n'y verront que du feu… a murmuré papa, l'œil vissé à la scène, mais un peu pâlot tout de même. Sam est une fille !

– Exact, ai-je répliqué sur le même ton. Pas de panique.

Les lumières ont baissé. Mrs. Cartwright a quitté son siège du premier rang, parmi les VIP, et a gravi les marches de l'estrade pour donner le coup d'envoi de la soirée.

Mrs. Cartwright

Ce sont bien évidemment les enfants qui tiennent la vedette, dans ce genre de manifestation, mais j'aime à donner ce que j'appelle « ma griffe » à la soirée, en souhaitant la bienvenue aux visiteurs et en leur présentant brièvement notre école, sans oublier de souligner quelques-uns de nos succès les plus récents. Ceci fait, je laisse la scène et les projecteurs à nos jeunes artistes.

Matthew

Tous les discours de sœur Sourire sont bâtis sur le même modèle : elle commence par vous dire ce qu'elle va vous dire, puis elle le dit, puis elle le redit, en changeant quelques mots, çà et là. Enfin, pour conclure, elle récapitule l'ensemble. Ce qui fait que quand vous la voyez se lever, avec son sourire d'illuminée, vous savez que vous êtes bon pour vingt minutes de bla-bla.

Mon attention n'a donc pas tardé à dériver, quand elle a attaqué ses litanies à la gloire de son école, de ses élèves – si talentueux – et de son équipe enseignante – si formidable et tellement à l'écoute des élèves. Mais j'ai dressé l'oreille quand je l'ai vue sortir un papier de sa poche et annoncer un changement de programme :

– La jeune Zia Khan, l'une de nos élèves les plus remarquables de quatrième – et je dois dire que, ce trimestre, nos quatrièmes ont fait forte impression – ne chantera pas en solo comme prévu, mais sera accompagnée par trois de ses camarades qui ont formé un groupe baptisé...

Elena

Les Pandas...

On devait vraiment être en état de choc quand on a choisi ce nom, dans les coulisses, quelques minutes avant d'entrer en scène.

– Ça fait partie du concept d'ensemble... a dit Sam, en sortant de sa poche un bouchon et un briquet. De toute façon, mon œil au beurre noir ne risque pas de passer inaperçu, si ?

– On ne voit que ça, a confirmé Charley.

Sam a allumé le briquet sous le bouchon.

– Le mieux est donc d'assumer, et même d'en tirer parti.

Au bout de quelques secondes, l'extrémité du bouchon était toute noire.

– On va se faire des coquards, comme si on sortait toutes d'une mêlée générale.

– Eummh... est-ce que quelque chose m'échappe, là ? ai-je fait, en tâchant de ne laisser filtrer dans ma voix aucune nuance ironique. Et quel intérêt, pour nous, au juste ?

– C'est drôle. C'est intéressant. Et ça résout notre problème de nom, tout en nous posant, dans l'esprit du public.

– Oui, comme battues d'avance ! a dit Charley.

– Et alors ? a dit Zia, qui accordait sa guitare. J'ai vu des photos de mannequins avec ce genre de look.

Le look « enfant battu » et l'œil charbonneux, il paraît que ça fait fureur cette année, à Paris !

– Ouais... Moi aussi, j'ai lu un article là-dessus, dans *Heat*. OK, ai-je fait en tendant la main. Passe-moi le bouchon !

Matthew

La première heure du spectacle ne m'a pas laissé des masses de souvenirs. Deux ou trois élèves de sixième nous ont scié quelques morceaux sur leurs violons. Un groupe de terminales est arrivé, l'air furibard, et nous a joué quelques tubes récents. Un garçon d'une petite classe a présenté un sketch comique, qui prenait pour cible les parents, et consistait pour l'essentiel à répéter cette question : « Mais qu'est-ce qu'ils attendent de nous, hein... hein ? » Quelques représentants de la planète des forts en thème de mon année sont venus chanter des mélodies africaines harmonisées pour chœur. Entre chaque numéro, sœur Sourire montait faire trois petits tours sur scène pour présenter la suite.

J'étais donc déjà dans un état semi-comateux quand je l'ai entendue annoncer le numéro que nous attendions tous :

– A présent, mesdames et messieurs, voici une véritable tranche de vie sauvage, et je pèse mes mots ! Voici... les Pandas !

Elena, Charley, Zia puis Sam sont entrés en scène. Ils avaient les bras et le visage barbouillés d'une sorte de truc noirâtre. La manche de la chemise de Sam était en lambeaux. On aurait dit quatre survivants d'une guerre nucléaire.

Pendant quelques secondes, un silence angoissé s'est abattu sur la salle. Était-ce une parodie, un numéro satirique ? Quel était l'effet recherché ? Fallait-il en rire ? C'est cette brave vieille Mrs. Sherman qui a brisé le silence, en applaudissant à tout rompre.

– Excellent ! Excellent ! s'est-elle exclamée.

Quelques rires ont couru dans l'assistance, et Z. a plaqué son premier accord.

Ce soir-là, il s'est vraiment passé quelque chose quand Sam a attaqué *Private Cloud*. Le public a été parcouru d'une sorte de choc électrique. Nous avons tout à coup été pris dans la musique, tirés de notre ennui poli et emportés malgré nous par la voix de Sam et la guitare de Zia.

On me dit, laisse pas ton cœur faire la loi
Mais un truc que j'ai compris
C'est que quand on est mort,
C'est pour la vie…

Sam semblait si cool et si naturel qu'on aurait cru qu'il était seul en scène et qu'il se parlait à lui-même. Il a tendu la main vers nous, tandis que la musique s'amplifiait, juste avant le refrain :

Ma vie me coule entre les doigts
Plus vite que de l'eau vive,
Et je serai bientôt là-haut,
Tout là-haut, dans le ciel…

Mais lorsque Zia a attaqué les quelques accords qui annoncent le refrain, une grosse faille nous a sauté aux yeux. Les deux autres Pandas n'avaient pas grand-

chose à faire, dans cette chanson. Elles se conten-
taient de virevolter en arrière-plan, en esquissant
quelques pas de danse. Charley slalomait sur la scène
comme si elle avait eu un sérieux coup dans l'aile,
quant à Elena, à qui personne n'avait prêté attention
depuis plusieurs minutes, elle s'était lancée dans une
danse particulièrement débridée, histoire de recen-
trer l'attention du public.

Le charme était rompu. Des éclats de rire à peine
étouffés fusaient dans l'assistance. Comme je jetais
un œil à l'autre bout de mon rang, j'ai croisé le
regard de Jake, qui a fait mine de loucher, avec un
geste significatif du pouce en travers de la gorge.

Steve Forrester

J'étais complètement sous le charme. Je savais que
Zia Khan était très musicienne, mais cette Sam
Lopez ! Une vraie révélation. Elle a d'incontestables
qualités : cette voix hors normes, à la fois râpeuse et
si étrangement tendre. Fascinante !

J'admets toutefois avoir eu un peu plus de mal à
comprendre l'intérêt du nom qu'elles s'étaient
choisi. Les Pandas ! Ce n'est qu'un peu plus tard que
j'ai entrevu la portée du message qu'il nous trans-
mettait. Ces ecchymoses, ces yeux pochés, ça n'était
rien de moins que le point de vue, totalement personnel et spontané, de ces adolescentes, sur les problèmes de la violence domestique.

Brillant ! J'étais absolument ravi, et je débordais de
fierté pour mes quatre petites.

Matthew

Les Pandas sont arrivés au bout de *Private Cloud*.

Pendant la claque, magistralement menée par Mrs. Sherman, qui explosait d'orgueil pour la prestation de la fameuse petite amie de son fils, j'ai remarqué que le regard de Sam survolait l'assistance.

Il a souri à Jake et à son père, à Tyrone et à sa mère, et m'a fait un grand clin d'œil. Puis j'ai remarqué un changement soudain dans son expression, qui s'est refermée.

Son regard a balayé le troisième rang, où il a découvert le faciès, reconnaissable entre tous, malgré son blazer marine et ses lunettes noires, de son père, le grand Crash Lopez.

Crash

– Eh ! C'est la môme qu'on a vue chez les Burton, ai-je glissé à Ottoleen.

– Elle se débrouille !

– Ouais, pas mal, ai-je dit. Pas mal pour une Canadienne…

La blague l'a fait marrer, mais je n'ai pas tardé à remarquer un truc bizarre. La gamine gardait les yeux vissés sur nous, l'air plutôt hostile. L'espace d'une fraction de seconde, je me suis vraiment demandé ce qu'elle me voulait, puis j'ai pensé à autre chose.

Matthew

Un silence bizarre s'était installé dans la salle et avait l'air de vouloir s'éterniser. Sam avait planté les yeux dans ceux de son père, tandis que les autres Pandas restaient figés sur scène, les bras ballants, comme trois cloches.

Avaient-ils terminé ? Avaient-ils prévu de chanter autre chose ? Quelqu'un devait-il prendre la parole entre les morceaux ? Ou n'était-ce qu'une manœuvre destinée à faire grimper la tension ? Quoi qu'il en soit, ça marchait. Une rumeur s'élevait de l'assistance, avec quelques rires nerveux.

La sœur Sourire a dû sentir que quelque chose menaçait le bon déroulement de sa chère soirée, car elle a bondi sur ses pieds, prête à grimper sur scène pour annoncer le numéro suivant.

Mais Sam a lentement tourné le regard vers elle.

– Vas-y, Zia, enchaîne ! a-t-il craché dans le micro, tandis que Zia frappait ses cordes en rythme, comme si elle s'était trouvée transportée dans un groupe de Heavy Metal.

Sa pulsation s'était faite plus sèche et plus rapide, bien plus agressive que celle du titre précédent.

Et elle avait monté l'ampli à fond.

Zia

On avait bien préparé notre show, mais personne n'avait pensé à la transition entre *Private Cloud* et *Bad Girl*.

Maintenant que j'y repense, il me semble que le regard fixe et menaçant qu'a fait planer Sam sur l'assistance valait dix bonnes intros. Mais avec la pression, on s'est toutes un peu emmêlé les pédales. Qu'est-ce qu'il attendait pour continuer ?

Pendant le blanc qui a suivi, j'ai dû toucher au

bouton du volume de ma guitare parce que, quand j'ai attaqué les premiers accords, j'ai cru que la scène allait s'écrouler, sous l'effet du vacarme.

Je n'avais qu'une idée en tête : continuer ! Pas question d'arrêter et de reprendre, sous le regard horrifié de toute l'assistance.

Bad Girl allait donc leur déferler dessus comme un train échappant à tout contrôle. Et ça, c'était avant même que Sam n'ouvre la bouche... !

Matthew

Une vibration bizarre avait envahi la salle et toute l'assistance l'avait sentie.

Sam s'est avancé de quelques pas et s'est vissé sur scène, bien campé sur ses jambes, comme s'il se préparait à un combat. Les yeux fixés à un mètre au-dessus de son public, il a attaqué la deuxième chanson.

Attaqué, c'est bien le mot. On ne peut pas appeler ça chanter, pas plus que crier, d'ailleurs. Le son qu'il produisait, c'était vraiment autre chose. Ça allait au-delà de la musique et des mots qu'il prononçait. Un langage particulier, qui sonnait comme de la rage pure, brute, splendide. Comme si on l'avait extraite directement de son âme, à l'aide d'une lame rouillée...

Ma mère me dit : « Sois belle et tais-toi »
Mon père me dit : « Ça suffit comme ça »
Et moi, et moi, je suis qui ?
Une poupée sans vie
Ou l'un de ces pantins
Qui se prétendent des humains ?
Je suis la honte de la famille !

Mrs. Cartwright

Franchement, ça n'était pas du tout dans l'esprit de la Nuit des Révélations. Toute cette fureur, tout ce vacarme, et je suis même pratiquement sûre d'avoir entendu un mot malsonnant dans la bouche de la petite Lopez. Patin ? Pantin ? Était-ce un juron déguisé ? Ça m'en a tout l'air. Je me suis tournée vers Mr. Brownlow, le maire adjoint qui était à ma droite et j'ai tenté de lui présenter mes excuses, mais bien sûr dans ce tumulte, c'était peine perdue.

Elena

On avait toutes senti le dérapage. On était totalement sorties de ce qui avait été décidé en répétition, et nous nous trouvions confrontées à un nouveau Sam, qui nous entraînait irrésistiblement, ainsi que la musique. On était à la fois ravies et horrifiées.

Matthew

Ne me demandez pas comment le public a réagi, pendant cette chanson, parce que je n'ai eu d'yeux que pour Sam. J'étais totalement électrisé, comme toute la salle.

Nous nous sommes pris ce flot de rage de plein fouet, une transposition musicale d'un sentiment que nous avions tous ressenti, à un moment ou à un autre, sans jamais oser l'exprimer, et encore moins le chanter, à pleins poumons et en public !

Les poings serrés, Sam est passé au second couplet...

Et moi, et moi, je ne suis que moi
Je ne tombe pas de l'hyperespace
Mais quand je me pointe au bahut
Tous les profs me tombent dessus.
Ils disent qu'on peut compter sur moi
Quand il y a ce qu'ils appellent
De l'embrouille dans l'air !

Waouh ! Ça, c'était bien vu, mais dangereux ! Sam nous avait fait une imitation frappante, immédiatement reconnaissable, de sœur Sourire. Une ovation incrédule s'est élevée des rangs des élèves, qui avaient tous compris.

Mrs. Cartwright

A la fin du deuxième couplet, j'ai vu quelques têtes se tourner vers moi, mais je me suis contentée de sourire, en continuant à marquer le tempo de la main sur mon genou. Manifestement, les Pandas ne visaient personne en particulier. Elles parlaient de professeurs n'ayant rien à voir avec ceux de Bradbury Hill, des tenants d'une autorité pure et dure, à l'ancienne. Prétendre que leur attitude générale m'était agréable, ce serait beaucoup dire, mais j'ai préféré l'ignorer et prendre les choses avec le sourire.

Matthew

La blague sur la principale a sorti l'assistance de sa torpeur. Tout à coup, nous nous sommes sentis libérés de notre appréhension et nous avons pu pleinement apprécier le spectacle. Pour la première fois dans l'histoire de la Nuit des Révélations, on nous parlait des choses telles qu'elles étaient, et non telles que voulaient les voir les profs et les parents.

Et quand les chœurs ont attaqué le refrain en hurlant à tue-tête, on s'est tous mis à frapper dans nos mains en mesure.

Bad Girl ! Bad Girl !
J'ai comme une réputation
Bad Girl ! Bad Girl !
Je suis un pur poison !

Charley

Il fallait trancher. Soit reprendre le refrain tel que Z. l'avait composé et tel qu'on l'avait répété, soit suivre Sam à la trace.

Et on l'a suivi. Le résultat devait ressembler davantage à un hymne de supporters de foot qu'à une chanson, mais ça fonctionnait. A la fin du premier refrain, la salle était en transe.

Matthew

Les Pandas avaient trouvé leur rythme. Charley et Elena avaient entamé une danse débridée. Zia cognait sur sa guitare comme un bûcheron forcené. Mais plus le chaos sonore se déchaînait autour de Sam, plus il restait immobile, inébranlable. C'était drôle mais effrayant, parce que personne, et surtout pas Sam lui-même, ne comprenait à quel point il était proche de la vérité.

Les garçons se bousculent pour m'inviter
Tu viens, poupée, ce soir je t'emmène danser
Ils disent que je les fais tous craquer
Mais si je descends dans la rue
Ils vont voir que l'ingénue
Est capable de les massacrer!

Mrs. Cartwright

Assez! Assez! Je me suis levée, en cherchant des yeux le concierge pour lui demander de couper la sono. Mais j'ai découvert, avec un frisson d'horreur, que toute la salle avait bondi sur ses pieds. Ils avaient cru que je me levais pour applaudir!

Je n'ai donc eu d'autre choix que de continuer sur ma lancée, en tapant du pied et en battant des mains avec les autres, mais je me suis juré que c'était bien la dernière fois qu'une telle chose se produisait à Bradbury Hill!

Ottoleen

Hey! Rock'n'roll, baby! J'ai crié à Crash que c'était le meilleur concert que j'aie vu, depuis celui des New York Dolls, mais il restait vissé sur son siège, droit comme un I – Mr. Coinceman, de Coincemanville, Arizona – au milieu de tous ces gamins déchaînés.

A la fin, ça a été plus fort que lui. Il a bondi à son tour et a levé ses gros bras musclés au-dessus de sa tête en criant:

– Ouais! Allez, les Bad Girls!

C'était à hurler de rire. Ces gamines valent vraiment le détour, c'est moi qui vous le dis!

Zia

J'étais plutôt contente de la façon dont ça se présentait. *Bad Girl*, cette chanson dont j'étais l'auteur, faisait un sacré tabac dès la première représentation. Il nous restait à chanter un couplet et encore un refrain, que nous devions bisser avant les derniers accords, plaqués *staccato*. Et *basta* !

Mais c'était compter sans notre chanteur. En lançant le dernier couplet, Sam l'a pris une tierce au-dessus, comme pour faire le contre-chant de sa propre ligne, ce qui fait qu'il l'a chanté avec une voix encore plus tendue et plus hargneuse.

Mais pire : il a improvisé des paroles de son propre cru !

Matthew

J'avais remarqué un net changement du côté de Sam.

Au fil des couplets, il s'était progressivement détendu et, alors qu'il chantait l'un des refrains, il m'a regardé droit dans les yeux. Puis son regard s'est posé sur mon père et ma mère, à qui il a imperceptiblement souri, avant d'aller se fixer sur Crash Lopez qu'il n'a plus quitté, jusqu'à la fin de la chanson.

Écoutez tous : je suis un chien enragé !
Un fauve en quête d'une proie.
Dans la rue chauffée à blanc,
Et jusque dans les caniveaux,
Avant de sentir mon coup de dents,
Entendez mes hurlements !

Tu sens mon haleine dans ton cou, papa ?
Écoute-moi !

Crash

Quand elle a dit « papa », elle a pointé l'index sur moi. Et je me suis dit : « Ben quoi… ? »

Matthew

Hoooooooo…

Zia, Charley et Elena, suivies d'une bonne partie du public, avaient attaqué le refrain de *Bad Girl*, quand la voix de Sam s'est élevée au-dessus de la mêlée et s'est mise à grimper, à grimper…

– *Ooooooooooooooooo…*

Ça ne ressemblait à rien de connu. C'était plus dingue que Scooby Doo, plus terrifiant que *Le Chien des Baskerville*, ou que le plus atroce des hurlements que vous ayez jamais entendu. De temps à autre, il reprenait souffle, l'espace d'une fraction de seconde, puis se remettait à hurler.

Il y a d'abord eu quelques rires dans le public puis, comme les Pandas étaient arrivées à la fin du refrain, elles se sont consultées du regard et leur hésitation s'est communiquée au public. A présent, on sentait une réelle tension dans l'atmosphère. Les applaudissements se sont taris. La pulsation de la guitare a vacillé avant de s'arrêter tout à fait. Mais pas Sam ! Après une inspiration particulièrement profonde, il a lancé une note encore plus aiguë, comme s'il cherchait à pousser sa voix au point de rupture.

Et ce qui devait arriver…

Tyrone

On a entendu une sorte de gros graillon, dans la voix de Sam, et un violent coassement lui a obstrué le gosier. Il a hésité, toussoté, repris son souffle et...

Jake

Uh-oh ! Oh... oh !

Elena

Oh... là... là... !

Crash

C'est quoi, ce b... ?

Matthew

Ce n'était plus un hululement haut perché qui jaillissait à présent de sa gorge. C'était un rugissement profond, guttural. Typiquement mâle.

Ignorant les murmures de la salle, Sam est venu se poster à l'avant-scène. Il n'avait pas dit son dernier mot. Il a regardé son père droit dans les yeux, a levé son micro et, posément, sans la moindre hâte, de sa voix masculine toute neuve, il a achevé :

– Bad Guy, c'est mon nom !

Ça n'est pas une fille... ! La révélation de la soirée s'est répandue dans la salle comme une traînée de poudre : Un *garçon*... C'est un *garçon* !

J'ai jeté un coup d'œil du côté de notre directrice et, pour la première fois de sa vie, les mots semblaient manquer à sœur Sourire. Elle restait stupéfaite, comme toute l'assistance.

Elena

Quelqu'un devait reprendre les commandes, et j'ai immédiatement su que c'était un boulot pour Elena Griffith. Il fallait bien tirer notre révérence, d'une manière ou d'une autre, pour sortir de scène. Je me suis donc avancée. J'ai pris le micro des mains de Sam et j'ai dit :

– Merci ! Merci à tous ! Vous venez d'entendre les Pandas. Vous pouvez applaudir... à la guitare... Zia Khan ! Au chant...

Jake

Oh, non !

Tyrone

Non !

Matthew

Pas ça, Elena !

Elena

SAM LOPEZ !

Jake

La vague d'applaudissements commençait juste à prendre de l'ampleur quand, au troisième rang, on a entendu ce rugissement...

Crash

MAIS C'EST MON FILS !

Matthew

A quelques mètres de moi, Crash Lopez se frayait un chemin vers la scène, en bousculant toute la rangée de spectateurs sur son passage. Il avait l'index pointé sur Sam et beuglait à tue-tête.

Sam m'a regardé, les traits crispés par une expression que je ne lui avais jamais vue. De la peur.

Il a fait demi-tour et a filé dans les coulisses.

Comme la salle s'emplissait d'un indescriptible tumulte, je me suis tourné vers ma mère qui contemplait, pâle d'horreur, la porte par laquelle Sam venait de disparaître.

– Maintenant, je crois qu'il va falloir jouer cartes sur table ! lui ai-je crié dans le vacarme ambiant.

Mrs. Cartwright

C'était typiquement ce que j'appellerais une situation de crise. Après m'être brièvement concertée avec Mrs. Sparks, le professeur chargé de la coordination de la Nuit des Révélations, j'ai informé l'assistance que le spectacle était interrompu et que les deux numéros restants seraient présentés lors de notre spectacle de Noël.

Le public achevait de vider les lieux, mais il me restait sur les bras cet irascible Américain. Mon premier mouvement fut de croire que ce type souffrait de mythomanie aiguë mais, lorsqu'il m'a présenté son portefeuille, garni de toute une collection de cartes multicolores, toutes au nom de Lopez, j'ai dû admettre la possibilité d'un lien familial avec la petite Sam qui se révélait à présent être un garçon.

J'ai donc réuni les deux Américains et les Burton dans mon bureau, en invitant Matthew à nous attendre dans le couloir.

Et là, je leur ai signifié, sans mâcher mes mots, que tout cela relevait d'un problème strictement familial, et que la direction de Bradbury Hill School n'avait pas à se trouver mêlée à un tel imbroglio.

Ottoleen

– A un tel quoi ? s'est exclamé Crash, planté au beau milieu de la pièce.

La dirlo trônait derrière son bureau, avec l'air de quelqu'un qui découvre une crotte moisie sur son tapis. Les Burton ont pris place dans les fauteuils en face d'elle, plus blêmes, plus coincés et plus *british* que jamais.

– Imbroglio, a répété la vieille chouette empaillée, qui la ramenait nettement moins, maintenant que Crash la regardait dans le blanc de l'œil, les deux poings posés sur son bureau. Je ne tiens pas à ce que l'école soit impliquée en quoi que ce soit dans votre différend.

– Ça, pour être impliquée, elle est impliquée, votre école, m'dame ! lui a dit Crash, un ton plus bas. Vous exhibez mon fils dans votre spectacle, travesti en fille. Si c'est pas s'impliquer, ça !

Il a pointé l'index sur la dirlo.

– Et maintenant, vous allez l'appeler, et nous allons le ramener là où il devrait être. Et peut-être – j'ai bien dit « peut-être » – qu'on oubliera d'aller raconter tout ça aux flics.

Mrs. Cartwright

En toute franchise, la suggestion m'a paru judicieuse, malgré ce ton de menace un tantinet déplacé. Un scandale avec enlèvement d'un jeune ressortissant américain se faisant passer pour une fille, c'était bien la dernière chose qu'il me fallait, à moi dont la carrière est par ailleurs un sans-faute.

– Je vais demander à ma secrétaire d'aller le chercher, ai-je répondu sans sourciller, en décrochant mon téléphone.

Mrs. Burton

C'est alors que David s'est levé et a fait une chose totalement imprévisible : il a posé la main sur le combiné et, d'une voix résolue et virile, a dit :

– Non !

Cette petite frappe qui tient lieu de père à Sam n'a pas lâché Mrs. Cartwright de l'œil.

– Allez-y, m'dame ! Passez-le, votre coup de fil !

– Non.

David n'a pas cédé d'un pouce.

– Nous assumons la responsabilité légale et la garde de notre neveu. Si monsieur est vraiment son père, il va devoir présenter sa requête à un tribunal !

La tête de Lopez s'est lentement mise à pivoter, pour se retrouver nez à nez avec David.

– Là-dessus, le gamin a peut-être son mot à dire.

– Peut-être, oui, effectivement ! a riposté David.

Le regard de Mrs. Cartwright a fait la navette entre les deux hommes, puis s'est posé sur son téléphone, où David avait toujours la main. En soupirant, elle s'est levée et a mis le cap sur la porte, qu'elle a ouverte.

– Matthew, voudriez-vous avoir la gentillesse d'aller me chercher Sam Lopez ?

J'ai entendu Matthew répondre :

– Oui, Mrs. Cartwright.

La directrice est revenue s'asseoir à son bureau et nous a tous regardés.

– Voilà un malentendu bien fâcheux...

Matthew

Il y avait foule dans la classe. J'ai d'abord reconnu Jake et Tyrone avec leur parent respectif, puis Mr. et Mrs. Khan, ainsi que deux ou trois des plus jeunes frères et sœurs de Z. Il y avait aussi Elena avec sa mère, près de Mr. et Mrs. Johnson, les parents de Charley.

L'espace d'un instant, j'ai totalement oublié toute la saga de Sam. Ils étaient tous là, réunis, bavardant avec entrain, pêle-mêle, parents et enfants, garçons et filles, Sheds et Garces. Une vraie réunion de famille ! Pas mal, non... ?

C'est alors que j'ai vu Sam.

Il était toujours en jupe, mais quelqu'un lui avait prêté une chemise blanche d'uniforme qu'il avait jetée sur ses épaules. Ses cheveux lui retombaient dans la figure dans le plus pur style hippie. Il n'était ni totalement fille ni totalement garçon, il paraissait juste triste, désorienté et perdu.

– Ils sont dans le bureau de la Grande Charretière, lui ai-je dit. Ils te demandent.

Il s'est levé. Au passage, Zia lui a murmuré « Bonne chance ! » tandis qu'il traversait la pièce en direction de la porte, plus pâle qu'un condamné enfilant le couloir de la mort. Il l'a remerciée d'un petit signe de la main.

– Bye-bye, l'Opération Samantha ! m'a-t-il dit d'une voix rauque, pendant que nous remontions le couloir.

– Ouais. Ta carrière de fille me paraît compromise.

– Ça a été plus fort que moi, m'a-t-il expliqué. Quand j'ai vu mon père là, assis en face de moi avec ce grand sourire, tout comme du temps où il vivait avec nous, j'ai compris dans ma tête et dans mon cœur que je ne pourrais pas le fuir indéfiniment. Mon passé avait fini par me rattraper. J'allais devoir redevenir moi-même.

– Tu veux vraiment retourner vivre avec lui ?

Il a haussé les épaules. Il n'était pas d'humeur à disserter. D'ailleurs, on était arrivés devant le bureau de la directrice. Il est entré sans frapper.

J'ai hésité une seconde, puis je suis entré sur ses talons.

Ottoleen

Crash s'est retourné pour regarder les nouveaux venus et a découvert le jeune Matthew, qui se tenait derrière Sam.

– Dehors, le môme ! a-t-il dit.

– Matthew est tout aussi concerné que nous tous, a dit Mrs. Burton.

– Sam ? a demandé la directrice. Souhaitez-vous que Matthew reste dans cette pièce ?

Jusque-là, Sam semblait s'être plongé dans la contemplation du tapis à ses pieds, comme s'il avait tenté d'y lire la réponse à ses problèmes. Mais là, il a levé la tête.

– Bien sûr, a-t-il dit. Bien sûr, que je veux qu'il reste !

Elena

Dans la classe, on a essayé de garder contenance en causant de choses et d'autres. L'un des parents présents, la mère de Tyrone, a suggéré que nous allions tous ensemble manger une pizza, mais il n'était pas question de laisser Sam et Matthew affronter seuls le paternel fou et sa copine, dans le bureau de sœur Sourire.

Au bout de quelques minutes, on a donc rejoint le grand hall, et on est tous allés les attendre dans le couloir, devant le bureau de Cartwright.

Mrs. Cartwright

J'avais réuni dans mon bureau un groupe pour le moins hétéroclite. Je me suis adressée à eux tous, leur expliquant que Bradbury Hill n'était pas responsable des conflits familiaux qui pouvaient se dérouler hors de l'établissement. Il était cependant préférable de trouver dès à présent un semblant de solution, ne serait-ce que pour que Sam Lopez sache au moins chez qui elle (ou il !) dormirait cette nuit…

Puis, sans élever le ton, j'ai demandé à la cantonade :

– Est-ce que l'un d'entre vous aurait l'obligeance de m'expliquer comment je me retrouve avec, sur mes listes, un élève américain qui n'a eu aucun contact avec son père pendant des années, et qui, depuis le début du trimestre, fréquente mon établissement déguisé en fille ?

Matthew

Il y a eu un grand blanc. Puis maman a pris la parole pour raconter toute l'histoire, posément, sans en faire tout un plat. Selon elle, le problème se réduisait à une situation familiale un peu conflictuelle…

Crash

J'en ai vu des vertes et des pas mûres, mais je vous jure que de toute ma vie, je n'ai jamais entendu un tel tas de salades !

– Une minute, m'dame ! lui ai-je dit, de ma voix la plus calme, façon cobra s'apprêtant à passer à l'attaque. Je vais vous expliquer, moi, comment je vois les choses. Vous êtes venue en Amérique pour l'enterrement de mon ex-femme et, sous prétexte que je n'étais pas disponible à l'époque, vous avez pris le large avec mon fils – vrai ou faux ? Vous l'avez arraché à son pays natal et à sa famille légitime. Y a quelque chose qui m'a échappé, jusque-là ?

La mère Burton m'a balancé ce coup d'œil aussi glacial que *british*, qui m'est à présent familier.

– C'était la volonté de ma sœur, a-t-elle dit. Elle vous croyait encore en prison. Elle comptait sur nous pour assurer à son fils un milieu familial sain et équilibré !

– Je crois que vous oubliez un petit détail, ai-je répliqué, sans hausser le ton.

Après quoi, j'ai explosé :

– Voilà trois semaines qu'il se balade travesti en fille ! C'est ça l'idée que vous vous faites d'un environnement familial sain et équilibré ?

– C'est complètement tordu, votre truc ! a dit Ottoleen. Y a vraiment de quoi le perturber pour le restant de ses jours, ce pauvre gosse ! Il ne sait même plus s'il s'appelle Sam ou...

Elle a hésité une seconde.

– Ou Samette... Samine... Samina... !

Ce crétin de David Burton a lorgné Ottoleen comme si elle avait parlé chinois, puis il s'est tourné vers moi.

– Honnêtement, croyez-vous que Sam en sera plus traumatisé que du temps où il vivait avec Mr. Lopez ? Personnellement, j'en doute ! Et il y a une question qui s'impose : l'héritage que vient de faire Sam ne compterait-il pas pour beaucoup dans la décision de Mr. Lopez de récupérer son fils ?

Là, j'en avais par-dessus la tête.

– C'est mon gosse ! ai-je gueulé. Il rentre avec moi, un point c'est tout !

Et mon poing s'est abattu sur le bureau. Fort.

Matthew

Le coup de poing de Crash sur le bureau a fait sursauter Sam, qui a paru émerger de ses songes. Pour la
première fois depuis que nous étions réunis, il a posé
sur son père un regard direct, qui ne cillait pas.

– Tu te souviens de ce mur ? lui a-t-il demandé.

– Ce mur ? Quel mur ?

Les yeux de Crash ont lancé des éclairs mena-
çants.

– De quoi tu parles, là ?

– Du mur auprès duquel je t'ai vu pour la dernière
fois, de ce mur qui a fait basculer toute ma vie.

Crash a jeté un coup d'œil furibard vers Mrs. Cartwright.

– Je vous disais bien que ça finirait par lui emmêler
les méninges, de le laisser se balader déguisé en fille !

Puis il a ajouté, pour Sam, et d'un ton lourd de
menaces :

– Ça, on en reparlera plus tard !

– Raconte-nous un peu l'histoire de ce mur, Sam, a
dit mon père.

– Je venais juste d'avoir cinq ans, a commencé
Sam, sans quitter Lopez des yeux. Mais ça faisait déjà
quelques mois que tu m'emmenais sur des coups. Tu
m'initiais à tes boulots, tu me surnommais Crash
Junior. Et tu disais que j'étais le moussaillon du
gang...

– C'était le bon temps... a dit Crash, non sans une
certaine nervosité.

– Sam, pourriez-vous nous expliquer en quoi
consistaient ces « boulots » ? a demandé Mrs. Cartwright.

Mais Sam a poursuivi, comme s'il avait été seul avec Lopez :

– Celui-là, de boulot, était vraiment important. Tu disais que c'était l'occasion de te prouver que j'étais un vrai dur, comme toi. Ma mission, c'était de rester sur une corniche à la hauteur d'un deuxième étage, où tu m'avais laissé. Je devais compter jusqu'à cent, m'avancer de quelques pas sur un mur qui surplombait la grand-rue et me mettre à crier, le plus fort possible. En bas, sur le trottoir, tous les passants seraient pris de panique... Et personne ne remarquerait les trois types qui en profiteraient pour intercepter le sac plein d'argent que des convoyeurs de fonds livraient à un magasin.

– Intercepter ?

Ça, c'était Mrs. Cartwright, qui commençait à entrevoir toute l'histoire.

– Un plan en or ! a poursuivi Sam. Le mur ne mesurait qu'une dizaine de mètres. Un marmot de cinq ans, tout seul, là-haut, c'était vraiment la diversion idéale, pas vrai ?

– Huit mètres, qu'ils ont dit au tribunal, a marmonné Crash.

– Mais j'ai tout fait foirer. J'ai regardé en bas et j'ai eu le vertige. J'ai paniqué. J'ai hurlé de toutes mes forces, oui. Mais en t'appelant et en te tendant les bras, quand je t'ai vu arriver au volant de la voiture dans laquelle tu devais prendre la fuite avec le fric, sauf que tu n'as jamais pu prendre la fuite.

Un silence de plomb s'est abattu sur le bureau. Nous attendions tous la réponse de Lopez.

– Mon pauvre Sam... a murmuré ma mère.

On s'est tous tournés vers Crash Lopez, qui n'en

menait plus très large. Il a fait jouer ses épaules, l'air gêné.

– Ça n'était pas ta faute, fiston. C'était la mienne. J'étais jeune. Tu as eu peur du mur, mais moi aussi, j'étais mort de peur – à l'idée de m'enterrer dans le traintrain d'une vie de famille, d'y laisser ma liberté, et tout ce qui comptait pour moi. Saisir la vie à la gorge, ça a toujours été la méthode Lopez !

– Et c'est encore ce que tu essaies de faire, à présent.

– Ma parole que ce n'est pas pour l'argent ! a dit Crash. Quand j'ai pris l'avion, oui, bien sûr, c'était dans l'espoir de ramener tous ces millions de dollars, mais maintenant que je t'ai retrouvé, ça change tout.

– Tous ces millions ? Quels millions ? s'est exclamée Mrs. Cartwright. Est-ce que quelqu'un pourrait m'expliquer... ?

– Tu n'es jamais revenu nous voir. Toute ma vie, j'ai cru que c'était à cause de moi que tu étais allé moisir en prison.

– Écoute, petit, ça n'était pas si simple que ça. Il y avait des gens qui cherchaient à me remettre la main dessus, et pas pour fêter ma sortie de prison, si tu vois ce que je veux dire. Je ne voulais surtout pas vous mouiller, toi et Galaxy.

– Mon œil ! a répliqué Sam, tu vivais ta vie.

Et là, il a jeté un regard en direction d'Ottoleen.

– Tu t'amusais. Et tu sais quoi... je ne te fais aucun reproche. Peut-être qu'à ta place, j'en aurais fait tout autant.

Crash a lâché un petit gloussement gêné.

– Laisse tomber ce genre de...

– Tu n'as jamais voulu vivre avec moi. Je ne t'intéressais que quand je pouvais t'être utile. Et récemment, j'ai découvert que tout le monde n'est pas comme ça.

– Allez… j'étais jeune. Je n'avais pas encore trouvé ma voie. Depuis, j'ai bien changé. Maintenant, j'ai découvert que ce sont les sentiments qui comptent.

– Ah oui ?

Sam a souri tristement.

– Je doute fort que tu puisses avoir un jour des sentiments sincères pour qui que ce soit !

Nous sommes restés un bon moment sans mot dire. Puis on a entendu quelque chose de très bizarre, d'encore plus bizarre que tout ce qu'on venait d'entendre. Une sorte de sirène de police, qui avait fusé du côté d'Ottoleen.

– *Booooooooooh !* Mais si ! a-t-elle finalement réussi à articuler. Il est tout à fait capable d'avoir l'esprit de famille… c'est l'esprit de famille personnifié, mon Crash !

– Vous n'étiez pas là, a dit Sam. Vous ne pouvez pas savoir.

Ottoleen l'a regardé.

– Ce n'est pas de toi que je parle, petit crétin ! Toi, tu ne nous as jamais attiré que des ennuis. C'était uniquement pour le fric, qu'on voulait te récupérer ! Non, la famille dont je parle, c'est sa vraie famille…

Tous les yeux se sont tournés vers elle.

– Tu peux t'expliquer, Ottoleen ? a demandé Crash.

– Notre bébé. Notre bébé à nous ! a-t-elle dit, les mains sur le ventre. Promets-moi que tu as bien conscience de tes devoirs paternels envers notre enfant !

– Parce que tu es enceinte ?

Ottoleen a hoché la tête en souriant à travers ses larmes.

– J'ai fait le test hier. Je ne savais pas comment t'annoncer la nouvelle… Tu ne pensais qu'à ton crétin de marmot !

Crash l'a prise dans ses bras et l'a gentiment serrée contre son cœur.

– *Baby, baby, baby…!* a-t-il dit. Je suis si fier de mon petit chaton !

Ottoleen, la joue posée sur la poitrine de Crash, produisait à nouveau d'étranges bruitages :

– Miaooou… a-t-elle fait. Miaou-miaooou !

J'ai regardé du côté de Sam qui a secoué la tête. Et, malgré la gravité de la situation, malgré toute cette tension, et toute cette folie, malgré tout, nous avons tous éclaté de rire.

Charley

Le boucan qu'ils faisaient, dans ce bureau ! Des empoignades, des cris, des coups, puis un hurlement de chat écorché et, après quelques secondes de silence, une sorte de couinement haut perché. J'aurais donné cher pour savoir ce qui se passait, derrière cette porte !

Et juste quand on commençait à se demander si ça n'était pas parti pour durer toute la nuit, on l'a vue s'ouvrir…

Matthew

On est sortis les premiers, Sam et moi, et à notre grande surprise, on s'est retrouvés au milieu d'un petit attroupement qui s'était formé dans le couloir.

Il y a eu deux ou trois secondes de flottement, tandis que nous hésitions à franchir le seuil, puis j'ai passé le bras autour des épaules de Sam, et on a souri.

Ça a dû leur suffire en fait d'explication, parce que toute l'assistance a éclaté en applaudissements, comme si tout ça n'était que la suite de la Nuit des Révélations, et que nous venions de leur présenter un petit drame en un acte, particulièrement bien enlevé.

Puis on a vu arriver un bout de chou qui a fendu la foule en direction de Sam, pour venir se pendre à son cou.

Zia

Oui ! Oh, oui !

Matthew

Et là, ça a été le bouquet. Les Lopez sont sortis du bureau en sanglotant. Sœur Sourire criait, dans l'espoir de ramener un semblant d'ordre. Les parents de Zia tentaient de la décrocher du cou de Sam. Mrs. Sherman, sans doute déçue de la métamorphose de la fameuse copine de Tyrone, jetait des regards noirs à son fiston. Charley et Elena avaient rejoint Jake et son père (qui devait avoir un peu de mal à suivre), et tous trois s'évertuaient à lui expliquer les derniers rebondissements de l'affaire. Ils avaient du pain sur la planche !

Je me suis donc mis un peu à l'écart pour les observer. De l'autre côté du couloir, mes parents affichaient un grand sourire. Ma mère m'a fait le signe de la victoire, les deux pouces levés et, l'espace d'une seconde, je me suis senti partir... Tout ce qui m'entourait s'est mis à vaciller, dans un grand flou, et une grosse boule m'a noué la poitrine tandis que les yeux me piquaient.

Je me suis éclairci la gorge, j'ai reniflé un bon coup et j'ai redressé les épaules, avant de les rejoindre d'un pas assuré.

Le moment aurait été mal choisi pour tourner de l'œil comme une fillette !

Loi n° 49-956
du 16 juillet 1949
sur les publications
destinées à la jeunesse
Maquette : anne catherine Boudet
P.A.O : Françoise Pham
Imprimé en Italie
par G. Canale & C.S.p.A.
Borgaro T.se (Turin)
Premier dépôt légal : Février 2005
Dépôt légal : Mai 2005
N° d'édition : 137768

ISBN 2-07-050954-0